EL
PRESAGIO
II

EL PRESAGIO II

II

EL REGRESO

JONATHAN CAHN

CASA
CREACIÓN
Para vivir la Palabra

Para vivir la Palabra

MANTÉNGANSE ALERTA;
PERMANEZCAN FIRMES EN LA FE;
SEAN VALIENTES Y FUERTES.
—1 CORINTIOS 16:13 (NVI)

El presagio II por Jonathan Cahn
Publicado por Casa Creación
Miami, Florida
www.casacreacion.com
©2021 Derechos reservados

ISBN: 978-1-941538-83-8
E-book ISBN: 978-1-941538-84-5

Desarrollo editorial: *Grupo Nivel Uno, Inc.*
Diseño interior: *Grupo Nivel Uno, Inc.*

Publicado originalmente en inglés bajo el título:
The Harbinger II
por Frontline, A Charisma Media Company
Copyright © 2020 Jonathan Cahn
Todos los derechos reservados.

Visite las páginas web del autor: www.TheHarbingerWebsite.com y
www.HopeoftheWorld.org

Nota de la editorial: Aunque el autor hizo todo lo posible por proveer teléfonos y páginas de Internet correctas al momento de la publicación de este libro, ni la editorial ni el autor se responsabilizan por errores o cambios que puedan surgir luego de haberse publicado.

Impreso en Colombia

23 24 25 26 27 LBS 9 8 7 6 5 4

Contenido

Cuarta parte: EL RETORNO

Lo que estás a punto de leer tomará la forma de una historia, pero lo que se revela en ella es real.

Primera parte

EL
REGRESO

Capítulo 1

El regreso de Nouriel

—¿Por dónde empezamos? —preguntó.

—¿Qué te parece si por el principio? —respondió ella—, con el sello. Empiezas con un pequeño sello de arcilla con inscripciones antiguas. No tienes idea de lo que todo eso significa. Comienzas a buscar. En medio de la búsqueda, te encuentras con un hombre misterioso. No sabes su nombre ni de dónde viene. Ni cómo sabe las cosas que no debería, o no podría, haber sabido. Te refieres a él como «el profeta». Él te dice el significado del sello. Y así comienza el misterio. ¿Cómo voy hasta ahora, Nouriel?

—Perfectamente. No creo que me necesites.

—Te entrega un segundo sello a cambio del primero. Tienes que intentar descifrar su significado hasta que lo vuelvas a ver. Tus encuentros con el profeta ocurren por lo que parece ser una coincidencia o alguna intervención sobrenatural. Pero de una forma u otra, siempre está ahí en el momento y lugar exactos. Y en cada encuentro se revela todo el significado del sello. Cada sello lleva a otra revelación, otra pieza del rompecabezas de un misterio aún mayor. En total hay nueve sellos, nueve misterios y nueve revelaciones.

—Continúa —dijo él.

—El misterio se centra en nueve presagios, nueve advertencias de juicio venidero, calamidad y destrucción, señales que aparecieron en los últimos días del antiguo Israel. Pero lo alucinante es que esos mismos nueve presagios han reaparecido ahora en los tiempos modernos… en suelo estadounidense, unos en la ciudad de Nueva York, otros en Washington, DC, algunos involucrando objetos, acontecimientos, declaraciones, incluso líderes estadounidenses y con una precisión espeluznante y sin que nadie los orqueste. Y como en los tiempos antiguos, dan advertencias… ahora a Estados Unidos de América.

Ella hizo una pausa por unos momentos, esperando a ver si él intervenía. Pero guardó silencio, así que continuó.

11

—Al final de todos esos encuentros, misterios y develamientos, el profeta revela que naciste con un propósito que ahora debe cumplirse. Te encarga que corras la voz, que reveles el misterio, que hagas sonar la alarma.

—La llamada del atalaya —respondió él.

—Y ahí es donde se quedó, lo que me dijiste esa noche.

—Sí.

—E hiciste lo que el profeta te ordenó. Corre la voz. Dedícate a escribir la revelación... en forma de narración.

—La narración fue idea *tuya*, Ana... cambiar los nombres y detalles de lo sucedido hasta que se convirtiera en una historia a través de la cual se revelaría el misterio y se anunciara la advertencia.

—Y nunca habías escrito un libro.

—No. No tenía ni idea de cómo hacerlo. Pero fue como si el libro se escribiera solo. Las palabras simplemente fluyeron hacia las páginas.

—La mayoría de los libros nunca se publican, pero el tuyo sí. Nunca escuché cómo sucedió todo.

—La semana que terminé el manuscrito, tenía programado volar a Dallas. El vuelo hizo escala en Charlotte, Carolina del Norte. Mientras esperaba el vuelo de conexión, cerré los ojos, incliné la cabeza y oré para que Dios interviniera y trasmitiera el mensaje al mundo.

—¿Y qué pasó?

—Abrí mis ojos. Había un hombre sentado a mi izquierda. No estaba ahí cuando cerré los ojos. Se volteó hacia mí y me dijo: «Así que ¿cuál es la buena palabra?».

—Un poco místico para empezar.

—Un poco místico fue ese encuentro —respondió él.

—Entonces ¿de qué hablaste?

—Fue una pequeña charla... primero. Pero luego cambió de tono. Me miró fijamente a los ojos y habló con una sensación de intensa urgencia. «Nouriel», dijo, «Dios te ha dado un mensaje... y un libro. Es de Él. Y lo enviará a la nación y al mundo. Y tu vida cambiará. Y te conocerán».

—Eso suena como a un encuentro con el profeta —dijo ella—. Eso es sobre lo que escribiste en el libro, al comienzo de la historia. Estás sentado en un lugar público con un hombre sentado a tu izquierda. Él se voltea hacia ti e inicia una conversación. Luego te habla proféticamente. Y te dirige a que le digas una palabra profética a la nación.

—Sí, excepto que esto sucedió *después* de que se escribió el libro.

—¿Y no podría él haber sabido eso?

—No —dijo Nouriel—. Nadie podría haberlo sabido. Nadie lo había leído todavía.

—Entonces ¿quién era él?

—Un hombre de Dios, un creyente que estaba programado para estar en el mismo vuelo y que se sentó a mi lado justo en el momento en que hice esa oración.

—Pero ¿cómo pudo haber sabido lo que sabía? —inquirió ella.

—¿Cómo pudo el profeta saber lo que sabía?

—¿Alguna vez te dijo por qué te dio esa palabra?

—Me informó que cuando se sentó a mi lado, el Señor le dijo que me diera un mensaje. Se mostró reacio, pero finalmente habló.

—¿Y qué pasó después?

—Poco después de ese encuentro, recibí una comunicación del presidente de una editorial. Me dijo que el hombre del aeropuerto le había hablado acerca del encuentro que tuvimos y en cuanto al libro que acababa de escribir. Él no tenía idea de qué se trataba, pero estaba interesado.

—Y así fue como el libro llegó a Estados Unidos y al mundo, no por la mano del hombre, sino por la de Dios.

—Así que fue por un encuentro sobrenatural que la revelación se convirtió en un libro y se trasmitió a Estados Unidos de América. Entonces ¿cuánta gente lo lee?

—Muchas personas.

—¿Cuántas?

—Me han dicho que millones.

—Y todo cambió para ti, Nouriel, tal como te dijo el hombre del aeropuerto. De repente eres conocido. Estás hablando en todo el país. Estás siendo entrevistado. Apareces en televisión y en toda la web. Estás en Washington, DC, hablando con los líderes del gobierno. Cosas bastante alucinantes. Eso podría hacer que uno olvide su humildad.

—No —dijo—. Sé que no es obra mía. Si acaso, lo que eso hace es que me humille más.

—Eso es bueno —respondió ella—, porque no es algo común. Un hombre que no sabe cómo escribir libros escribe uno sobre nueve presagios del juicio y lo leen millones de personas. Eso no sucede por casualidad.

—No, no es por casualidad —respondió él.

—Pero tenía que ser así —dijo ella—. Eso fue lo que el profeta te dijo que sucedería. Debía suceder así porque la palabra tenía que anunciarse, como pasaba en los tiempos antiguos.

Luego... ella se quedó callada, al igual que él. Se acercó para tomar una taza de café que descansaba en el borde de su escritorio, se la llevó a los labios y comenzó a beber. Pero no apartaba los ojos de él. Esperaba ver alguna reacción, algún rastro de una expresión que transmitiera más de lo que estaba recibiendo. Había una taza de agua en su lado del escritorio, pero no la tocaba. Veía a la distancia como si estuviera pensando profundamente. Y luego, al fin, habló.

—Está bien, Ana, ¿por qué?

—¿Por qué qué?

—¿Por qué me pediste que viniera? En todos estos años, desde que vine aquí por primera vez a contarte lo que sucedió, te has mostrado reacia a abordar el tema.

—No quería meterme en eso.

—¿Qué quieres decir?

—Todo esto es más de lo que he oído hablar. Era como tratar con un objeto sagrado. Sentí que no debía tocar ese asunto. Pero observé todo a la distancia. Leo tus escritos. Te veo por televisión. Te busqué en la web. Y pensé que no podía tocar eso.

—Es más, surge la pregunta: «¿Por qué ahora?».

—Porque —dijo ella— yo tenía que saberlo.

—¿Tenías que saber qué?

—Hiciste lo que se suponía que debías hacer. Cumpliste el encargo. La palabra salió ¿Y ahora qué?

—¿Ahora qué?

—El libro reveló las señales y advertencias de una nación en peligro de juicio. Ese fue el comienzo. Tiene que haber más. ¿Dónde nos encontramos ahora?

—¿Quieres que revele lo que *no* está en el libro?

—¿Ha habido otras revelaciones?

—Nada más que lo que me dijo el profeta.

—¿Y no lo has visto desde entonces? ¿Y no ha habido más misterios, no ha habido más revelaciones?

A eso no respondió, pero se agarró la barbilla con su mano izquierda y bajó la mirada. Su falta de respuesta intensificó el interés de Ana. Ella se contuvo y no dijo nada, esperando una respuesta. Pero, en vez de responderle, se levantó de su silla y caminó hacia la enorme ventana de vidrio, a través de la cual entraba la luz del sol de la tarde; y allí se quedó, mirando el horizonte de la ciudad.

—¿Así que nada de más revelaciones? —preguntó ella de nuevo.

—No dije eso —respondió sin apartar la mirada de la ventana.

—¿Has tenido noticias de él, Nouriel? Desde que terminaste de escribir el libro, ¿has tenido noticias del profeta?

Fue entonces cuando se resignó a la posibilidad de que contárselo a ella formara parte del plan.

—Se podría decir eso —respondió.

—¿Se podría decir que has tenido noticias de él?

—Sí.

—¿Cómo? —preguntó ella.

Al fin, se volteó hacia ella.

—Él regresó.

Capítulo 2

La chica del abrigo azul

—Ven, Nouriel —dijo mientras se levantaba de la silla. Ella lo condujo al pasillo, fuera de la oficina. Al final de ese trayecto había una puerta que se abría y daba a una gran sala de reuniones en cuyo centro había una mesa de madera larga, color pardo oscuro. La pared exterior estaba formada casi en su totalidad por vidrio y, más allá, se divisaba un vasto panorama de rascacielos.

—Por favor —dijo, indicándole que se sentara en la cabecera de la mesa—, siéntate—. Lo cual él hizo. Ella tomó asiento a su derecha, de espaldas al paisaje.

—Es más seguro aquí —dijo—. Es a prueba de sonido. ¿Quieres algo de beber?

—Solo agua —respondió.

Ella presionó el botón del intercomunicador que estaba en la cabecera de la mesa y dijo:

—Un vaso de agua y una taza de café, por favor.

Un minuto después apareció una mujer con una taza de café y un vaso de agua.

—Gracias —dijo Ana—. Ponga en espera todas las llamadas… no quiero interrupciones.

—¿Por el resto de la reunión? —preguntó la mujer.

—Por el resto del día o hasta que yo le indique lo contrario. Nada de interrupciones.

Ana no tocó su café, sino que se quedó ahí sentada y observó mientras Nouriel bebía su agua. Cuando pareció que él había terminado, ella habló.

—Entonces, Nouriel, ¿cómo empezó todo?

—Comenzó en una actividad para la firma de libros.

—Me imagino que has hecho muchas.

—Algunas. Este fue el final de un compromiso de una presentación. Estaba sentado detrás de una mesa larga. La mayoría de las veces, cuando

16

firmo libros, los asistentes al acto esperan en una fila con sus ejemplares. Pero esta vez fue diferente. No había línea. Fue algo caótico. La mesa estaba rodeada por una multitud de personas que me entregaban sus libros sin ningún orden. Los rubricaba y se los devolvía, con suerte, a la persona debida.

»Estaba a mitad del trayecto cuando una chiquilla apareció en medio de la multitud y se puso directamente frente a mí, al otro lado de la mesa. Debía tener unos seis o siete años de edad. Tenía cabello rubio ondulado, ojos azules y un abrigo azul claro. Había algo en ella.

—¿Qué?

—Por un lado, no parecía haber nadie que la acompañara, ni madre ni padre, solamente una niña pequeña, sola, parada entre una multitud de personas. Y había algo en ella que no podía expresar con palabras. Mientras los demás presionaban para que les firmaran los libros, ella se quedó allí como si estuviera separada del resto de la multitud. No me presionó para que firmara su libro, sino que se quedó ahí, mirándome, con una sonrisa afable.

»Me di cuenta de que, si no le decía nada, ella terminaría siendo la última en firmar su libro.

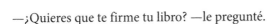

—¿Quieres que te firme tu libro? —le pregunté.

—Sería bueno —respondió.

Extendió la mano sobre la mesa y me entregó su libro. Lo abrí en la página del título y levanté mi bolígrafo para firmarlo.

—¿Tu nombre?

—No tienes que escribir mi nombre —respondió—, solo el tuyo.

Así que lo firmé.

—Aquí tienes —dije, devolviéndoselo.

En ese momento, tomó suavemente mi mano derecha, la volteó para que mi palma quedara hacia arriba y colocó un objeto en ella.

—Y aquí *tienes* —dijo.

—¿Qué era eso?

—Un pequeño objeto circular de arcilla un color marrón rojizo-dorado...

—Un sello.

—Sí.

—¿Un sello antiguo?

—Parecía ser.

—¿Como el sello que te dio el profeta?

—Sí —dijo Nouriel— como los sellos de los presagios.

—Quizás leyó el libro e hizo el sello para que se pareciera a los de la historia.

—No. Era demasiado exacto; era idéntico a los sellos del profeta... en cada detalle.

—Pero ¿cómo?

—No lo sé.

Nadie alrededor de la mesa se dio cuenta de lo que estaba pasando. Me imagino que pensaron que la niña me había dado un regalo, una muestra de agradecimiento. Y luego habló.

—Nouriel —dijo— has hecho lo que se te encomendó. Has entregado el mensaje que te fue confiado—. Las palabras ya no eran las de una niña.

—¿Qué quieres decir? —pregunté.

—Has hecho una advertencia. Y ahora el tiempo está llegando a su fin.

—¿Y qué significa *eso*?

—Que es tiempo de que no seas visto... la primera parte de tu misión.

—¿Por qué dices eso? —pregunté—. ¿Quién te dijo que lo dijeras?

Ella se quedó en silencio.

—¿De dónde sacaste el sello? —le pregunté—. ¿Quién te lo dio?

—Un amigo —me respondió.

—¿Qué amigo? —volvió a quedarse en silencio.

—Prepárate, Nouriel.

—¿Prepararme para qué?

—Por el momento —dijo— para la revelación.

—¿Qué significa eso?

—Que él está viniendo.

—¿Quién está viniendo?

—Él va a volver.

—¿Quién va a volver?

—Regresará... pero no como esperabas.

—No espero nada.

—Entonces, tanto más, para que venga como no esperabas. Prepárate, Nouriel... para el regreso. Y así es como comienza.

—¿Cómo *empieza qué* exactamente?

—Como empieza *todo* —dijo—, con el sello.

Miré el sello como tratando de encontrar algo que diera sentido a lo que estaba sucediendo. Volteé a mirar a la chiquilla y ya se había ido, o eso creí. Solo pude divisar el último rastro de su abrigo azul desapareciendo entre la multitud.

Me levanté de mi silla, bordeé la mesa hasta el lugar del que había desaparecido y luego corrí entre la multitud para alcanzarla. La firma de libros se sumió en una confusión. Cuando salí al otro lado de la multitud, no había ni rastro de ella. Ya se había ido.

—¿Y no había nadie con ella?

—Nadie.

—¿Y nadie que supiera quién era?

—Pregunté por ahí, pero nadie la había visto antes.

—¿Quién crees que era?

—Solo puedo adivinar.

—¿Y cómo consiguió el sello?

—Tenía mis conjeturas, sin embargo, no puedo asegurarlo. Pero sé que no era que ella acabara de aparecer allí. A ella la enviaron. Ella era una mensajera.

—¿De quién?

—Esa era la pregunta.

—Entonces ¿qué hiciste?

—Volví a la mesa y terminé con la firma de libros. Pero mi mente estaba en otra parte. No podía dejar de pensar en lo que acababa de suceder y lo que eso podría significar.

—¿Entonces qué?

—Esa noche, solo en la habitación del hotel, saqué el sello para observarlo. Como en los sellos que me había dado el profeta, había una imagen grabada.

—¿De qué?

—La figura de un hombre, anciano, barbudo y vestido. Estaba volteado hacia la derecha y sostenía —en su mano izquierda— un cuerno de carnero, puesto en su boca... como si lo estuviera sonando o a punto de hacerlo sonar.

—El atalaya —dijo Ana—, el que hace sonar la alarma. Es lo que el profeta te dijo la última vez que lo viste; cuando te indicó que difundieras el mensaje, que te estaba dando el puesto de atalaya para que hicieras sonar la alarma.

—Sí.

—Y ahora se te dio otro sello y con la imagen del atalaya, que es donde todo se detuvo la última vez que viste al profeta, lo que significa que estabas a punto de recibir otra revelación. De modo que el sello era la señal de una revelación venidera... y que estaba a punto de empezar de nuevo... desde donde lo dejó.

—Eso era.

—Y cada sello que se te daba llevaba a otro encuentro con el profeta. A eso se refería la niña... a prepararte para el regreso. El regreso del profeta.

—Sí —respondió—, el profeta vendría... pero de una manera que yo no esperaba ni sospechaba.

Capítulo 3

El regreso del profeta

—Entonces ¿qué hiciste?

—Lo único que se me ocurrió pensar fue volver al lugar donde lo vi por última vez, cuando me habló por primera vez del atalaya.

—¿Cuál lugar?

—El mismo donde se me apareció por *primera* vez, donde nos conocimos, en el banquillo desde donde se ve el río Hudson. Así que volví a ese sitio.

—¿Y?

—Y todo lo que encontré fue ese banquillo. Me senté y esperé alrededor de media hora, pero no pasó nada. Casi una semana después volví y, de nuevo, nada. Después de examinar el sello, una vez más, con la esperanza de encontrar alguna pista o revelación y no hallar nada, me fui a la cama.

»Esa noche tuve un sueño. Caminaba por la ciudad de Nueva York hacia el lado occidental, en dirección al río Hudson. Parecía ser tarde por la noche. Era un día ventoso y el cielo estaba lleno de nubes. Y a lo lejos estaba el banquillo.

—¿El mismo banquillo?

—El mismo banquillo. Me acerqué y me senté. Metí la mano en el bolsillo de mi abrigo y saqué el sello para examinarlo.

—El sello con el atalaya.

—Sí. Y fue entonces cuando me di cuenta de que no estaba solo. Sentado, a mi izquierda, estaba un hombre.

—Parece una tormenta —dijo mientras echaba un vistazo en dirección al agua.

Era el profeta. Tenía el mismo aspecto que yo recordaba: cabello oscuro, rasgos de Medio Oriente, una barba muy corta y el mismo abrigo que tenía cuando lo conocí.

—¿Qué tienes en tu mano? —preguntó sin siquiera voltear la mirada para mirarme.

—Un sello —le contesté.

—¿Un sello antiguo?

—En efecto.

—¿Puedo verlo? —me preguntó.

Se lo entregué.

—El atalaya —dijo mientras lo examinaba—. ¿Qué hacía el atalaya?

—Se paraba en las murallas de la ciudad, en las torres de los atalayas, mirando a lo lejos en busca de la primera señal de peligro, un enemigo, un ejército que se acercara.

—Y si veía la primera señal de peligro a lo lejos, ¿qué podía hacer?

—Tocar la trompeta, el cuerno de carnero; sonar la alarma.

—Para que los de la ciudad lo supieran... de modo que los que tuvieran oídos para oír la advertencia pudieran salvarse.

Eran las mismas palabras que había usado cuando me acusó, la última vez que lo vi. Fueron esas palabras las que me llevaron a escribir el libro. . . a encender la alarma.

—Entonces —dijo, sin dejar de mirar el agua—, ¿el atalaya ha dado la advertencia?

—¿Lo ha hecho? —pregunté—. Dígame usted.

—¿Ha hecho sonar la alarma?

—Creo que sí.

—Y la gente, ¿han escuchado el sonido?

—Muchos sí. Muchos no lo han hecho.

—¿Y han considerado la advertencia?

—Muchos lo han hecho. . . pero la mayoría no la han tomado en cuenta.

—Entonces, todavía están dormidos —dijo— y en peligro. Entonces el llamado del atalaya no ha terminado.

—¿Qué significa eso? —pregunté.

Solo entonces se volteó hacia mí.

—Significa que tu llamado no ha terminado, Nouriel. Tu misión no ha finalizado. Significa que hay más —dijo—, más que dar, más que recibir y más que difundir.

—Te ves exactamente como te recuerdo.

—Supongo que eso es bueno —dijo el profeta—, aunque esto es un sueño. ¿No te dijeron que vendría a ti de una manera que no esperabas?

—¿Lo dices por la chica del abrigo azul?

—Sí.

—Era yo.

—¿Y esperabas que viniera a ti de esa manera?

—No...pero ¿en verdad viniste?

—¿Qué quieres decir?

—¿Estoy soñando contigo o vienes a mí en mi sueño?

—¿Cuál es la diferencia?

—Así que, ¿qué fue eso? —preguntó Ana—. ¿Fue de tus pensamientos o más allá de ellos?

—El tiempo lo diría.

—¿Diría qué?

—Que no había forma de que se me ocurriera lo que estaba viendo. Definitivamente estaba más allá de mí.

—¿Entonces de qué?

—En la Biblia, las revelaciones a veces se daban a través de los sueños.

—¿Y qué acerca del profeta?

—Las revelaciones dadas en un sueño o en una visión, a veces, pueden provenir de las palabras que hablan los ángeles, los mensajeros de Dios, hasta de Dios mismo. Así que no era tanto que la persona estuviera soñando con un ángel o hablando con Dios, sino que Dios o un mensajero de Él —en realidad— estuviera hablando a través del sueño.

—De modo que ¿estaba el profeta hablándote a través del sueño?

—Lo que dijo el profeta fue que quizás no importaba si era el profeta el que hablaba en el sueño.

—Pero él dijo eso en el sueño.

—Creo que ese era el punto. Si una revelación viene a través de un profeta, un sueño o un vidente dentro de un sueño, no importa. No se trata de los medios a través de los cuales llegue, se trata de la revelación. Y la revelación no podría haber venido de mí.

—Entonces ¿qué pasó después?

—Así que regresaste —le pregunté—, porque…

—Porque es el momento —dijo— y hay más por revelar.

—¿Más?

—Pero primero debemos sentar las bases. ¿Por qué se le advierte a una nación?

—Por el peligro del juicio —respondí.

—¿Y qué nación es la que está en peligro de ser juzgada?

—Una nación que lucha contra la voluntad de Dios.

—¿Y qué otra nación específicamente se encuentra en tal peligro y es más responsable?

—Una que ha conocido especialmente la voluntad de Dios, los caminos de Dios y las bendiciones de Dios… pero se apartó y ahora guerrea contra ello.

—¿Y qué civilización antigua se dedicó, desde sus inicios, a la voluntad de Dios?

—Israel —dije—, el antiguo Israel.

—¿Y qué otra civilización?

—Estados Unidos de América.

—¿Y qué más une a los dos?

—El patrón —respondí—. Estados Unidos se fundó según el modelo del antiguo Israel.

—¿Y qué pasó con el antiguo Israel?

—Cayó. Se volvió contra los caminos de Dios.

—¿Y en el caso de Estados Unidos?

—También cayó y, de la misma manera, se volvió contra los caminos de Dios.

—¿Y qué pasó con el antiguo Israel?

—Ocurrió el juicio —dije—. Fue destruido.

—¿Y por qué importa eso ahora?

—Porque la caída del antiguo Israel revela el modelo y la progresión de una nación que se dirige al juicio.

—¿Y qué sucedió, específicamente, en ese modelo?

—Dios los llamó, envió profetas y mensajeros para advertirles y suplicarles que regresaran. Pero no volverían; no escucharían. Endurecieron sus corazones hasta el punto en que la única forma de llegar a ellos era a través de una sacudida.

—¿Y cómo vino ese estremecimiento?

—Se levantó el cerco de protección de la nación y se permitió que un enemigo atacara la tierra... para despertarlos con el fin de que volvieran en sí.

—¿Y qué hay con Estados Unidos de América?

—Estados Unidos de América endureció su corazón —igualmente— a la voz de Dios y, de la misma manera, vino el estremecimiento; se levantó el cerco de la protección de la nación.

—¿Cuándo?

—El 11 de septiembre de 2001. En esa fecha se levantó la cobertura y Estados Unidos fue golpeado por sus enemigos, un llamado de atención para que la nación pudiera recobrar la conciencia.

—¿Y la recobró?

—No.

—Y de acuerdo al modelo, ¿qué pasa después?

—Después del estremecimiento, hay una oportunidad para que la nación retroceda; es como una ventana de tiempo, años de gracia en los cuales deben considerar volver a Dios.

—¿Y qué pasó con el antiguo Israel en esa ventana de tiempo?

—No regresaron nunca, por lo que la ventana se cerró. Sufrió el juicio. La nación fue destruida.

—Ahora, recuerda esto, Nouriel —dijo—, el deseo de Dios no es el juicio, ni para una nación ni para las almas. El juicio es una necesidad. Pero lo que Él desea es la redención. Él no quiere que nadie perezca; es más, anhela salvar, conceder misericordia, perdonar, sanar y restaurar. Se necesita el juicio para poner fin al mal, por eso debe venir; pero Dios desea el bien, traer salvación; instar, advertir y hasta permitir el temblor de las naciones pero con el fin de que aquellos que escuchen su llamado se vuelvan a Él y sean salvos.

—¿Y ahora qué? —pregunté—. Estados Unidos no ha retrocedido.

—No ha terminado —dijo—. Hay más por revelar, más por mostrarte y más por hacer.

—¿Más por revelar de qué?

—De lo que fue... de lo que no era, pero ahora ha sido... y lo que está por venir.

—*De lo que fue...* es decir, la primera sacudida ... ¿el 11 de septiembre?

—En efecto.

—¿Pero no me mostraste eso cuando revelaste las señales?

—Solo se te mostró una parte del misterio más grande. Pero más que lo que te fue revelado fue lo que no se te reveló.

—¿Por qué no lo revelaste entonces?

—No te hubiera podido mostrar todo a la vez. Y aun si pudiera, habría sido demasiado para que lo aceptaras. Además, no era para revelarlo en ese momento, sino ahora.

—Y *eso que no fue, pero ahora ha sido...* ¿significa lo que ha sucedido desde entonces, desde el 11 de septiembre?

—Sí, y sobre todo lo que ha pasado desde la última vez que nos vimos... hasta el día de hoy.

—Entonces ¿hay más manifestaciones, más señales, más presagios?

—Tendrás que ver.

—Y *lo que está por venir...* el futuro, por supuesto.

—El futuro, por supuesto —dijo— y el futuro del trayecto.

—El trayecto, ¿se puede cambiar?

—Ya veremos —dijo—. Pero por ahora, recuerda una cosa, Nouriel.

—¿Qué es eso?

—Grábalo.

—¿Qué?

—Cuando te despiertes, recuerda anotar lo que se te ha mostrado.

—Así que cuando te despertaste —preguntó Ana—, lo anotaste todo.

—Lo grabé. Mantuve junto a mi cama la misma grabadora que usé en mis conversaciones con el profeta en nuestros primeros encuentros. Siempre lo he guardado conmigo desde entonces, por si acaso.

—Cuando te vuelva a ver —dijo—, comenzaremos a descubrir lo que aún no ha sido revelado.

—¿Qué no se me mostró desde el principio?

—Los misterios ocultos desde el principio, pero que ahora están por ser revelados.

—¿Por qué ahora?

—Porque tienen las llaves de dónde hemos estado, dónde estamos y lo que está por venir.

—Por Estados Unidos de América.

—Por Estados Unidos y más que esta nación. Estados Unidos de América es la cabeza de las naciones, el centro del actual orden mundial. Representa a muchas naciones, a una civilización, un mundo y una época. Lo que le suceda a Estados Unidos, al final, afectará a las naciones.

—Entonces ¿cómo llamarías a esos otros misterios?

—*Lo no revelado.*

Segunda parte

LO NO REVELADO

Capítulo 4

La puerta

—Así que te despertaste y grabaste el sueño. ¿Y qué pasó?

—Nada —dijo Nouriel—, nada durante un tiempo. Y no tenía ni idea de lo que se suponía que debía hacer, en cualquier caso. El profeta no me dio ninguna instrucción. Lo único que tenía que hacer tenía que ver con el sello. Pero no pude extraer nada de él que me indicara lo que vendría después.

—¿Y entonces?

—Y luego vino... en forma de sueño. Estaba parado frente a dos colosales puertas doradas. A derecha e izquierda de esas puertas había unos muros hechos con grandes piedras de color arena. Las puertas estaban cerradas con cerrojo. Sabía que estaba parado en las afueras de una ciudad antigua y, a juzgar por el tamaño de sus puertas y murallas, era una gran urbe. Adornando las dos puertas doradas había varias imágenes grabadas.

—¿De qué?

—En el lado derecho de las puertas —dijo—, había una representación de unas colinas, un terreno montañoso; y, a la izquierda, lo que parecía ser una antorcha gigante. Encima de la llama de la antorcha estaba el sol, una imagen estilizada con rayos que parecían más picos que luz. Separando el sol y la antorcha de la tierra de las colinas había una serie de líneas curvas, onduladas, que tomé para representar el agua.

—¿Qué crees que significaba eso?

—En ese momento, no tenía ni idea. Estaba mirando la colosal imagen, tratando de darle sentido, cuando escuché una voz.

—Entonces ¿qué hiciste con eso, Nouriel?

—Giré a mi izquierda, hacia donde venía la voz. Era el profeta... la misma apariencia, el mismo abrigo, todo era igual que en el primer sueño, excepto que estábamos en un entorno antiguo.

—No tengo ni idea —contesté—. Creo que podrías ayudarme con eso.

—Es una puerta. Las grandes ciudades del mundo antiguo estaban amuralladas. En el interior de esas murallas había portales para que tanto sus habitantes como los que visitaban el lugar pudieran entrar y salir. La puerta constituía el pasadizo de la ciudad al resto del mundo, al centro del comercio, a través del cual fluían las mercancías y se desarrollaba la comercialización, el lugar de los mercados, de la compraventa y las transacciones comerciales. La puerta también era el lugar de asiento del poder, donde los ancianos se sentaban, donde se tomaban decisiones y se juzgaban diversos casos. La puerta se convirtió así en el símbolo de la autoridad de una ciudad o de la grandeza de un reino. Debido a ello, y a menudo, las puertas se adornaban y embellecían con los símbolos y los signos del poder, la riqueza y la grandeza... tenemos por ejemplo: las puertas de Nínive, las puertas de Babilonia, etc. La puerta se convertía en la encarnación de la ciudad misma o del reino, imperio o civilización que representaba.

Fue entonces cuando escuché un débil y distante estruendo.

—¿Qué oyes, Nouriel? —preguntó.

—Un estruendo

—Escucha con más atención.

—Es el sonido de cascos... caballos... y carros.

—Se acercan los cascos —dijo el profeta—. El sonido de un ejército invasor, un ataque enemigo.

En el momento en que dijo eso, en un instante, fuimos transportados. Ahora estaba de pie con el profeta en la parte superior del muro, la gran muralla contigua a la puerta.

—Mira, Nouriel —dijo, señalando a lo lejos. Fue entonces cuando vi al enemigo, un antiguo ejército con estandartes, caballos, carros, soldados armados con lanzas, espadas, arcos y flechas, escaleras, plataformas, arietes... armas para asediar a un poblado—. Vienen hacia nosotros —dijo—. Se dirigen a la puerta. Ese es el lugar más vulnerable de la muralla.

—Por eso es que estaba cerrada y atornillada.

—Sí. El ataque se enfocará en la puerta.

El ejército se acercó a la puerta. Lo que siguió fue un aluvión de flechas ardiendo en llamas, un lanzamiento de rocas que cubría el cielo y el martilleo de las máquinas de guerra. Ahí fue cuando empecé a temer por nuestra seguridad.

—No te preocupes —dijo el profeta—, no puede hacerte daño. Solo estamos mirando.

A medida que continuaba el ataque, la puerta se debilitó hasta que —con el estrépito final de la maquinaria bélica— cedió. Los dos colosales portones dorados cayeron al suelo. El ejército entró. Todo había terminado. La ciudad estaba perdida.

Me levanté con el profeta, observando lo que alguna vez fue la gran puerta de la ciudad antigua; que ahora no era más que escombros y ruinas humeantes.

—¿Qué crees que significa todo esto, Nouriel?

—Esto tiene que ver con el juicio. Cuando el juicio se cernía sobre la nación de Israel, la mayoría de las veces la atacaba un enemigo. Y todo eso comenzaba con el enemigo cuando llegaba a las puertas.

—En efecto. El hecho de que el enemigo apareciera ante la puerta significaba que el juicio estaba por comenzar. Entonces Moisés advertía a la nación lo que le sucedería si se alejaba de Dios:

Te sitiarán en todas tus ciudades [puertas]...[1]

—Los días del juicio comenzarían cuando el enemigo llegara a la puerta.

... tu enemigo te angustiará en todas tus ciudades [puertas].[2]

—De modo que, en los días del juicio, el enemigo causaba angustia a las puertas de la nación. A través del profeta Ezequiel, el Señor dijo lo siguiente:

En todas las puertas de ellos he puesto espanto de espada.[3]

—Y así la puerta se convertía en el punto focal de la espada, de la violencia. Y después que caía el juicio sobre la ciudad de Jerusalén, se escribiría:

Todas sus puertas están asoladas... Sus puertas fueron echadas por tierra.[4]

—Así que la destrucción en la puerta encarnará el juicio de la nación. El juicio comienza en la puerta. El juicio de una nación se inicia en la puerta.

—Tienes que mostrarme esto porque tiene algo que ver con Estados Unidos. Pero Estados Unidos no tiene muro ni tampoco puerta.

—¿Estás seguro? —preguntó.

—Sí.

—Pero no tiene nada de eso.

En el momento en que dijo esas palabras, todo cambió. Me encontré de pie en lo alto del alero saliente de un edificio, muy por encima del nivel del suelo, mirando hacia una gran ciudad, alrededor de la cual había una masa de agua, un río y una bahía. No sé por qué no lo reconocí de inmediato.

—Te equivocas en cuanto a Estados Unidos —dijo—. Puede que no tenga ciudades amuralladas, pero ciertamente tiene una puerta.

—¿Qué quieres decir?

—Eso —respondió, apuntando al paisaje que nos rodeaba. Ahí está.

—No veo ninguna puerta.

—Estabas buscando una ciudad amurallada. Ya no las construyen así. Pero, aunque no lo creas, las puertas todavía existen. Esta, Nouriel, es la puerta de Estados Unidos de América.

—Todavía no la veo.

—Esta ciudad, este río, esta bahía, este pasadizo.

—No lo entiendo.

—La isla de Manhattan, el río Hudson, el puerto de Nueva York… la ciudad de Nueva York… esa es la puerta de Estados Unidos de América… el portal de la civilización estadounidense. ¿Ves la tierra del otro lado?

—Seguro que sí.

—¿Sabes cómo se llama? Se llama la puerta. Lo que el acceso de entrada es a la ciudad antigua, la ciudad de Nueva York lo es a Estados Unidos. ¿Qué era lo que sucedía en aquella puerta antigua?

—La gente entraba y salía.

—Eso es lo que ocurre aquí; por esta puerta, más que por cualquier otra, han llegado multitudes a Estados Unidos de América. Mira hacia allá —dijo, señalando a su izquierda—. Esa es la isla Ellis, puerta por la que pasaron millones de inmigrantes para ingresar a esta tierra. Incluso se le conocía como la Puerta de Estados Unidos de América. ¿Qué se hacía en las puertas antiguas?

—Comerciar —respondí—. Había mercancías y productos básicos, compra y venta, mercadeo.

—Nueva York ha sido el centro del comercio estadounidense. Y en su interior han residido los mercados centrales más importantes, esta ciudad es el punto focal de la compra y venta de la nación. ¿Y qué más representaba la puerta antigua?

—La encarnación del poder, la riqueza y la grandeza.

—Y también esta puerta, la ciudad de Nueva York, es la encarnación del poder, la riqueza y la grandeza de la civilización estadounidense.

—La imagen de las puertas doradas, era esto.

—Sí, la tierra de las colinas, eso era Manhattan. Eso es lo que era original-mente: una isla de colinas. Y el agua era el río Hudson.

—¿Y el sol y la antorcha al otro lado del agua?

—Mira hacia allá, Nouriel, a la izquierda de la isla Ellis. ¿Qué ves?

—¡La Estatua de la libertad! ¡La antorcha, por supuesto! Y el sol con sus radiantes destellos como una corona.

—Sí —dijo— y la estatua fue modelada según el antiguo Coloso de Rodas, Helios, que es la antigua deidad griega, el dios sol.

—*Las palabras del poema en el pedestal de la estatua:* «Levanto mi lámpa-ra al lado de *la puerta dorada.*⁵

—Sí, la puerta, la puerta de entrada a Estados Unidos de América.

—Así que las puertas doradas que había en las ciudades antiguas apun-taban a eso.

—A todo eso y al misterio —dijo el profeta.

—El misterio...

—Del juicio. El juicio comenzaba en la puerta. Por tanto, tenía que ser así.

—¿Qué quieres decir?

—El juicio tenía que comenzar en la puerta. ¿Qué significa eso?

Y fue entonces cuando me di cuenta.

—El 11 de septiembre —dije—. Ahí comenzó todo. Tenía que empezar en la ciudad de Nueva York.

—¿Y qué implicaba el comienzo del juicio de Israel?

—La aparición de sus enemigos a la puerta.

—Así que los días del juicio comienzan cuando el enemigo aparece en la puerta. ¿Y qué pasó el 11 de septiembre?

—El enemigo de la nación apareció a las puertas de Estados Unidos de América.

—Los terroristas cruzaron todo el mundo, desde Medio Oriente, para manifestarse en la ciudad de Nueva York —como el enemigo en la puerta—, lo cual era señal del juicio. E hicieron más de lo que aparentaban. Recuerda la escritura:

Te sitiarán en todas tus ciudades [puertas]...[6]

—Así que el 11 de septiembre ellos golpearon la puerta Estados Unidos de América.

Tu enemigo te angustiará en todas tus puertas.[7]

—Y así, el 11 de septiembre, la angustia se apoderó de Estados Unidos por la calamidad que comenzó en su propia puerta. Y no fue solo que atacaron a Estados Unidos en la ciudad de Nueva York, sino que, específicamente, ¿dónde fue el golpe mayor?

—En el Bajo Manhattan —respondí.

—¿Cuál es la parte de la ciudad que más exactamente constituye la puerta de la nación? ¿Y más precisamente dónde? A orillas del Bajo Manhattan, la orilla que da al río, a la puerta de entrada. El ataque comenzó cuando el primer avión cruzó el río —la puerta de entrada— hacia su objetivo. El segundo avión luego voló por el puerto de Nueva York, la puerta de entrada en sí. De modo que la calamidad no solo tuvo lugar en la puerta de la nación, sino en la entrada misma de esa puerta, en el portal de entrada de la nación.

—Recuerdo haber visto fotos de la Estatua de la Libertad ese día, mirando la nube de destrucción en la Zona Cero.

—Sí —dijo el profeta—, a la puerta de oro, la puerta de la puerta.

Sus puertas se lamentarán y llorarán.[8]

—Y así como en los días del juicio de Israel, las puertas se convirtieron en un lugar de duelo y lamento. Por tanto, ¿cuál es la advertencia que plantea esa puerta?

—No lo sé.

—La puerta es el punto de entrada, el portal a través del cual comienza el juicio. Recuerda el patrón bíblico: primero viene el golpe, la advertencia; y luego una ventana de tiempo. Lo que sucede en la puerta representa el comienzo. Lo ocurrido el 11 de septiembre de 2001 fue el comienzo, el punto de partida del juicio. Si la nación no retrocede... entonces lo que comenzó ese día se moverá inexorablemente a su final.

Fue mientras decía esas palabras que el sueño llegó a su fin.

—Eso es mucho para asimilarlo —dijo Ana.

—Sí, y fue solo el comienzo.

—Así que, ¿cuándo fue la próxima revelación?

—Vinieron en su propio tiempo —respondió—. La siguiente llegó una semana después. Continuaría donde lo había dejado... y sería aún más específica.

—¿Cómo comenzó eso?

—Con una imagen de mi infancia.

Capítulo 5

Las torres

—Cuando comenzó el sueño yo era un pequeño chico sentado en un salón de clases con otros niños. Sobre la mesa había una variedad de papeles —papeles blancos, papeles de colores, periódicos, revistas—, tijeras, pintura y pegamento.

—Artes y manualidades.

—Algo como eso. Encontré una hoja de papel que tenía el color y el aspecto de una piedra. La corté en trozos pequeños y luego los pegué en otra hoja de papel para crear una imagen.

—¿De qué?

—De una torre. Fue entonces cuando me di cuenta de lo que estaba viendo. Era algo de un momento real en mi vida, durante mi niñez. Por alguna razón, nunca lo había olvidado. Pero lo que siguió no tenía que ver con mi vida. Cuando terminé la imagen, agarré la hoja y la apoyé sobre la mesa para que pareciera que la torre estaba en posición vertical. Pero el papel se me resbaló de las manos y cayó al suelo. Así que me levanté de la silla y me incliné para recuperarlo.

»En ese momento, todo cambió. El papel había desaparecido, el aula también y yo ya no era un niño. Ahora estaba parado afuera, en medio de lo que parecía ser un antiguo paisaje de Medio Oriente. A lo lejos, delante de mí, había una multitud de personas con túnicas y sandalias. Todos estaban involucrados en una gran empresa, un proyecto de construcción. Algunos estaban inspeccionando y midiendo por aquí y por allá. Otros estaban colocando piedras enormes en el lugar en que debían estar. Otros dirigían diversos sectores de la obra.

»A medida que avanzaba el proyecto y comenzaba a verse la estructura del edificio, capté mejor lo que estaba viendo. Esa era la razón por la que me llevaron de regreso a aquel salón de clases y me recordaron esa imagen. No era una torre cualquiera, era la Torre de Babel. Y lo que ahora estaba presenciando era su construcción.

—¿Y no fue eso lo que apareció en uno de los nueve sellos en tus primeros encuentros con el profeta?

—Sí, el zigurat.

—¿Y qué es el zigurat?, insisto.

—Una torre emplazada o escalonada con secciones rectangulares, cada una más pequeña que la que está debajo. Y eso es lo que ahora se elevaba desde el suelo ante mí. La torre ascendió a una altura tan grande que parecía que tocaría las nubes. Pero fue entonces cuando terminó su ascenso. Fue entonces cuando escuché una voz, la voz del profeta, que ahora estaba de pie a mi izquierda.

Y dijeron:

> Vamos, edifiquémonos una ciudad y una torre, cuya cúspide llegue al cielo; y hagámonos un nombre...[1]

—¿Sabes?, Nouriel, ¿cuál es la palabra que se emplea en el idioma original de la Biblia para el término *torre*?

—No, no lo sé.

—La palabra *migdal*. Esta proviene de la raíz hebrea del vocablo *gadal*. *Gadal* habla de grandeza. Literalmente significa volverse grande, crecer, agrandarse o elevarse. E incluso la raíz de esa palabra —*gadal*—, se puede traducir como «torre».

—Y ese es el meollo del asunto. La gente de Babel intentó construir una torre para hacerse un nombre. Buscaban la grandeza.

Ante eso, señaló hacia la torre.

—Mira, Nouriel.

Miré y vi ahora otras torres que se levantaban del suelo. Nadie las estaba construyendo; simplemente estaban ascendiendo... todas ellas en forma de zigurats, como la primera, pero de diversas dimensiones —diferente altura y anchura— y con distintas fachadas. Aquello se convirtió en una ciudad de torres, un panorama de zigurats, torres de Babel.

—Entonces —dijo el profeta— cuando los reyes y los reinos se elevaban a las alturas del poder mundial, construían torres con el fin de que se erigieran como monumentos a su grandeza. Las torres del mundo antiguo ostentaban del poder y la gloria de las civilizaciones que las construían. Su altura era un testimonio de los altos niveles alcanzados por sus constructores. Se erigían como símbolos y representación de los reinos que los erigieron.

—La conexión entre las torres y la grandeza, como se revela en la palabra *migdal*, ha continuado en el mundo moderno.

—¿Cómo es eso? Explícate, por favor.

—Paralelamente al ascenso de Estados Unidos al poder mundial se produjo el ascenso de sus torres. En el siglo veinte, cuando alcanzó las alturas del poder y la grandeza que ninguna nación ni imperio había alcanzado antes, también sus torres, sus rascacielos, alcanzaron alturas que ninguna estructura hecha por el hombre en la tierra había logrado antes.

—Como por ejemplo, el edificio Empire State.

—Sí.

—Y las Torres Gemelas.

—Excepto que las Torres Gemelas no se erigieron en la era del ascenso de Estados Unidos, sino en la de su caída. Fue cuando la nación se apartó del fundamento moral y espiritual sobre el que se había establecido, cuando se apartó de Dios y de sus caminos, que construyeron esas torres. Y subieron en un momento en que el poder de Estados Unidos —en relación con el resto del mundo— estaba disminuyendo. Pero hay algo más a lo que la palabra *torre* está vinculada con el original hebreo.

—¿Y qué es eso?

—¿Eso? Nada más y nada menos que el «orgullo». Por eso mismo, las torres del mundo antiguo también se vinculaban al orgullo y a la arrogancia de las naciones, los reinos y las civilizaciones que las construyeron. Buscar la grandeza, el poder y la gloria sin Dios desafiando su voluntad… eso es orgullo.

—Lo mismo que sucedió con la Torre de Babel.

—Así que las torres de las naciones se convierten también en monumentos de su orgullo y su arrogancia. Y eso fue lo que ocurrió cuando Estados Unidos se alejó de Dios, levantaron unas gigantescas Torres Gemelas en el centro de la ciudad de Nueva York.

Fue entonces cuando noté dos zigurats de altura similar que se elevaban sobre el resto de los edificios. Sabía que eran las dos torres del *World Trade Center*.

—Al comienzo del juicio de una nación, lo que es alto y sublime es abatido. Escucha lo que escribió el profeta Isaías acerca de ese día:

Porque día de Jehová de los ejércitos vendrá sobre todo *soberbio y altivo*, sobre todo *enaltecido*, y será *abatido*.[2]

—Y otra vez...

La *altivez* del hombre será *abatida*, y la *soberbia de los hombres* será *humillada*; y solo Jehová será exaltado en aquel día.[3]

—Así que en ese día —dijo el profeta—, el orgullo del hombre será juzgado. Y el que se enaltezca, será humillado.

Fue en ese momento que el antiguo horizonte se transformó en uno moderno, cada zigurat se transformó en un rascacielos y los dos zigurats más altos, se transformaron en las Torres Gemelas.

—Así, una civilización bajo juicio verá que lo que ha levantado y puesto en alto es echado por tierra.

—Las Torres Gemelas —dije— eran majestuosas y elevadas. Pero el 11 de septiembre, fueron derribadas y convertidas en polvo.

—En los días del juicio de una nación —dijo el profeta— sus lugares altos son derribados por sus enemigos:

«Y destruirán tus lugares altos, y derribarán tus altares».[4]

—De modo que, el 11 de septiembre —dije— los lugares altos de Estados Unidos de América fueron entregados en manos de sus enemigos, los terroristas... y fueron destruidos.

Y las Escrituras hablan no solo de los lugares altos y elevados de la nación, sino más específicamente. Acerca del día del juicio donde caerá la destrucción...

«Sobre toda *torre alta*».[5]

—En toda torre alta —repetí—, las *Torres Gemelas*.

—Y está escrito —dijo el profeta— que, en el día del juicio de una nación,

... demolerán ... y derribarán sus torres...[6]

—Será un día de alarma, advirtió el profeta Sofonías, «sobre las *altas torres*»[7]... un día, dijo el profeta Isaías, «cuando *caerán las torres*»;[8] es la señal de una nación caída. Cuando las altas torres se precipitan a tierra... el juicio de la nación está comenzando.

—Y todo sucedió —dije— el 11 de septiembre, el día en que las torres altas de Estados Unidos se precipitaron a tierra.

—Una señal muy antigua —dijo el profeta—. La misma señal que apareció en las ciudades y reinos antiguos ahora emergió en Estados Unidos de América.

—Y todo el mundo presenció ese acontecimiento sin parangón.

—Nouriel, ¿por qué era que el enemigo atacaba la puerta?

—Porque la puerta era la parte vulnerable de la muralla.

—¿Y sabes lo que hicieron para fortalecer la puerta?

—No.

—Construyeron torres junto a la puerta. De modo que la puerta era el lugar donde estaban las torres. ¿Qué revela eso?

—Que la puerta de Estados Unidos de América es el lugar donde están sus torres altas: la ciudad de Nueva York.

—La ciudad conocida especialmente por sus altas torres —dijo—. Así que, al comienzo del juicio de una nación, el enemigo atacará las torres de su puerta.

—Las torres en la puerta de Estados Unidos de América.

—¿Y sabes qué forma tomaban las torres de las puertas antiguas?

—No, no lo sé.

—Construían una torre a cada lado... dos torres... construidas con los mismos materiales y con la misma imagen. Así que paradas al lado de la puerta había dos torres... dos torres idénticas.

—Las Torres Gemelas.

—Sí —dijo el profeta—. Por eso, el 11 de septiembre, comenzó el juicio... cuando el enemigo atacó las Torres Gemelas que estaban en la puerta de Estados Unidos de América.

—¿Y qué significa eso? —pregunté.

—Así como con la puerta —respondió—, esto no se refiere al final sino al principio... del juicio; se trata simplemente de una advertencia. La torre representa a la nación. La civilización estadounidense se fundó para los propósitos de Dios. Pero ascendió a alturas que ninguna civilización había alcanzado jamás. Se convirtió en una torre alta... una enorme torre que se volvió contra los cimientos sobre los que estaba construida. Por eso, a menos que vuelva a sus principios... la torre caerá.

—Y entonces, desperté.

—¿Y qué pasó después? —preguntó Ana.

—La siguiente revelación me llevaría al otro terreno del misterio y su otro aspecto, el que el profeta nunca había mencionado.

Capítulo 6

El muro

—Me encontré dentro de un museo...

—En realidad o...

—En un sueño, en el siguiente sueño. Caminé por unos pasillos en los que había unos artefactos antiguos a mi derecha y a mi izquierda. Llegué ante un gigantesco muro de piedra. Debe haber tenido al menos quince metros de altura. Estaba cubierto de gráficos impresos en relieve. Las imágenes y el estilo de los grabados me resultaban familiares.

—En tus primeros encuentros con el profeta —dijo Ana— te encontró en un museo frente a una piedra grabada a relieve.

—Sí —dijo Nouriel—, una antigua piedra grabada con relieves asirios. Y eso es lo que estaba mirando ahora.

—¿Estabas mirando una imagen de qué?

—La escena de una batalla. El ejército asirio estaba sitiando una ciudad amurallada. Mientras observaba, las imágenes —asombrosamente— cobraron vida.

—¿Qué quieres decir?

—Que comenzaron a moverse; es más, acompañando al movimiento se oían sonidos de guerra. Los soldados asirios comenzaron a disparar flechas y a arrojar piedras sobre las murallas de la ciudad. Los defensores de esta, los que estaban en las murallas y en las torres junto a las puertas, arrojaban piedras y antorchas contra los invasores. Luego, los asirios empezaron a colocar unas rampas que apoyaban en las paredes de la muralla mientras hacían rodar otras máquinas bélicas que bloqueaban las rampas del enemigo. A medida que avanzaba la batalla, noté más y más artefactos alineados contra las murallas de la ciudad, en el suelo y en las rampas. Golpeaban el muro de piedra una y otra vez. Al principio, parecía como si el ataque no tuviera ningún efecto. Sin embargo, de repente, una de las máquinas abrió una brecha. Con eso, el foco del ataque y la batalla se trasladaron a esa única brecha. Y luego todo cedió. El muro se derrumbó. La apertura resultante fue tan grande que todo el ejército pudo atravesarla. Fue entonces cuando supe que la ciudad sería destruida. Al fin el movimiento se detuvo y todo quedó nuevamente quieto, paralizado, como puesto en su lugar.

—El asedio del enemigo ... el principio del fin.

—Era el profeta, de pie a mi lado.

—¿Qué estabas mirando, Nouriel?

—Otro asedio a una ciudad antigua.

—Una ciudad del antiguo Israel —dijo—. ¿Estabas mirando aquello de lo que se había advertido a la nación. «Te sitiarán ...»[1] Fue el cumplimiento de la profecía. ¿Y qué viste, específicamente?

—El lanzamiento de las flechas y que el asedio da resultado.

—¿Y dónde los viste atacar?

—En la puerta... en las torres junto a la puerta ...

—¿Y?

—El muro. Atacaban a lo largo del muro.

—Así que tenemos estos tres —dijo el profeta—: la puerta, las torres y ahora el muro... los tres puntos focales del sitio y las primeras tres señales concernientes al comienzo del juicio. Hemos develado el misterio de la puerta y luego el de las torres. Ahora debemos abrir el del muro. Así que dime, Nouriel, ¿qué es un muro?

—Una barrera —respondí.

—Y para una ciudad antigua, ¿qué era el muro?

—Era su defensa. Su protección. Los muros protegían a la ciudad contra sus enemigos en caso de que la atacaran.

—El muro era menos vulnerable que la puerta; pero, por otro lado, había mucho más muro que cualquier otra cosa. Así que el muro le daba al enemigo la oportunidad de atacar desde prácticamente cualquier dirección o posición. Y al igual que la puerta, una vez que se rompiera, solo sería cuestión de tiempo antes que viniera la destrucción de la ciudad. De hecho, el pueblo judío ha observado días de ayuno y duelo para conmemorar específicamente las fechas en que se destrozaron las murallas defensivas de Jerusalén. La ruptura de los muros fue el principio del fin.

—¿Y qué tiene esto que ver con...?

—Es otra señal de juicio. El día que comienza el juicio de una ciudad —dijo el profeta— lo primero que se destruye es el muro de protección que la rodea... y eso no solo ocurre con una ciudad, también puede suceder con una nación, un reino, una civilización. El día que comienza el juicio de una nación se ve la ruptura de su muro de protección... el muro de una civilización es quebrantado.

—Así veo la puerta de Estados Unidos de América. Y las torres son algo obvio. ¿Pero un muro alrededor de la nación? No lo hay, de hecho. Y sin un muro no puede haber una brecha.

—Pero *hay* una muralla —dijo—. No la ves porque no es de piedra. Una muralla de piedra es de poca utilidad en la guerra que se hace en estos tiempos modernos. Pero la necesidad de protección es tan crucial ahora como lo fue en la antigüedad. Y Estados Unidos, en realidad, tiene una muralla. ¿Cuál era el propósito de los antiguos muros? Proteger la ciudad o el reino contra el peligro, resguardarlo del ataque de sus enemigos. De modo que dime, ¿cuáles serían los muros de una nación moderna?

—Su defensa —dije—, el resguardo de sus instalaciones de los ataques y peligros.

—El muro de los Estados Unidos de América es su defensa, sus estructuras y sus sistemas bélicos de defensa, su ejército, su armamento, sus métodos de inteligencia, sus operativos en todo el mundo. Los antiguos muros de defensa han sido reemplazados por los modernos departamentos o ministerios de defensa.

—El Departamento de Defensa —dije—. Ese es el muro de Estados Unidos.

—Sí, ¿y dónde tiene su sede? ¿Cuál es la estructura central de ese muro?

—¡El Pentágono! —respondí.

—Y entonces ¿qué sucedió el 11 de septiembre?

—El enemigo atacó al Pentágono.

—Lo atacó porque era el muro —dijo el profeta—. El Pentágono es el muro de defensa de Estados Unidos de América. Por tanto, el ataque fue la tercera señal del juicio bíblico. El día en que una nación es juzgada, se rompe su barrera de defensa, su muro de protección. En el día del juicio de Israel, sus enemigos llegan a sus muros. Y el 11 de septiembre, los enemigos de Estados Unidos aparecieron, se asomaron por su muro, mostraron su horrible cabeza.

En eso, se escuchó el estruendo de los antiguos relieves en piedra. Comenzaron a formarse grietas en la imagen. Y luego empezaron a caer trozos de piedra hasta que quedó una gran abertura en el grabado. La abertura era del mismo tamaño y de la misma forma, y estaba en el mismo lugar que la brecha de la pared en el grabado. La luz del día comenzó a colarse desde el otro lado.

—Ven —dijo el profeta mientras me guiaba por la grieta.

Cuando salí al otro lado, me encontré de pie en medio de un terreno lleno de ruinas humeantes, pero lo interesante es que nada se movía; todo estaba inmóvil, como congelado en el tiempo.

—¿Qué es eso que estoy viendo? —pregunté.

—El 11 de septiembre —respondió.

—Y ¿es ese el Pentágono?

—Sí. ¿Sabes que el Pentágono se construyó en forma de fortaleza? La construcción tiene la figura de una fortaleza con muchas murallas. Mira lo que hicieron los terroristas, Nouriel. ¿Cómo se ve?

Observé la destrucción que habían infligido los terroristas.

—Parece una brecha gigantesca en un colosal muro.

—Sí, el símbolo de la protección de una nación… yaciendo en ruinas humeantes.

Así que me dio tiempo para asimilarlo todo.

—Hasta este momento —dije—, cuando hablas acerca de lo que sucedió el 11 de septiembre, toda la atención se centra en la ciudad de Nueva York. Esta es la primera vez que tratas otro aspecto del asunto… lo que pasó aquí en Washington.

—Bueno, lo cierto es que todo está relacionado —respondió—. ¿Recuerdas, Nouriel, la advertencia que Moisés le dio a Israel acerca de lo que sucedería en los días del juicio, el enemigo que vendría a la puerta?

—Sí, por supuesto.

—No te conté el resto. Pero esto es lo que dice:

«Te sitiará hasta que se derrumben esas *murallas* [*puertas*] fortificadas».[2]

—Ese es el ataque a la puerta de la nación —dije—. La ciudad de Nueva York.

—Sí, pero luego continúa:

«... *[murallas o puertas]* en las que has confiado...»[3]

—El ataque al muro de la nación —respondí—. Washington, DC, el Pentágono.

—Observa —dijo—, las dos señales de juicio están conectadas. Y en Estados Unidos, las dos señales de juicio se manifestaron el mismo día. La Escritura habla primero del ataque a la puerta y luego del derrumbe del muro. De manera que, el 11 de septiembre, el ataque ocurrió primero en la puerta de la nación, en la ciudad de Nueva York, y luego vino el derrumbe del muro en Washington, DC. ¿Y recuerdas la profecía de Isaías sobre el día del juicio cuando todo lo alto y sublime sería derribado?

—Claro que sí.

—Sí. Dice que el juicio caerá...

Sobre toda torre alta, y sobre todo muro fuerte.[4]

—Así que los terroristas llegaron primero a las altas torres de la nación, el World Trade Center... y luego se dirigieron al muro de la nación, el Pentágono.

—Las tres señales del juicio: la puerta, las torres y el muro.

—Sí. El enemigo apareció en la puerta, las torres y el muro. Golpeó las tres cosas. Se rompió la puerta, se derrumbaron las torres y se rompió el muro. Las tres señales que señalan el comienzo del juicio de una nación, y todo en un día: el 11 de septiembre de 2001.

—¿Y qué significa eso?

—El derribo del muro es lo que inicia el juicio y abre la puerta a la destrucción. Fue el inicio, la señal del comienzo, la advertencia. El 11 de septiembre se rompió el muro de la civilización estadounidense. El Pentágono encarnaba el muro que protegía a la nación, que la mantenía a salvo del peligro. La ruptura del muro es una advertencia... un aviso de que la nación no está segura. Está desprotegida y corre un gran peligro. Una nación que se aparta de Dios, al final, no encontrará seguridad en sus muros ni en las defensas de las que depende. Y si no reconsidera su situación, ese día hallará que los muros en los que depositó su confianza serán derrumbados.

—El siguiente misterio sería diferente de los tres primeros.

—¿Cómo?

—Este iba a involucrar a un profeta que llora y un acto que no tuvo lugar ante el mundo entero, sino en secreto.

Capítulo 7

Selijot

Caminaba a través de un paisaje con mucha devastación. Era de noche, pero bajo la luz de la luna podía discernir claramente lo que me rodeaba.

—¿Qué era eso?

—Ruinas… los restos de unos edificios caídos, muros, torres derribadas, escombros de lo que parecía haber sido una ciudad antigua. Podía ver nubes de humo que se elevaban e incendios a lo lejos. Y, de vez en cuando, podía escuchar el estruendo de un edificio medio destruido que se precipitaba al suelo. Estaba consciente de que, lo que fuera que hubiera causado toda esa destrucción, acababa de suceder.

—Mientras seguía caminando, escuché el sonido de la voz de un hombre hablando en un idioma extranjero, que me pareció como de Medio Oriente y, muy probablemente, hebreo. El tono, el volumen y la manera en que hablaba fluctuaban de manera constante. Unas veces parecía como si estuviera llorando, otras suplicando y aun otras recitando o adorando. Lo que lucía más sobrenatural era el hecho de que escuché su voz durante algún tiempo sin señales de su presencia. Hasta que al fin lo vi.

—Sentado encima de las ruinas había un hombre barbudo vestido con una sencilla prenda de tela que cubría todo su cuerpo, incluida la cabeza. Su vestimenta, a su vez, estaba cubierta de cenizas e iluminada por la luz de la luna. Con los brazos extendidos, las palmas de las manos hacia arriba y los ojos unas veces cerrados y otras mirando hacia el cielo nocturno, continuó hablando, suplicando y llorando como si estuviera totalmente ajeno a mi presencia.

—Lo miré durante algún tiempo. Entonces escuché otra voz. De pie, detrás de mí, estaba el profeta.

◆ ◆ ◆

—No tienes que entender sus palabras —dijo el profeta— para saber lo que está sucediendo.

—Está llorando —dije— por la destrucción de su ciudad.

—Eso es correcto.

—¿Quién es él?

—Un profeta

—¿Cuál?

—Uno de los que lamentaron la destrucción de Jerusalén. Pero no solo lloraron; acudieron a Dios para confesar los pecados de su nación, para reconocer lo justo del juicio y para suplicarle misericordia y restauración. Fue cuando terminó de hablar que la escena comenzó a sufrir una transformación. Todavía era de noche y aún estaba rodeado de escombros, pero las ruinas habían cambiado.

—¿Cómo es eso? —preguntó Ana.

—Ahora eran las ruinas de la Zona Cero, el enorme montón de ruinas donde una vez estuvieron las Torres Gemelas, vigas de metal y marcos que sobresalían de los vestigios como si fueran esculturas de arte moderno, y todo cubierto por una bruma de polvo blanco y ceniza. Y ahí, sentado encima de todo aquello, estaba el hombre de cilicio y cenizas, todavía llorando, todavía orando y todavía suplicando con sus manos extendidas.

—Hay —dijo el profeta— una serie de oraciones recitadas por el pueblo judío llamadas *selijot*. Esas oraciones fueron escritas en épocas pasadas y contienen escrituras de tiempos aun más antiguos que han de ser pronunciadas en los tiempos señalados.

—¿Qué significa *selijot*?

—Esta palabra se refiere al perdón, el perdón de Dios. Las *selijot* son súplicas por la misericordia de Dios a la luz del pecado de la nación, específicamente una nación que había conocido los caminos de Dios, pero que se apartó de ellos. Por tanto, involucran la confesión del pecado y las súplicas por la misericordia divina. También implican juicio. El juicio es el contexto que subyace a los clamores por la misericordia y la restauración... el día del juicio nacional.

—¿Juicio en forma de qué?

—De calamidad —respondió—, calamidad nacional y, más específicamente, en forma de ataque; todo lo cual resulta en la devastación infligida por sus enemigos. De modo que se podría decir que las *selijot* son oraciones ordenadas para los días del juicio nacional.

—Dijiste que fueron escritas en épocas pasadas para ser pronunciadas en los tiempos señalados. ¿Cuándo son esos tiempos señalados?

—Para la mayor parte del mundo judío, los tiempos señalados caen en los últimos días del mes hebreo de Elul, los días previos a la Fiesta de las Trompetas. Es entonces cuando se pronuncian las primeras oraciones *selijot*.

—¿Cómo se expresan? —pregunté.

—Ciertas partes de esas oraciones requieren la presencia de diez hombres. Pero otras partes pueden expresarse en grupos más pequeños o de manera individual. De modo que las palabras antiguas se recitan en las sinagogas, en los hogares judíos y en cualquier otro escenario en que el pueblo hebreo decida hacerlo. Todo comienza en los días previos a la Fiesta de las Trompetas, a la medianoche posterior al sábado, así que desde el sábado por la noche hasta el amanecer o el amanecer del domingo por la mañana viene la primera *selijot*. Luego, desde la medianoche del domingo hasta el amanecer o el amanecer del lunes, llega la segunda *selijot*. Las oraciones pueden recitarse en cualquier momento entre la medianoche y el amanecer, aunque con mayor frecuencia se recitan al acercarse el amanecer. La tercera *selijot* termina al amanecer del martes por la mañana.

Ante eso, hizo una pausa.

—¿Por qué te detienes? —pregunté.

—Las oraciones señaladas para el día del juicio nacional... terminaron al amanecer del martes por la mañana... ese día.

—¿Qué día?

—El 11 de septiembre de 2001. Los acontecimientos del 11 de septiembre sucedieron durante los días de las *selijot*, los días de las oraciones designadas para el juicio de una nación.

—De modo que, cuando comenzó ese día, se elevaron las oraciones relacionadas con la calamidad nacional. Y fue entonces cuando cayó la adversidad. En la mañana del 11 de septiembre, recitaron las antiguas palabras que se refieren al golpe de una nación por sus enemigos. Y fue ese día y esa mañana cuando Estados Unidos de América fue atacado por sus enemigos.

Las palabras que oraron la mañana del 11 de septiembre se referían al estremecimiento de una nación que una vez conoció a Dios, pero que se alejó de él. Y fue esa mañana cuando la nación que también se había apartado de Dios sería sacudida.

—¿Qué es eso? —pregunté—. No podía distinguir lo que estaba escuchando o de qué dirección venía.

—Mira, Nouriel —dijo, señalando el paisaje urbano que rodeaba las ruinas—. Vi a un hombre de pie en lo alto de un edificio, muy parecido al tipo que había visto en las ruinas al comienzo del sueño, vestido con una túnica y una capucha, y con los brazos en alto como si estuviera orando. Entonces vi otra figura, similar a la primera, de pie en lo alto de un edificio más distante, y pronto otra y otra, y luego —a través de las ventanas de apartamentos iluminados— las siluetas de figuras semejantes, todas ellas como en medio de la oración.

—Lo que estás escuchando —dijo el profeta— son sus voces, las voces de los que expresan la *selijot*. La ciudad de Nueva York es el lugar en el que más judíos que cualquier otro poblado de Estados Unidos han establecido su hogar. Por tanto, ¿qué significa eso?

—Significa que la *selijot* se hablaría en toda la ciudad y en toda la región.

—Significa que cuando comenzó el 11 de septiembre, se recitaban por toda la ciudad las antiguas palabras sobre la calamidad nacional, un ataque enemigo y la devastación de una ciudad, *antes de que ocurriera*.

—¿Qué palabras específicamente? —pregunté.

—Para el pueblo judío, eso hizo eco de la destrucción de su ciudad, Jerusalén. Pero ahora resonaría en el futuro para hablar de lo que estaba por venir. Las palabras recitadas la mañana del 11 de septiembre hablaban de enemigos que vendrían a la tierra e intentarían traer destrucción a los edificios de la nación:

Dijeron: *¡Arrástralo! ¡Derríbalo hasta sus cimientos!*[1]

—El 11 de septiembre, las altas torres que encarnaban la gloria de la civilización estadounidense se convirtieron en ruinas, en desolación. Por lo tanto, las antiguas palabras que se pronunciaron en la mañana del 11 de septiembre decían esto:

Nuestros deseos han sido devastados y nuestra gloria ha sido demolida ... nuestro palacio se ha convertido en una desolación.[2]

—Y al final de ese día, mientras Estados Unidos de América contemplaba la desolación de su ciudad coronada, muchos fueron instados a invocar las palabras «Dios bendiga a América». Pero antes de que la calamidad hubiera tenido lugar, la súplica por la misericordia de Dios ya resonaba a través de la ciudad de Nueva York:

Dios mío, inclina tu oído y oye, abre tus ojos y mira nuestras desolaciones y las desolaciones de la ciudad...[3]

—Para la noche del 11 de septiembre, toda la nación y gran parte del mundo habían visto u oído hablar de la devastación. A la medianoche llegó el momento de levantar la siguiente serie de oraciones señaladas en épocas pasadas. Eran las oraciones de la cuarta *selijot*. Volverían a hablar de la devastación de la nación, del deseo de sus enemigos de arrasar sus edificios hasta sus cimientos y de la demolición de la gloria de la nación. Pero la mayor tragedia del 11 de septiembre no fue la pérdida de edificios, sino la pérdida de vidas. Entonces, las palabras antiguas ahora hablarían de la pérdida de vidas causada por los enemigos de la nación:

Nos cortaron la vida ... Derramaron nuestra sangre para destruirnos... hombres violentos los llevaron a la destrucción...[4]

—La calamidad de ese día comenzó cuando el primer avión se estrelló contra la Torre Norte del *World Trade Center*. Luego, como la primera calamidad aún no había terminado, la segunda siguió repentinamente cuando el segundo avión se estrelló contra la Torre Sur. Las antiguas palabras de la cuarta *selijot* decían esto:

La primera visitación de la calamidad aún no había terminado cuando la segunda repentinamente la siguió...[5]

—La imagen más icónica que quedó a raíz de la calamidad fue la del enorme montón de ruinas que quedaron en el lugar donde una vez estuvieron las altas torres de la nación. La *selijot* designada para esa noche decía esto:

Mi ciudad se reduce a un montón de ruinas permanentes y mis lugares altos son abatidos.[6]

—Y mientras la nación miraba horrorizada esa noche la desolación cubierta de polvo de la Zona Cero, se recitaban las palabras de la *selijot* designada para esa noche:

Levanta la ciudad que ha sido reducida al polvo...[7]

—Así que sucedió —dije—, que esas palabras fueron designadas desde épocas pasadas para que se recitaran en los días de la calamidad.

—O la calamidad simplemente ocurrió en los días de las palabras señaladas. Por lo tanto, en la mañana del 11 de septiembre, cuando el Departamento de Defensa de la nación no tenía idea de lo que estaba a punto de suceder, se recitaban las antiguas palabras sobre el ataque de una nación y su ciudad por sus enemigos. Y las palabras se pronunciaron especialmente en la costa este de la nación y en la ciudad de Nueva York esa mañana, donde se llevaría a cabo el ataque. La recitación de la *selijot* debía completarse al amanecer. Y así, el 11 de septiembre, en la última hora de la pronunciación de esas antiguas palabras de juicio fue que los terroristas del 11 de septiembre pusieron en marcha el ataque. El amanecer llegó a la ciudad de Nueva York aproximadamente a las 6:30. Las oraciones señaladas para el día de la calamidad estaban ahora completadas. A los quince minutos de ese momento, los terroristas llegaron al aeropuerto Logan en Boston, desde donde iniciarían la calamidad de la nación.

—El siguiente misterio me llevaría a un barco centenario en un viaje que descubriría el secreto del 11 de septiembre... en un misterio del tiempo.

Capítulo 8

Los cimientos

—En el siguiente sueño, me encontré de pie en el interior de una casa grande, una mansión. Todo dentro de esa vivienda era enorme, grandioso, ornamentado y lujoso; las habitaciones, los muebles, las sillas, las puertas y las mesas de madera; las cortinas, los candelabros dorados. Nunca había estado en un ambiente tan opulento.

»Entonces escuché un estruendo. La casa y todo lo que había en ella comenzó a temblar. Y luego, el piso en el que estaba parado cedió. Todo se derrumbó. Me hundí con la casa, pero en una manera que parecía desafiar la gravedad… poco a poco, como si estuviera flotando en medio de un colapso que parecía estar ocurriendo en cámara lenta. Mientras descendía, me di cuenta de que la casa tenía muchos pisos, todos se derrumbaban a mi alrededor.

»Al fin, mis pies tocaron el fondo. Estaba a nivel del suelo, sobre los cimientos del edificio, viendo cómo se derrumbaba todo lo que estaba a mi alrededor. Hasta que se acabó. Comencé a caminar por las ruinas. Noté un trozo de piedra que sobresalía. Me atrajo. Empecé a limpiar los escombros que lo ocultaban parcialmente. Era una piedra fundacional. Pero no coincidía con el resto del edificio. Parecía ser de una época antigua. Mientras seguía analizándola, observé letras, palabras, talladas en su superficie.

—¿Qué decía?

—Antes de que pudiera leerlo, todo desapareció; las ruinas, los escombros, todo menos el propio fundamento. Pero ahora la base se movía, se balanceaba. Escuché el sonido de olas y gaviotas. La base se había transformado en la cubierta de un barco, una nave centenaria, con velas y mástiles de madera. Todo era de madera excepto la cubierta, que todavía era de la misma piedra de los cimientos del edificio.

»No estaba solo. Había otras personas a bordo, tripulantes, todos vestidos con ropas de —supongo—, cinco o seis siglos atrás. El barco se movía poco a poco por un pasillo. No sé si navegábamos por un río o no, pero había tierra a ambos lados.

»Entonces escuché una voz. De pie, a mi lado, estaba el profeta.

—¿Qué sucede —preguntó— cuando se destruye un edificio? ¿Qué es lo que se expone después?

—Su fundamento.

—De modo que Dios puso la piedra fundamental sobre la cual Israel se levantó como nación. Pero en el apogeo de sus bendiciones, se apartó y se corrompió. Sus ciudades se llenaron de inmoralidad, sus calles de derramamiento de sangre. Una y otra vez, Dios instó a la nación a regresar, pero solo se hacía más desafiante y malvada. Entonces le dijo esto:

> Echaré por los suelos la pared con su hermosa fachada; sus endebles cimientos quedarán al descubierto.[1]

—Las palabras eran dirigidas primeramente a las mentiras de los falsos profetas de Israel, que le aseguraban a la nación que no vendría ninguna calamidad sobre ellos. Sus mentiras se desvanecerían. Pero también la nación. Se precipitaría hasta el suelo. Dios desbarataría lo que había construido. Quitaría todo lo que se había levantado sobre los cimientos que había puesto. Traería todo de vuelta a sus cimientos. Es un principio de juicio: la nación volverá a sus cimientos.

—La torre que cae —dije— ¿era un símbolo de Estados Unidos de América?

—Sí, una torre alta, orgullosa y muy alejada de los cimientos sobre los que comenzó.

—Y el 11 de septiembre, se derrumbó aquella torre alta, cayendo hasta sus cimientos. Fue derribada «hasta el suelo». Sus endebles cimientos quedaron al descubierto.

—Pero hay más en el misterio. La alta torre de Estados Unidos de América descansa sobre dos cimientos terrenales: su poder económico y su poderío militar. De estos dos, fue su poder económico el primero en alzarse. Mucho antes de que se pudieran encontrar soldados estadounidenses en todos los rincones de la tierra, el poder económico de la nación ya había rodeado al mundo. Y mucho antes de que existiera una potencia militar estadounidense, se habían sentado las bases sobre las que se levantaría su poder económico.

—¿Dónde? —pregunté—. ¿Dónde se colocaron los cimientos?

—El centro del poder económico de Estados Unidos, y del ascenso de la nación a nivel de superpotencia económica, fue la ciudad de Nueva York. ¿Y cuándo se sentaron sus cimientos? ¿Cuándo empezó eso que ahora conocemos como Nueva York?

—No lo sé.

—En el fundamento de la ciudad está, en última instancia, la base de ese poder. El día que uno comenzó, también lo hizo el otro.

—¿Podemos ubicar ese día?

—Quizás *él* pueda —dijo el profeta, señalando a una figura solitaria con un largo abrigo negro que estaba en la parte delantera del barco, mirando hacia las aguas.

—¿Quién es él? —pregunté.

—El capitán del barco.

—¿Dónde estamos? —pregunté.

—En un viaje en busca de un pasaje.

—¿Qué barco es este?

—Pertenece a la Compañía Holandesa de las Indias Orientales. El nombre del capitán es Henry Hudson.

—¡Henry Hudson! Aprendí sobre él en la escuela primaria.

Fue en ese momento que el hombre del largo abrigo negro señaló a la distancia y dijo algo a la tripulación que hizo que observaran a lo lejos.

—Y ahora verás —dijo el profeta— el misterio de la fundación, el día en que todo comenzó.

El barco se dirigía hacia la punta de una masa de tierra.

—Es una isla —dijo el profeta.

—¿Es esa? —pregunté. ¿Es esa la ciudad de Nueva York?

—Es el comienzo —dijo— de lo que se convertiría en la ciudad de Nueva York, la isla conocida como Manhattan.

—Así que este es el día de su descubrimiento.

—Sí.

Observé la manera en que la nave se acercaba a la isla y anclaba en su orilla.

—Este, Nouriel, es el día en que todo comenzó, el comienzo de la ciudad, el poder y el ascenso. Este es el día de la fundación.

—Y el misterio es...

—El día en sí.

—¿Que es qué?

—El 11 de septiembre.

—¡El 11 de septiembre!

—Todo comenzó el 11 de septiembre. El 11 de septiembre es el día en que nació la ciudad de Nueva York.

—Es su cumpleaños... así que la ciudad fue golpeada el día de su nacimiento.

—Y el surgimiento del poder económico de Estados Unidos, todo comenzó el 11 de septiembre.

—Así que en el día del levantamiento... vino la caída.

—Y fue ese poder el que estuvo antes y detrás de los otros poderes de la nación y tras el surgimiento de la nación misma. Entonces, todos esos otros poderes tienen sus orígenes el 11 de septiembre... al igual que el surgimiento de Estados Unidos en sí. Todo comenzó el 11 de septiembre.

—Así que todo coincidió; todo volvió a ese mismo día.

Fue entonces cuando el capitán recogió un enorme bloque rectangular de piedra que estaba sentado en la cubierta, lo sacó del barco y lo llevó a la costa de la isla. El profeta y yo lo seguimos.

—Yo pensaría —dije— que la piedra es demasiado grande para que la cargue un hombre. ¿Henry Hudson realmente llevó una piedra a tierra?

—No, Nouriel —dijo el profeta—. Esto es un sueño. El descubrimiento y los cimientos de esta isla sucedieron realmente. Pero lo que estás viendo ahora es simbólico.

Lo seguimos hasta un sitio cerca de la orilla del agua, donde puso la piedra en el suelo. Luego sacó un martillo, un cincel y comenzó a grabar letras en la parte superior de la piedra.

—Es la piedra —exclamé—, ¡la piedra del sueño!

—Este *es* el sueño —dijo el profeta—. Todavía estás en eso.

—La piedra que quedó expuesta en los cimientos del edificio después del colapso.

—Sí. ¿Te gustaría leer ahora lo que dice?

—Por supuesto que sí.

Así que me llevó a la piedra y leí el grabado.

—Ezequiel 13:14 —dije—. ¿Qué significa eso?

—Ezequiel 13:14 es el versículo que habla del derribo del muro y del descubrimiento de sus cimientos.

—La caída de la casa deja al descubierto sus cimientos.

—Ponlo junto, Nouriel. ¿Qué le sucedió a Israel en el día del juicio?

—Sus poderes se destruyeron —respondí—. Sus edificios se derrumbaron. Todo fue despojado. Y sus cimientos quedaron expuestos.

—Sí, en el día del juicio, la nación vuelve a sus cimientos.

—Y así, el 11 de septiembre, Estados Unidos volvió a sus cimientos. A través de la calamidad se expusieron los cimientos de la nación.

—No es solo que Estados Unidos regresó a sus fundamentos el 11 de septiembre, sino que la fundación de Estados Unidos *en sí es el 11 de septiembre*. Mucho antes de que se convirtiera en un día de calamidad, el 11 de septiembre fue el día de la fundación de Estados Unidos de América.

—El misterio del 11 de septiembre… nunca me lo hubiera imaginado.

—Una convergencia de tiempos. Ocurrió en el juicio del antiguo Israel. Cuando el templo de Jerusalén fue destruido por los ejércitos de Roma, sucedió el mismo día que el primer templo de Jerusalén fue destruido por los ejércitos de Babilonia, siglos antes, exactamente el mismo día.

—¿Y aquellos que lo destruyeron, lo hicieron porque…?

—No. Acaba de suceder. Los terroristas del 11 de septiembre tampoco tenían idea. Simplemente vinieron a traer destrucción.

—Así que no fue solo lo que sucedió el 11 de septiembre lo que constituía la señal, era el 11 de septiembre, el día en sí, esa fue la señal.

—En el Libro de Jeremías, el juicio de la nación fue profetizado con estas palabras:

> Voy a destruir lo que he construido, y a arrancar lo que he plantado.[2]

—Fíjense lo que sucede cuando llega el juicio: la destrucción se une a la edificación, el desarraigo se une a la siembra. Cada uno está unido a su inverso, su opuesto… el misterio de la inversión.

—Así que el 11 de septiembre fue el día en que la ciudad de Nueva York fue *plantada*. Ese día se convirtió en el día del *desarraigo*. Y el día que comenzó su *construcción*... llegó el día de la *ruptura*.

—¿Y cuál es el significado y el mensaje? —le pregunté.

—Como sucedió con el antiguo Israel, las bendiciones de Estados Unidos vinieron de Dios, sus bendiciones económicas, financieras, su prosperidad, el fruto de sus canastas, el pan de sus tazones para amasar, su poder para producir riqueza y su reinado como la más próspera de las naciones, todo vino de Dios. Pero si Estados Unidos repitiera el error del antiguo Israel y se volviera contra el fundamento de todas sus bendiciones, ¿cuánto tiempo, entonces, pueden durar esas bendiciones?

—Ana, no has dicho una palabra ni me has mostrado ni una pizca de expresión, así que podría saber lo que estás pensando.

—Cuando sucedió todo —dijo ella—, cuando Estados Unidos se detuvo el 11 de septiembre, todavía puedo recordar lo que estaba pensando, pero nunca podría haber imaginado que detrás de todas esas cosas estaba sucediendo todo eso.

Los dos se sentaron en silencio por un rato, Nouriel bebiendo de su vaso de agua y Ana sentada allí.

—Entonces ¿qué pasó después? —preguntó ella—. ¿Cuál fue la siguiente revelación?

—El próximo sueño me internaría más en el misterio e involucraría a un hombre, un micrófono y un águila en un misterio que cambiaría al mundo.

Capítulo 9

El discurso nocturno

—Era de noche. Estaba pasando por un paisaje de casas, pueblos, aldeas, ciudades y luego más pueblos y aldeas.

—¿Pasando?

—Pasando por encima, volando o como si alguien me enseñaba todas esas cosas como si fuera yo. Pero más sorprendente que lo que estaba viendo era lo que estaba escuchando.

—¿Qué escuchabas?

—Una voz, la misma voz que venía de cada pueblo y ciudad, de cada edificio y cada hogar.

—¿Qué clase de voz era esa?

—La voz de un hombre, era como si estuviera pronunciando un discurso. La voz continuó mientras pasaba por una ciudad llena de monumentos y edificios de piedra blanca que se asemejaban a los templos clásicos. Fue entonces cuando empecé a descender tocando el suelo en medio de esa ciudad.

—Delante de mí había una larga serie de enormes escalones de piedra blanca que conducían a una plataforma. En la parte superior de la plataforma había un escritorio.

—¿Un escritorio?

—Un escritorio de piedra o una gran piedra rectangular que servía de escritorio y del mismo color y apariencia que la piedra que vi en el otro sueño en los cimientos del edificio. Detrás del escritorio estaba sentado un hombre.

—¿Qué aspecto tenía?

—Parecía tener más de sesenta años, usaba anteojos, una chaqueta de color claro, una corbata oscura y un brazalete negro entre el hombro izquierdo y el codo. Detrás del hombre, bastante atrás, había un colosal edificio de piedra del mismo color y apariencia que el escritorio. Y aunque estaba retraído, era lo suficientemente alto como para hacerse visible desde la parte inferior de las escaleras. En la pared frontal estaba grabada la imagen de una gran águila con las alas extendidas, que abarcaba varios pisos de altura.

—¿Cómo pudiste hacer eso de noche?

—Había luces apostadas por todas partes. Y me permitieron vislumbrar otro detalle: encima del escritorio había un conjunto de micrófonos, pero de piedra, la misma piedra de la que estaba hecho el escritorio. Fue entonces cuando me di cuenta de lo que estaba viendo. El hombre estaba hablando por los micrófonos. Y era su voz la que llenaba cada hogar, pueblo y ciudad, llenando la tierra. Y fue entonces cuando lo escuché.

—Al hombre del escritorio.

—No, al profeta.

—En el día de la calamidad, los cimientos quedarán expuestos —dijo—. El 11 de septiembre expuso los cimientos de los poderes fundamentales de Estados Unidos. Pero fueron dos. ¿Y el otro?

—¿El poder militar de Estados Unidos?

—Sí, su poderío militar. El ascenso del poder económico estadounidense fue gradual y continuo. Pero el auge de su poderío militar se produjo de manera diferente, dramática y repentina. Fue la Segunda Guerra Mundial la que transformó a Estados Unidos en la mayor potencia militar del mundo. Y fue ese poder el que marcó el comienzo de una nueva era de la historia mundial. ¿Cómo pasó eso?

—Me imagino que me lo dirás.

—Fue a fines del siglo diecinueve cuando Estados Unidos superó al imperio británico convirtiéndose así en la principal potencia económica e industrial del mundo. Pero su poder militar era relativamente débil. Su ejército era una pequeña fracción del tamaño del británico.

»En 1917, Estados Unidos fue arrastrado a la Primera Guerra Mundial, pero solo a la última fase de esa conflagración. Cuando terminó el conflicto, la nación comenzó a retirarse de participar en guerras extranjeras y tender más al aislacionismo. Su apartamiento duraría durante las décadas de 1920 y 1930, aun con el auge y el creciente peligro del fascismo y el nazismo. A mediados y finales de la década de 1930, el Congreso estadounidense aprobó varias leyes de neutralidad, que prohibieron o limitaron severamente a la nación de cualquier participación en los conflictos de otras naciones. Con el estallido de la Segunda Guerra Mundial, el presidente estadounidense, Franklin Roosevelt, trató de sacar a la nación del aislacionismo y llevarla a la guerra contra las fuerzas del nazismo y el fascismo, que entonces estaban envolviendo al continente europeo. Pero estaba luchando contra la opinión pública y la resistencia del Congreso de Estados Unidos.

»El punto de inflexión con respecto a la participación de Estados Unidos en la Segunda Guerra Mundial y, por lo tanto, su ascenso a la superpotencia mundial se produjo en 1941. En febrero de ese año, la revista *Life* publicó un editorial en el que pedía el fin del aislamiento estadounidense y el comienzo de lo que llamó el «siglo estadounidense».[1] El mes siguiente, el Congreso aprobó la «Ley de préstamo y arrendamiento», que permitió que se destinara ayuda masiva a ayudar a las naciones aliadas en sus esfuerzos bélicos. Como medida de protección, en abril, Roosevelt autorizó el estacionamiento de tropas estadounidenses en Groenlandia y tres meses después se enviaron tropas a Islandia. En agosto, Roosevelt y el primer ministro británico, Winston Churchill, se reunieron en secreto en algún punto del Atlántico, donde formularon una declaración de ocho objetivos compartidos para un mundo de posguerra en lo que se consideraría el comienzo de la alianza británico estadounidense conocida como la Carta del Atlántico. Pero para desilusión de Churchill, Roosevelt se negó a comprometerse a entrar en la guerra. Sin el apoyo del Congreso y la opinión pública, tenía las manos atadas.

»Sin embargo, eso cambiaría pronto. Y el cambio se produciría a finales del verano cuando un submarino alemán —al que seguían los estadounidenses— disparó contra un buque de la Armada de los Estados Unidos, el *USS Greer*. Este respondió a su vez con cargas de profundidad. Fue la primera vez que un barco de la Armada estadounidense intercambió fuego con un barco alemán. Una semana después del incidente, el presidente se dirigió a la nación por la radio.

—Entonces ¿fue esa la voz que escuché proveniente de las casas?

—Sí y ese es él —dijo, apuntando al hombre sentado en el escritorio que estaba en la parte superior de la plataforma a la que conducían las escaleras.

—¿Y qué está diciendo?

—Subamos y averigüemos.

Así que comenzamos el largo ascenso por los escalones de piedra blanca. Todavía podía oír su voz repercutiendo en los edificios y casas distantes, pero no podía distinguir las palabras. Se oiría más claro cuando llegáramos a la parte superior de la plataforma, donde nos detuvimos a unos tres metros frente a su escritorio. Allí escuchamos mientras hablaba por los micrófonos, aparentemente sin darse cuenta de nuestra presencia.

«Que esta advertencia sea clara. De ahora en adelante, si los barcos de guerra alemanes o italianos entran en aguas, cuya protección sea necesaria para la defensa estadounidense, lo harán bajo su propio riesgo».[2]

—Con esas palabras —dijo el profeta—, Roosevelt inició lo que se conocería como la política de disparar a la vista. A partir de ese momento, cualquier barco estadounidense que avistara un buque de guerra alemán o italiano en aguas consideradas necesarias para la defensa estadounidense abriría fuego. Eso garantizaba la entrada de Estados Unidos en la guerra, el cruce de un Rubicón, del que no se podía regresar. Fue un punto de inflexión que cambiaría el curso de la guerra y luego de la historia mundial.

Fue entonces cuando noté el comienzo de una transformación. Los micrófonos cambiaban de forma, se alargaban, se estiraban hacia arriba, tomaban la forma de un grupo de flechas, pero todavía de piedra. El presidente luego juntó el grupo y los colocó sobre los apoyabrazos de su silla. Fue entonces cuando me di cuenta de que estaba sentado en una silla de ruedas. Se dio la vuelta para quedar ahora frente a la pared del gran edificio. Luego se acercó a la imagen de un enorme águila y colocó las flechas frente a sus garras. En eso, la imagen comenzó a moverse y luego emergió de la pared, todavía de piedra, pero ya no era un grabado, ahora era un ser completamente tridimensional. Echó un vistazo a las flechas y las agarró con sus garras. «Ahora levántate», le dijo el presidente al águila, «y haz la guerra». En eso, la colosal criatura voló hacia el cielo nocturno, que ahora estaba lleno de nubes tormentosas y desapareció en la oscuridad.

—La declaración del presidente —dijo el profeta— haría inevitable la entrada oficial de Estados Unidos de América en la guerra con los consecuentes efectos de largo alcance de ese hecho. Tres meses después, con el ataque japonés a Pearl Harbor, se haría oficial; pero con la declaración del presidente esa noche y el inicio de la nueva política, ya había comenzado. El discurso fue la manifestación de una decisión crucial ya tomada: Estados Unidos no solo entraría en la guerra, sino que asumiría las riendas del liderazgo mundial.

»El significado del discurso del presidente se manifestó en titulares, comentarios y editoriales que aparecieron en todo el país como respuesta. El discurso fue:

> ... una *DECLARACIÓN DE GUERRA* no oficial contra la Alemania nazi y la Italia fascista... El presidente de la nación, debidamente electo, *ha comprometido* a 132 millones de estadounidenses a viajar por un camino *del que no hay vuelta*. No pueden permitirse *PERDER LA GUERRA.*[3]

> ... el pueblo estadounidense reconoce que no puede haber marcha atrás...[4]

—Los historiadores también verían ese discurso como una declaración de guerra efectiva y la entrada no oficial de Estados Unidos en la guerra.

—El escritorio —dije—, la pared, el águila y las flechas, eran todos del mismo color y sustancia que la piedra que vi en el otro sueño en el fondo de la casa, la primera piedra. ¿Qué significa eso...?

—Lo que viste —dijo el profeta— fue la revelación de un cimiento: el otro fundamento... la base del surgimiento de Estados Unidos como la mayor potencia militar del mundo. Lo que viste fue parte del día en que todo fue sellado, el día en que se selló la era estadounidense.

—El día en que se selló la era estadounidense... ¿Qué día fue?

—Era el 11 de septiembre.

—¡El 11 de septiembre!

—Todo comenzó el 11 de septiembre.

—Entonces Roosevelt pronunció su discurso a la nación...

—La noche del 11 de septiembre.

—El mismo día que el otro cimiento de Estados Unidos.

—Fue el 11 de septiembre el que selló la entrada de Estados Unidos a la guerra. Fue el 11 de septiembre el que determinó el resultado de esa guerra.

Fue el 11 de septiembre el que comenzó el ascenso de Estados Unidos a la cima del poder mundial como la potencia militar más fuerte de la tierra.

—¡El 11 de septiembre! Fue el 11 de septiembre lo que hizo que Estados Unidos se convirtiera en una superpotencia.

—Sí. Fue el 11 de septiembre el que inició la era estadounidense, el día en que nació la superpotencia estadounidense. Mucho antes de que se convirtiera en algo más, el 11 de septiembre fue la base de todas esas cosas.

—Y el 11 de septiembre fue el día en que el Pentágono, el símbolo del poder militar estadounidense, fue atacado.

—Sí.

—De modo que el símbolo que representaba el poder militar de Estados Unidos fue golpeado el día de su nacimiento.

—Y fue incluso más que eso.

—¿Qué quieres decir?

—Hitler había esperado evitar una guerra con Estados Unidos hasta derrotar primero a la Unión Soviética. Pero los líderes de la Alemania nazi consideraron que el discurso de Roosevelt del 11 de septiembre marcaba el comienzo de la guerra. Ellos también lo vieron como el punto de inflexión del que no habría retorno.

»Dos días después de ese discurso, el ministro de Relaciones Exteriores alemán, Joachim von Ribbentrop, envió un mensaje al gobierno japonés advirtiendo que las acciones de Roosevelt conducirían a una guerra abierta contra las potencias del Eje, de las cuales Japón era parte. Luego comenzó a presionar a Japón para que atacara a Estados Unidos. Hitler había llegado a creer ahora que una guerra entre Japón y Estados Unidos distraería y obstaculizaría la capacidad de Estados Unidos para hacer la guerra en Europa. Las garantías mutuas de alianza militar entre las naciones del Eje llegaron a principios de diciembre. Luego, el 7 de diciembre de 1941, Japón atacó a Estados Unidos en Pearl Harbor. La guerra no declarada ya se había declarado.

—Así que incluso Pearl Harbor estaba relacionado con el 11 de septiembre.

—Sí. Pero Pearl Harbor se refería a Estados Unidos y Japón. Sin entrar en un conflicto bélico en Europa contra la Alemania nazi, Estados Unidos nunca se habría convertido en la superpotencia mundial en la que se convirtió al final de la guerra. Todo eso se sellaría cuatro días después de Pearl Harbor, cuando la Alemania nazi emitiera su declaración de guerra contra Estados

Unidos. La declaración alemana abrió la puerta para que Estados Unidos se incorporara a la guerra en Europa, lo que hizo ese mismo día. La declaración alemana también contenía y se centraba en una fecha por encima de todas las demás como el evento inicial que finalmente condujo a la guerra: la fecha del 11 de septiembre.

—Así que todo se remonta a ese día.

—El 11 de septiembre llevó a Estados Unidos a la guerra y, por lo tanto, lo impulsó a convertirse en la potencia militar más fuerte de la tierra, y luego en la superpotencia más grande del mundo, una superpotencia con soldados estacionados por toda la tierra y su armada patrullando el mundo. El 11 de septiembre dio origen a una nueva era, una en la que Estados Unidos reinaría como cabeza de naciones, la era estadounidense. Todo comenzó el 11 de septiembre.

—Y como todo comenzó el 11 de septiembre —dije—, todo volverá al 11 de septiembre.

—Recuerda las Escrituras, Nouriel, en los días del juicio, que lo edificado se derriba, y lo plantado se desarraiga. La plantación y la edificación se unen al desarraigo y la destrucción. Así que el 11 de septiembre fue el día en que se plantó el poderío militar global de Estados Unidos.

—Y el día en que se plantó el poder económico de Estados Unidos... ambos poderes.

—De modo que —dijo el profeta—, el día de la siembra, el cimiento, debe convertirse en el día de la destrucción... el 11 de septiembre —día de la fundación— debe convertirse en el 11 de septiembre, día de la calamidad.

—Y el significado y el mensaje...

—Si Estados Unidos no se vuelve al Dios de su fundación, entonces los poderes que se establecieron ese día colapsarán.

—¿Y el siguiente misterio?

—Corría paralelo a este, pero se centraría en un evento desconocido para la mayor parte del mundo, un suceso que tendría lugar en un campo entre un río y un cementerio, en una convergencia tan precisa que me dejaría atónito.

Capítulo 10

La casa junto al río

—Era de noche, pero a diferencia del último sueño, yo sabía que el amanecer estaba cerca. Estaba en un bote con otros cuatro.

—¿Otros?

—Al comienzo del sueño, no podía decir mucho más que eso. Sus rostros estaban ensombrecidos por la oscuridad y por el hecho de que todos llevaban unas capas con las que se cubrían sus cabezas. Y estaban mirando lejos de mí, a ambos lados del bote... excepto el que parecía ser el líder. Este se sentó en la parte delantera del barco y miró hacia el frente a la distancia. Yo estaba justo detrás de él. Así que tampoco pude ver su cara. Al lado de cada uno de los cuatro había una gran piedra rectangular del mismo color y apariencia que el escritorio que vi en el último sueño y como la primera piedra del sueño anterior.

—¿Quién eres tú? —pregunté. Dirigía mis palabras a todos ellos, aunque estaba frente al líder—. ¿Y qué estamos haciendo aquí?

—Somos constructores —dijo el líder. Dijo eso sin voltear la vista para mirarme—. Constructores, que habitan junto al río.

—Y hoy es el día de la travesía —dijo otro de los cuatro—. Para que podamos sentar las bases —dijo otro.

—¿Bases de qué? —pregunté.

—De una gran casa —dijo otro—, una casa junto al río.

—Hoy —dijo el líder— comienza todo.

Luego, el barco llegó al otro lado del río. Mientras nos preparábamos para desembarcar, el líder se dio la vuelta y se quitó la capucha. Lo reconocí de inmediato.

—¿Quién era?

—Era George Washington. Tomó la piedra, se puso de pie, salió del bote y se detuvo una vez en tierra, esperando a los demás. Me reuní con él allí. Volví a mirar el barco. El personaje que había estado sentado detrás de mí se quitó la capucha. También lo reconocí. Era Thomas Jefferson. Levantó la piedra, se puso de pie, salió del bote y se unió a nosotros en tierra. Luego, la tercera persona hizo lo mismo. Era Abraham Lincoln. Y, por último, Teddy Roosevelt.

—Lo tengo —dijo Ana.

—¿Qué?

—Tengo el misterio. Es el monte Rushmore. Los cuatro están en el monte Rushmore.

—Así es. Eso fue lo que yo pensé también. Pero no tiene nada que ver con el misterio.

—Está bien, entonces ¿qué pasó después?

—Mientras estábamos en la orilla, el sol comenzó a salir. Empezamos a caminar tierra adentro hasta que llegamos a una gran extensión de terreno. En medio estaba sentado un hombre en una silla de ruedas.

—Roosevelt —dijo Ana—, Franklin Roosevelt.

—Sí, con una capa o un chal oscuro sobre sus hombros y una piedra a sus pies, del mismo tamaño, forma y color que los demás.

»Después de saludar a los otros, apartó la silla de la piedra. Entonces los cuatro se acercaron a la piedra y empezaron a depositar sus piedras junto a ella, una tras otra, en el mismo orden en que habían estado sentados en la barca. Luego dieron un paso atrás hasta que formaron una especie de círculo. Las piedras ahora también formaron una especie de círculo.

»Entonces Roosevelt se inclinó hacia adelante en su silla y comenzó a hablar. "Recordaremos este día. Es el día en que cruzamos el río para sentar las bases de una gran casa y un gran poder que marcará el giro de la historia. Y aunque pongamos sus piedras lejos de los ojos del mundo, este día será conocido por las generaciones venideras".

—Y luego todos se congelaron en su lugar, todo se congeló, excepto el otro y yo.

—¿Uno más?

—El profeta. No sé cuándo llegó, pero en ese momento estaba ahí, detrás de mí.

—Lo que acabas de ver —me dijo—, ¿qué crees que significa?

—Las piedras tenían la misma apariencia que la del escritorio en la otra visión y de la piedra fundamental en la casa caída. De modo que creo que esta es la revelación de una fundación. Y dado que la figura central fue Franklin Roosevelt, como en la otra visión, creo que tiene que ver con una base que se colocó en los días de su presidencia. Creo que tiene que ver con el surgimiento del poderío militar estadounidense o el surgimiento de la superpotencia estadounidense.

—Muy bien, Nouriel. ¿Y cuál fue el año crítico, el año del punto de inflexión?

—1941.

—Sí, ya que era el día de la declaración de Roosevelt y la entrada —no declarada— de Estados Unidos a la guerra. Pero 1941 fue el punto de inflexión por otra razón; fue el año pionero del poder militar estadounidense. En 1941, el gasto militar estadounidense se cuadruplicó, al igual que el tamaño de las fuerzas militares estadounidenses. En 1940, el personal militar estadounidense contaba con menos de quinientas mil tropas. Pero a fines de 1941, el número se acercaba a los dos millones. 1941 fue el año decisivo.

»Sin embargo, no fueron solo las fuerzas militares las que se multiplicaron. En 1941, el personal del Departamento de Guerra había llegado a veinticuatro mil. Estaban esparcidos en diecisiete edificios en Washington, DC. Con la guerra en todo el mundo y los ejércitos de Hitler ocupando ahora la mayor parte del continente europeo, la necesidad de consolidar el Departamento de Guerra en una ubicación central se hizo inminente. Pero ningún edificio dentro de Washington era lo suficientemente grande para suplir dicha necesidad.

»Así que el jefe de personal del ejército, el General George C. Marshall, encargó al General de brigada Brehon B. Somervell, jefe de la División de Construcción del ejército, que presentara una respuesta. Somervell se propuso construir un solo edificio lo suficientemente grande como para albergar a todo el Departamento de Guerra, decenas de miles de personas, bajo un mismo techo. Para emprender una tarea tan monumental, Somervell tuvo que mirar fuera de la ciudad y al otro lado del río Potomac.

—A través del río. El Potomac, ese fue el río que cruzamos para llegar aquí.

—Sí.

—Pero con Washington, Jefferson, Lincoln y Teddy Roosevelt, pensé que nos dirigíamos a otro lugar, al Monte Rushmore.

—Te estabas dirigiendo a un lugar, pero no a ese.

—¿Entonces a cuál?

—Cuando le preguntaste a los que estaban en el bote quiénes eran, ¿qué te respondieron?

—Constructores, que habitan junto al río.

—Esa fue tu primera pista. El que te dijo eso fue Washington. De Washington vino esta ciudad. La ciudad de Washington habita junto al río Potomac.

—¿Y qué hay de Jefferson?

—Mira hacia allá —dijo el profeta, señalando un edificio abovedado al otro lado del río—. Ese es su monumento, que está parado sobre un pedestal de granito negro. Y mira allí —dijo señalando ahora lo que parecía un templo griego—. Ese es el monumento a Lincoln, donde se sienta en mármol blanco.

—¿Y Teddy Roosevelt?

—Allí —dijo—, esa es su isla, la isla Theodore Roosevelt, en medio del río, donde se encuentra en bronce. Incluso el monumento de Franklin Roosevelt está justo al otro lado del río. Todos están aquí junto al río. Todos apuntan a esta tierra.

—¿Y esta tierra es…?

—Mira, Nouriel, las piedras que pusieron aquí como cimientos. ¿Qué forma tienen?

—Supongo que estaban tratando de hacer un círculo.

—No, no es un círculo —dijo.

—¿Qué forma es?

—Un pentágono —contesté—. *Un pentágono*. Este es el terreno en el que se construyó «la gran casa» para el Departamento de Guerra: el Pentágono.

—¿Y cuándo se construyó? Se inició en 1941.

—El año decisivo —dije—, el del poderío militar de Estados Unidos. Así que, en el año de la fundación, se colocaron los cimientos del Pentágono.

—Sí. El edificio que encarnaría el poder militar mundial de Estados Unidos se inició en el mismo año que se inauguraría ese poder. Y la victoria que haría que Estados Unidos se convirtiera en la mayor potencia militar del mundo sería planificada y dirigida desde este terreno, desde esta casa.

»El Pentágono fue pensado como una respuesta temporal a una necesidad temporal. Se asumió que después de que terminara la guerra, el edificio se utilizaría para algún otro uso cuando el ejército estadounidense regresara a su estado anterior a la guerra. Pero eso nunca sucedería. El ejército estadounidense nunca volvería a la normalidad y el Pentágono se convertiría en la casa permanente de una nueva potencia mundial.

»Lo que comenzó en 1941 fue la transformación de una nación en la mayor potencia militar de la historia mundial. Y el edificio que dio pie al comienzo de esa transformación y ascenso se convertiría en la encarnación de ese poder. El Pentágono se convertiría en el símbolo más universalmente reconocido del poder militar global estadounidense.

»Pero lo que comenzó en 1941 fue más que eso. El surgimiento del poderío militar de Estados Unidos fue una parte intrínseca del surgimiento de la superpotencia estadounidense y el comienzo de la era estadounidense. Y así, esta misma casa llegó a ser el símbolo no solo del ejército más fuerte del mundo, sino de un poder global que dominaba a todas las naciones y sobrepasaba a todos los reinos e imperios de la historia.

»Y todo comenzó aquí en este terreno sin grandes alardes ni fanfarrias. Todo comenzó cuando los trabajadores se reunieron por primera vez en este terreno para iniciar la construcción.

—Para poner la primera piedra.

—Sí —dijo el profeta—, el primer movimiento de tierra. El momento innovador de la construcción pionera del novedoso año de la superpotencia estadounidense: el comienzo de la era americana.

Luego me miró, pero no dijo nada.

—¿Qué? —pregunté.

—No creo que lo hayas notado.

—¿Notar qué?

—Las piedras —dijo—. Mira las piedras, Nouriel.

Así que miré, pero no noté nada.

—La primera piedra, Nouriel. Acércate y dime lo que ves.

Así que lo hice. Fue entonces cuando noté un grabado.

—¿Qué decía?

—IXXI.

—¿Y qué significaba?

—Eso es lo que le pregunté al profeta.

—¿Qué es? —pregunté.

—Números romanos —respondió—. XI es diez más uno y IX es diez menos uno.

—Todavía no lo entiendo.

—Significa una fecha.

—¿Qué fecha?

—La fecha en que se rompió la tierra, el día del primer movimiento de tierra.

—¿Qué día?

—El 11 de septiembre.

—¡El 11 de septiembre!

—El terreno se excavó el 11 de septiembre.

—El 11 de septiembre ... ¡el día del primer movimiento de tierra!

—El día del primer movimiento de tierra del año innovador. Se reunieron en este sitio para comenzar la construcción el 11 de septiembre de 1941.

—Así que el Pentágono nació el 11 de septiembre.

—El día de la *fundación* —dijo el profeta.

—Y así todo vuelve a ese día.

—¿Qué dice la Escritura acerca de la fundación? —preguntó.

—El muro será derribado para que sus cimientos queden al descubierto.

—Así que tuvo que suceder ese mismo día —dijo—, el ataque al Pentágono y que sus cimientos quedaran al descubierto. Y no fue solo la base de la pared rota lo que quedó expuesto, fue el día mismo que quedó al descubierto, el día de la fundación del Pentágono, el 11 de septiembre.

—¿Y qué era el Pentágono para Estados Unidos de América? Era el muro de la nación, su defensa y su protección. Así que el muro fue derribado y sus cimientos se revelaron.

—Cuando los terroristas atacaron el Pentágono el 11 de septiembre, ¿lo hicieron porque era el mismo día...?

—No. Ellos no tenían ni la menor idea, al igual que los romanos que destruyeron Jerusalén el mismo día en que los babilonios la destruyeron. Los terroristas lo hicieron para infligir destrucción a sus enemigos. Pero todo condujo a ese día. Es el principio bíblico del juicio, la exposición del fundamento.

—Y lo que se construyó el 11 de septiembre —dije—, el Pentágono, se derrumbará el 11 de septiembre.

—Sí —respondió—, la yuxtaposición, la inversión del juicio.

—Y el día de la declaración, el discurso de Roosevelt a la nación y al mundo, cuando se cruzó la línea. El Pentágono se inició el mismo día que cambiaría el curso de la guerra.

—Sí, el presidente se dirigió a la nación la noche del día del primer movimiento de tierra para edificar el edificio.

—¿Lo planearon de esa manera, para ir juntos?

—No. Simplemente sucedió de esa manera.

—Así que en la mañana de la noche que sellaría la incorporación de Estados Unidos a la guerra, se inició el Pentágono.

—La novedosa noche de un día innovador.

—Así que el Pentágono se inició el día en que comenzó la era estadounidense.

—Sí, fue construido para reemplazar las antiguas instalaciones de las secciones de Estado, Guerra y Marina, que había albergado el Departamento de Guerra y la Armada desde finales de la década de 1870 en adelante. Fue a fines de la década de 1930 cuando el Departamento de Guerra comenzó a trasladarse del edificio ahora masivamente superpoblado a una residencia temporal en el Edificio de Municiones en el Washington Mall. La salida de su antigua sede se produjo en un momento simbólico. A los pocos días de la partida del Departamento de Guerra, Alemania invadió Polonia y comenzó la Segunda Guerra Mundial. Así que, en los mismos días en que el Departamento de Guerra de Estados Unidos partía de su antiguo cuartel general, la guerra que transformaría al Departamento de Guerra y al propio Estados Unidos se estaba poniendo en marcha.

»Fue el final de una era. El viejo edificio había servido como sede del ejército estadounidense durante sesenta años. ¿Qué sucede si cuentas sesenta años desde el comienzo del edificio que reemplazó, al Pentágono, desde 1941? ¿A qué año lleva?

—¡A 2001!

—Y si cuentas sesenta años desde la fecha exacta, el día del primer movimiento de tierra, el día en que comenzó la nueva era, ¿hasta qué día te trae?

—Al 11 de septiembre de 2001 ... ¡el día exacto!

No dijimos nada después de eso, durante algún tiempo. La gente que nos rodeaba, los barqueros, los presidentes, todavía estaban congelados en su lugar. El profeta comenzó a alejarse de la escena, de regreso al río.

—¡Espera! —dije mientras lo alcanzaba—. Tengo una pregunta.

—Pregunta.

—El Pentágono es un símbolo no solo del poder militar sino de Estados Unidos como la superpotencia militar predominante en el mundo, y la era en la que Estados Unidos ha reinado como cabeza de naciones, la era estadounidense. Y lo que sucedió aquí, en este terreno, sesenta años antes del 11 de septiembre, el primer 11 de septiembre, fue la base de esa era...

—Así es.

—Por tanto, el segundo 11 de septiembre, el 11 de septiembre del colapso, marcaría el comienzo de otra era. Si la inauguración del Pentágono marcó el comienzo de todas estas cosas, entonces, ¿qué marcaría su ruptura? ¿No marcaría el final de todas estas cosas, el principio del fin de la era estadounidense?

—Fue una advertencia —dijo el profeta—. Y en cuanto a lo que sucederá, eso depende de si se toma la advertencia.

—¡Estaba todo allí! —preguntó Ana—, todo estaba allí y no lo vimos. Todo empezó el 11 de septiembre. Y lo que sucedió ese día, no porque alguien lo hubiera planeado, sino por lo que se había escrito miles de años antes. Es gigantesco.

—Y aún quedaba una pieza más en el misterio de los tiempos —dijo Nouriel—, algo que el mundo había perdido, una señal que apareció el mismo 11 de septiembre, algo que pensé que era un sueño, una visión, pero se volvió una realidad.

Capítulo 11

El barco misterioso

—Era de noche. Estaba parado en una orilla al borde de una ciudad.

—¿Qué tipo de ciudad? —preguntó ella.

—Era difícil de discernir en la oscuridad y yo estaba mirando para otro lado. Pero era una ciudad moderna. Yo estaba observando un río. Moviéndose por el cielo, a paso acelerado, había una media luna. Desapareció, al igual que la noche. Ya era de mañana, una mañana tranquila al principio. Entonces escuché el sonido de explosiones y de sirenas.

—¿Qué era aquello?

—No lo vi. Todo sucedía detrás de mí. Y no me volteé nunca, sino que seguí mirando hacia el puerto. Luego me envolvió una nube blanca, no de niebla sino de polvo. Todo se volvió brumoso. A veces solo podía ver unos pocos metros por delante de mí. En otras ocasiones, podía ver al otro lado del río y, aun en otras, algún punto intermedio.

—Vi gente, cantidades de personas, de pie a lo largo de la costa, esperando que las llevaran lejos de la ciudad, lejos del caos y la niebla.

—¿Qué ves, Nouriel? —dijo el profeta, que ahora estaba de pie a mi derecha.

—Veo gente tratando de escapar. Sucedió algo.

No dijo nada. Los dos nos quedamos allí mirando cómo los transbordadores, remolcadores y otras embarcaciones entraban en el puerto para socorrer a la gente que esperaba en la orilla.

—¿Qué ves, Nouriel? —preguntó de nuevo.

Y ahí fue cuando lo vi. Emergiendo de la niebla en medio del río había un barco. No se parecía a nada de lo que había en aquellas aguas ese día. Todo lo demás era del mundo moderno. Pero ese barco era de otro siglo, era de madera, con velas blancas muy elevadas y tres mástiles rematados por tres banderas. Destacaba entre todo lo que sucedía a su alrededor, no solo por su apariencia, sino porque parecía separarse del caos que lo rodeaba, como si dos edades diferentes chocaran en el agua. Desapareció en la niebla y reapareció una y otra vez. Todo parecía casi fantasmal.

—Veo un barco —respondí—, un barco que no pertenece a la escena.

—¿No lo reconoces?

—¿Debería?

—Debieras. Apareció en tu otro sueño. De hecho, estabas a bordo de esa nave.

—El barco de la fundación —contesté—. El barco que descubrió Manhattan y marcó el comienzo de la ciudad de Nueva York... el barco que sentó las bases de la primera potencia y el surgimiento de Estados Unidos como la potencia económica más fuerte de la tierra.

—Tiene un nombre —dijo el profeta—. Se llama Half Moon o *Media Luna*.

—Sí, lo aprendí en la escuela. Pero ¿por qué lo veo ahora? No va con el resto de la escena.

—Pero ahí va.

—¿Qué estoy viendo? La gente está huyendo de la ciudad porque...

—Porque es el 11 de septiembre.

—Entonces ¿qué está haciendo *Half Moon* en las aguas de la ciudad de Nueva York el 11 de septiembre?

—¿Qué día navegó por primera vez el *Half Moon* en estas aguas para descubrir esta isla?

—El 11 de septiembre.

—Entonces todo va de la mano.

—Así que ese es el enlace de los dos acontecimientos. La visión me muestra la conexión profética entre el día de la destrucción y el día en que nació la ciudad de Nueva York: el 11 de septiembre.

—No —dijo el profeta—, la visión *no* te muestra eso.

—¿Entonces qué?

—*Se* trata de la conexión. Pero no es una visión lo que te muestra eso.

—¿Qué quieres decir?

—No estás viendo una visión.

—Un sueño.

—Estás en un sueño, pero lo que estás viendo no es una visión.

—Entonces ¿qué estoy viendo?

—Realidad. Estás viendo la realidad.

—¿Qué quieres decir? ¿Hace cuánto tiempo navegó el *Half Moon* por estas aguas?

—Hace cuatrocientos años.

—Pero veo al *Half Moon* navegando en el río el 11 de septiembre de 2001.

Hizo una pausa antes de responder a eso.

—Porque lo hizo.

—Pero es imposible.

—El *Half Moon* estuvo allí el 11 de septiembre.

—No entiendo.

—Navegó de nuevo... y no fuiste el único que lo vio. El 11 de septiembre, el *Half Moon* apareció en las aguas de la ciudad de Nueva York. Se les pareció a los que huían de la ciudad.

—Eso no tiene sentido.

—En medio de la calamidad y a través de la niebla de la destrucción, el *Half Moon* apareció en el río Hudson, haciendo el mismo viaje que había realizado siglos antes, cuando todo comenzó el primer 11 de septiembre.

—¿Acaso es un barco fantasma?

—No —dijo el profeta—, es una señal... una señal que se manifiesta en el día de la destrucción... una señal dada a la ciudad y a la nación.

—¿Cómo? —pregunté.

—De la misma manera que siempre lo hace. Nadie lo planeó. Pero todos los acontecimientos convergieron en que ocurriría. Sucedió que, a fines de la década de 1980, el *Half Moon* fue reconstruido para que coincidiera con la apariencia y la escala del barco original. Y en la mañana del 11 de septiembre, se acercó a la isla de Manhattan, como lo había hecho cuatro siglos antes ese mismo día, pero esta vez lo hizo el día de la desgracia.

—Mientras surcaba las aguas, las dos grandes torres se derrumbaron y una enorme nube de polvo llenó el puerto. Los que huían de la calamidad presenciaron la imagen de un barco holandés centenario con mástiles y velas abriéndose paso a través de la niebla de la fatalidad. El significado de lo que estaban viendo, sin duda, no tenía más sentido que la calamidad misma. Pero estaban presenciando una señal cuyos orígenes se remontaban a siglos atrás y cuyo misterio se remontaba a la antigüedad.

—¿Y el significado?

—En los días del juicio, el fundamento queda expuesto; se hace visible. El *Half Moon* fue parte de la fundación. Así que el 11 de septiembre volvió a ser visible; reapareció en las mismas aguas. La edificación se asocia a la catástrofe. Así que el *Half Moon* que navegaba por esas mismas aguas a lo largo de la isla con árboles y colinas el día de la siembra ahora navegaba por las calles y rascacielos el día del derrumbamiento.

—Ese es el misterio de las imágenes. En la ciudad estaba la imagen del derrumbe, pero en las aguas estaba la imagen del edificio. De modo que el *Half Moon* representaba la edificación de la ciudad, mientras que la destrucción simbolizaba el desarraigo. Así pasó la nave de la siembra por las ruinas del desarraigo. Las dos imágenes estaban asociadas, la imagen de un 11 de septiembre contra la imagen de otro.

—Sí —dijo el profeta—. Pero lo que se plantó el día en que el *Half Moon* llegó por primera vez a ese puerto no fue solo una ciudad, sino una potencia; fue el surgimiento de la mayor potencia económica de la tierra. Así que la reaparición de ese barco el día de la calamidad fue una señal no solo para una ciudad sino para toda una nación.

—Así que todo volvió —dije— no solo al día sino al lugar, a Nueva York y Washington, DC. Y como Nueva York fue la primera fundación, también fue la primera en ser golpeada.

—Sí —respondió—. ¿Y qué parte de Manhattan marca específicamente los cimientos, el comienzo? El extremo sur. El extremo sur de Manhattan fue la primera parte de la isla que se vio el día de su descubrimiento. ¿Y dónde estaba situado y cayó el World Trade Center?

—En el extremo sur de la isla.

—¿Y sabes con qué comenzó la ciudad en ese extremo sur, lo primero que construyeron los holandeses allí?

—No.

—Un centro de comercio.

—¡Un centro de comercio!

—Sí, el antiguo misterio del juicio: todo vuelve a su fundamento. De modo que, el 11 de septiembre todo volvió al mismo lugar y al mismo día. El 11 de septiembre devolvió a Estados Unidos al 11 de septiembre de su ascenso. Y en cada lugar había un objeto, un edificio, que representaba el poder que había surgido allí. Y ese día, todos esos objetos fueron derribados.

—Fue entonces cuando me di cuenta de que el *Half Moon* se había ido. Giré a la derecha y miré río arriba. Y ahí estaba, desapareciendo a la distancia.

—Nadie podría haber puesto todo eso junto —dije.

—No —dijo el profeta—. Mucho antes del 11 de septiembre que sacudió a la nación hasta la médula, el mismo 11 de septiembre fue la base de los poderes de este país.

—Y todo ello solo es una advertencia —dije— de que lo que se plantó será desarraigado y lo que se construyó se ha de derrumbar.

—Sí.

—El siguiente misterio sería diferente de los demás y, sin embargo, todos los demás lo estaban llevando a él.

—¿Y qué implicaba eso?

—Algo de lo que nunca había oído hablar y que, sin embargo, existía desde hacía siglos. Y en la mañana del 11 de septiembre, todo encajó.

Capítulo 12

La parashá

—Estaba de pie a la entrada de un antiguo edificio de piedra blanca con una fachada clásica y enormes columnas también blancas. Sabía que se suponía que debía entrar. Así que lo hice. Dentro del edificio había columnas más macizas, pisos de mármol, pasillos gigantes, mesas, sillas y una aglomeración de pergaminos. Consideré aquello como una especie de biblioteca.

—Una biblioteca —repitió ella.

—Una especie de biblioteca antigua.

—Mientras recorría el pasillo, un anciano con una túnica de color rojo oscuro, barba blanca y una melena canosa se me acercó.

—Soy el guardián de los pergaminos —dijo—. ¿En qué puedo ayudarte?

—La verdad es que no lo sé —respondí—. No estoy exactamente seguro de por qué estoy aquí.

—¿Has venido a preguntar por un día?

—Tal vez —dije.

—¿Un día de importancia?

—Es probable que sí.

—Entonces estás buscando el Libro de los días.

—¿El Libro de los días? Nunca lo había escuchado. ¿Qué es?

—Es el libro en el que se encuentran los tiempos señalados y las palabras señaladas de los tiempos señalados. Ven —dijo— y te lo mostraré.

El guardián me condujo por el pasillo, subimos por una escalera, luego seguimos recorriendo más pasillos, otra escalera y otro pasillo hasta que llegamos a un par de puertas gigantescas de piedra grabada. Lo que revelaban aquellas puertas cuando se abrieron tenía la apariencia de otro reino. La cámara o el edificio al que habíamos entrado ahora era tan grande que no podía decir dónde estaba el techo o, para el caso, dónde estaba el piso, ya que había muchos pisos, muchos niveles y todos iluminados con la luz del aceite. Lámparas. Lo más sorprendente de todo fueron los pergaminos. Tenía que haber miles de ellos, decenas de miles, todos descansando en estantes, uno al lado del otro, uno encima del otro. Los pergaminos parecían delgados. Pero la cantidad era tan vasta que la visión resultante fue abrumadora.

—¿Qué es esto? —pregunté.

—Esto —dijo el hombre— es el Libro de los días.

—¿Cuál?

—Todos los días. Todos juntos.

—¿Todo esto es el Libro de los días?

—Sí.

Luego me condujo por uno de los pasillos, rodeado a derecha y a izquierda de hileras, filas, pilas y montones de pergaminos.

—Por supuesto, el libro se compone de muchas secciones, muchas porciones y muchos momentos y tiempos.

—¿Momentos y tiempos?

—Por ejemplo, ahora mismo estamos pasando por la sección designada para el siglo quince.

—Pronto pasaremos por el dieciséis y seguiremos hasta el presente.

—No estoy entendiendo.

Seguimos caminando por los pasillos de pergaminos, rodeando esquinas y subiendo aún más escaleras.

—El siglo veinte —dijo—. ¡Hemos llegado al siglo veinte!

Seguimos caminando. Finalmente, se detuvo.

—¿Qué año dijiste que estabas buscando?

No dije nada. Pero la sección en la que estábamos era el año 2001.

Así que me llevó más abajo.

—¿Y en qué mes?

—Septiembre —indiqué.

Me llevó un poco más lejos aún.

—Las palabras señaladas están programadas para cada séptimo día de cada semana. ¿Qué día de septiembre estás buscando?

—El onceavo.

—¿Quieres la palabra que le siguió o la palabra que llevó a ello?

—El que esté más cerca de ese día.

—La palabra más cercana al 11 de septiembre fue la que condujo a ella, la que estaba señalada para ser leída tres días antes.

—Esa es la palabra que quiero.

Ante eso, el hombre sacó un pergamino del estante y me lo entregó.

—Y ahí lo tienes —dijo—. Ábrelo.

Así que comencé a desenrollarlo lo mejor que pude sin tener una mesa o superficie sobre la cual colocarlo. Miré las palabras, pero no tenía idea de lo que significaban, ya que estaba escrito en un idioma extranjero.

—¿Sabes lo que estás mirando?

—No.

—Se llama *Ki Tavo*.

—Ki Tavo —repetí—. ¿Qué es eso?

Me di la vuelta para terminar la pregunta. Pero se había ido. Sin embargo ahí, en su lugar, estaba el profeta.

—¿Qué es todo esto? —pregunté—. ¿Qué representan todos estos pergaminos?

—Representan la Palabra de Dios.

—Pero ¿por qué se llama el Libro de los días?

—Porque estos rollos en particular son escrituras designadas para los tiempos establecidos.

—¿Designados desde cuándo?

—Desde épocas pasadas.

—¿Y designados para qué, exactamente?

—Para ser leídos, recitados y cantados en el día de reposo señalado. Se llaman *parashá*.

—¿Y qué significa eso?

—Un pasaje o porción de las escrituras.

—¿Qué escrituras?

—La porción principal proviene de la Torá, los cinco libros de Moisés… los primeros cinco libros de la Biblia.

—¿Todos estos miles y miles de pergaminos… vienen de cinco libros?

—Cada pergamino que hay en esta cámara representa la palabra designada para *cada* sábado de *cada* semana de *cada* año… durante siglos y siglos.

—El hombre de la túnica roja que me trajo aquí, el guardián de los pergaminos, ¿es alguien significativo?

—Yo diría que sí. Era Moisés.

—¿Moisés vestía una túnica roja?

—No es que Moisés vistiera una túnica roja. Es que a menudo se representa a Moisés con una túnica roja. Es algo que simboliza a Moisés.

—¿Y cuál fue la palabra que usó para llamar al rollo?

—Ki Tavo.

—Pero ¿qué significa?

—Cada parashá tiene un nombre. *Ki Tavo* es el nombre que se le da a una de las palabras designadas.

—¿La escritura designada para ser leída justo antes del 11 de septiembre?

—Tres días antes de que sucediera.

—¿Fue eso significativo?

—Lo más significativo.

—¿Qué es exactamente Ki Tavo?

—Viene del último de los cinco libros de Moisés, del Libro de Deuteronomio, de los últimos pasajes de ese libro. Representa las últimas palabras de Moisés a la nación de Israel.

—¿Qué dice?

—Habla de lo que sucederá en los días venideros, las bendiciones de la nación que sigue a Dios y las maldiciones de la que no lo hace.

—Y la nación que una vez conoció a Dios, pero entonces...

—Sí —respondió—, en eso específicamente es en lo que se centra el pasaje, una nación que una vez conoció a Dios, pero luego se apartó de él y se volvió contra sus caminos.

—Suena como una advertencia.

—Lo es.

—Entonces ¿la palabra señalada para el último sábado antes del 11 de septiembre fue una *advertencia*?

—No fue solo una advertencia, sino que fue dirigida específicamente a una nación que una vez conoció a Dios, pero que se había apartado.

—¿Y qué profetiza exactamente?

—Lo que le ocurrirá a tal clase de nación.

—¿Y qué es lo que le ocurrirá a una nación así?

—Calamidad —dijo—. Juicio.

—Entonces ¿la palabra señalada para el sábado antes del 11 de septiembre fue una advertencia a una nación sobre la calamidad y el juicio que enfrentaría?

—Sí.

—¿Qué calamidad?

—Ven —dijo el profeta— y lo veremos.

Así que me condujo por el pasillo, doblando esquinas, escaleras abajo, por más pasillos y esquinas hasta que pasamos por las grandes puertas de piedra de la cámara. Luego bajamos dos tramos de escaleras hasta que nos encontramos en uno de los pasillos principales de la biblioteca lleno de mesas y sillas para estudiar. Fue en una de esas mesas donde el profeta se sentó y me indicó que lo acompañara.

—Algo así como la Biblioteca Pública de Nueva York —dije—, excepto que sin electricidad.

No respondió, pero me hizo un gesto para que le entregara el pergamino, lo cual hice. Y prosiguió a desenrollarlo.

—¿Son las palabras del pasaje designado una profecía acerca de Estados Unidos de América? —pregunté.

—Las palabras son una profecía acerca de Israel y con advertencias específicas de juicio exclusivas para esa nación, su exilio, su diáspora por el mundo. Pero hablan y advierten a cualquier nación que haya conocido a Dios y luego se haya vuelto contra sus caminos. Las palabras de la escritura contienen señales de juicio para escenarios nacionales.

—¿Para naciones como Estados Unidos de América?

—Para muchas otras naciones como Estados Unidos de América... pero también para este país.

—Como la civilización estadounidense que estuvo —desde sus inicios— especialmente conectada con el antiguo Israel.

—Sí, y lo que le fue dado al antiguo Israel podría emplearse con respecto a Estados Unidos de América y considerarse como señales de advertencia y juicio. El pasaje escritural señalado contiene no una calamidad sino una multitud de ellas, una lista de señales tocantes a una nación bajo juicio.

—Y esas señales de juicio nacional se recitaron en todo el mundo pocos días antes del 11 de septiembre.

—En todo el mundo —respondió— y específicamente en la ciudad de Nueva York.

—Entonces ¿qué calamidades se recitaron justo antes del 11 de septiembre?

El profeta comenzó a mover su dedo entre las palabras del pergamino. Como estaban en hebreo, primero los leyó para sí mismo y luego pronunció la traducción.

—Empieza hablando de la nación que conoce a Dios y camina en sus sendas.

Si realmente escuchas al Señor tu Dios, y cumples fielmente todos estos mandamientos que hoy te ordeno, el Señor tu Dios te pondrá por encima de todas las naciones de la tierra. Si obedeces al Señor tu Dios, todas estas bendiciones vendrán sobre ti y te acompañarán siempre.[1]

—Y así, en la medida en que Estados Unidos siguió los caminos de Dios, esta nación fue bendecida, y más bendecida que cualquier otra en el mundo. La escritura habla de la fecundidad y el producto de la tierra. Por eso el suelo de Estados Unidos de América fue bendecido con una fecundidad tal que sería conocido como la canasta de pan del mundo. La escritura también usa la palabra aumento. Entonces Estados Unidos se convirtió en la nación de la productividad y el aumento en todos los ámbitos.

Bendito serás en la ciudad, y bendito en el campo.[2]

—De modo que Estados Unidos sería conocido no solo por las bendiciones de sus campos sino, a medida que creció como nación y como potencia mundial, por la grandeza de sus ciudades.

Benditas serán tu canasta y tu mesa de amasar.[3]

—La escritura habla de prosperidad, abundancia, las bendiciones de la economía de una nación. De modo que Estados Unidos fue bendecido con un nivel de prosperidad que ninguna otra nación había conocido. La escritura señalada continúa diciendo:

Jehová derrotará a tus enemigos que se levantaren contra ti; por un camino saldrán contra ti, y por siete caminos huirán de delante de ti.[4]

—¿Y qué bendición es esta? —preguntó.

—La bendición del poderío militar.

—Y así Estados Unidos derrotaría a sus enemigos en la guerra, se mantendría a salvo de ataques, en paz y se convertiría en la nación más fuerte de la tierra, tan fuerte que muchos la creerían invencible.

El Señor bendecirá tus graneros, y todo el trabajo de tus manos.[5]

—Así fue que Estados Unidos se hizo conocido, por hacer lo que otras naciones hubieran considerado imposible: convertirse en la principal potencia tecnológica del mundo y ser bendecido en todo lo que se proponía hacer, desde supervisar el orden mundial hasta poner al hombre en la luna.

Y verán todos los pueblos de la tierra que el nombre de Jehová es invocado sobre ti, y te temerán.[6]

—Entonces Estados Unidos de América sería estimado y envidiado en todo el mundo. Muchos intentarían emularlo. Pocos buscarían levantarse contra él.

Tú les prestarás a muchas naciones, pero no tomarás prestado de nadie.[7]

—Las bendiciones de Dios se aplicarían no solo al ámbito económico de la nación, sino también al aspecto financiero. Al final de la Primera Guerra Mundial, Estados Unidos había superado al imperio británico para convertirse en la mayor potencia económica global, con la ciudad de Nueva York como el nuevo centro financiero del mundo. Estados Unidos se convertiría en la principal nación acreedora del mundo y «otorgaría préstamos a muchas naciones».

El Señor tu Dios te pondrá por encima de todas las naciones de la tierra … El Señor te pondrá a la cabeza, nunca en la cola. Siempre estarás en la cima, nunca en el fondo.[8]

—Y así, en el siglo veinte, Estados Unidos se convertiría en la cabeza de las naciones.

Dejó de leer el texto y se volteó hacia mí.

—Pero eso no termina ahí, ni las escrituras ni los Estados Unidos. En el apogeo de su poder, con sus abundantes bendiciones y su predominio sobre el mundo, la nación comenzó a alejarse —cada vez más descaradamente— del Dios de sus inicios.

—¿Y qué tiene que ver la escritura con eso?

—¿Ves todo esto? —preguntó, señalando todas las líneas de palabras que seguían a las que acababa de leer—. Todo esto es una profecía y una advertencia para la nación que había conocido a Dios y sus bendiciones, pero que ahora se había apartado de él. Todas estas son las adversidades. Las bendiciones que recibió se deshacen, una por una.

—¿Como por ejemplo?

—El poder obtenido se elevó demasiado por encima del de las demás naciones. Por lo que la supremacía global de Estados Unidos en relación con el resto del mundo comenzaría a desvanecerse. Otras naciones y potencias comenzarían a competir por su corona.

—Según las Escrituras, la nación comenzará a perder su invencibilidad militar. Entonces, en medio de su alejamiento de Dios, Estados Unidos sufriría la derrota militar más traumática de su historia, una derrota que lo perseguiría durante las próximas décadas.

—Vietnam.

—Y en cuanto a la nación que prestó a muchas naciones, escucha la advertencia de las Escrituras sobre la nación y sus rivales:

Ellos serán tus acreedores, y tú serás su deudor.[9]

—Así que —dije— eso significa que Estados Unidos dejará de ser la nación acreedora más grande del mundo?

—Sí.

—¿Y ocurrió eso?

—Sí y sucedió en el mismo período en que la nación se estaba apartando de los caminos de Dios. A fines del siglo veinte, Estados Unidos no solo dejó de ser la nación acreedora más grande del mundo; se transformó en la nación *deudora* más grande del planeta.

—Pasó de ser cabeza a cola.

—No obstante el misterio es más profundo. Esta es la palabra que fue designada para ser leída el último sábado antes del 11 de septiembre, cantada en las sinagogas de la ciudad de Nueva York tres días antes de que ocurriera la calamidad. Y habló de los signos del juicio nacional.

—¿Como cuál?

—Se levantará la cobertura de protección de la nación. A su enemigo se le permitirá entrar en sus fronteras. El enemigo vendrá...

contra ti ... *vendrá de los confines de la tierra*.[10]

—Entonces, el 11 de septiembre, los enemigos de Estados Unidos atacaron desde lejos, desde el Medio Oriente, como desde los confines de la tierra. Con la protección de la nación eliminada, los ataques de los que había estado protegida en el pasado ahora llegan a sus costas.

... te sitiará hasta que se derrumben esas *murallas* [puertas].[11]

—El enemigo atacará la puerta. ¡Esa es la escritura que citaste!

—Sí.

—¿Y también fue la palabra designada que condujo al 11 de septiembre?

—Sí. Entonces, el 11 de septiembre, el enemigo atacó la puerta de Estados Unidos de América: la ciudad de Nueva York.

—Y aquellos en la ciudad de Nueva York estaban recitando la profecía que decía que el enemigo atacaría a la nación en su puerta. Tres días después, el enemigo atacaría a la nación en su puerta.

—Y prosiguió la palabra señalada:

Maldito serás *en la ciudad*, y maldito *en el campo*.[12]

—Los dos sitios personifican el juicio de la nación: la ciudad y el campo. Por eso, los ataques del 11 de septiembre sucedieron en las ciudades de Nueva York, Washington y en un campo cerca de Shanksville, Pensilvania.

En la escritura señalada, primero se menciona la ciudad y luego el campo. Entonces, el 11 de septiembre, la destrucción comenzó en las ciudades y terminó en el campo.

Malditas serán tu canasta y tu mesa de amasar.[13]

—El sustento de la nación —dije—, su economía.

—Y así, el 11 de septiembre, los terroristas atacaron el centro financiero de la nación y las Torres Gemelas del World Trade Center, los símbolos de su poder económico global.

Sobre tu cabeza, el cielo será como bronce; bajo tus pies, la tierra será como hierro.[14]

—Para un antiguo oyente, estas palabras podrían tomarse en sentido figurado para describir las señales de sequía en la tierra. Y, sin embargo, el 11 de septiembre tuvieron un cumplimiento literal. Los cimientos del World Trade Center eran de acero. El 11 de septiembre, todo se derrumbó y acabó en lo que se conoce como las ruinas de la Zona Cero. El acero es una aleación de hierro. El metal base de las ruinas de acero de la Zona Cero era hierro. En otras palabras, después del 11 de septiembre, *la tierra que estaba debajo* de los que llegaron a las ruinas de la Zona Cero *era de hierro.*

—¿Y el bronce?

—El bronce es una aleación de cobre. De hecho, la palabra hebrea usada en el pasaje, *nechoshet,* también significa cobre. Y el pasaje también se puede traducir como «El cielo sobre ti será de cobre...»

—¿Y el 11 de septiembre?

—El 11 de septiembre, una nube flotaba en el cielo sobre la Zona Cero y el Bajo Manhattan. Las partículas de esa nube permanecieron sobre la ciudad durante días. Se encontró que en la nube y el aire de la Zona Cero había partículas de *cobre.* Y así, *la tierra debajo de ellos era hierro y el cielo sobre ellos, cobre.*

En lugar de lluvia, el Señor enviará sobre tus campos polvo y arena.[15]

—Insisto, para un antiguo oyente, estas palabras podrían tomarse como una descripción de la árida caracterización de una sequía. Pero el 11 de septiembre, insisto, hubo un cumplimiento literal. Con la caída de las dos torres surgieron enormes nubes de polvo blanco y polvo que descendieron sobre la Zona Cero y el Bajo Manhattan.

En pleno día andarás a tientas, como ciego en la oscuridad.[16]

—El 11 de septiembre, cuando las nubes de polvo descendieron sobre las calles, los que quedaron atrapados en medio de aquel torbellino perdieron toda la visibilidad. A pesar de que era una mañana soleada, andaban tanteando a plena luz del día como lo haría uno en la oscuridad.

Jehová te entregará derrotado delante de tus enemigos; por un camino saldrás contra ellos, y por siete caminos huirás delante de ellos.[17]

—Y así, el 11 de septiembre, los enemigos de Estados Unidos salieron victoriosos. Los que no deberían haber prevalecido prevalecieron y paralizaron a una gran nación. Estados Unidos sufrió una derrota traumática a manos de sus enemigos. Y con cada ataque, los enemigos de la nación vinieron en una dirección y los que estaban en el terreno de la destrucción huyeron en muchas direcciones. Dime, Nouriel, ¿qué ámbito implica este juicio?

—La guerra —respondí—, el dominio militar.

—Así que ese es un ataque contra el poder militar de la nación. ¿Y qué ocurrió el 11 de septiembre?

—El Pentágono —respondí—, el golpe al poderío militar de la nación.

—Fíjate en algo —dijo el profeta—: en los números. *«Por un camino saldrás contra ellos, y por siete caminos huirás delante de ellos».* Cuando se habla de la nación tratando con sus enemigos, la proporción es de uno a siete. ¿Cómo empezó el 11 de septiembre?

—Con el ataque a las torres —contesté.

—El primer avión, ¿qué vuelo era?

—No lo sé.

—Era el vuelo 11. El número 11 se compone de 1 y 1. ¿Y qué vuelo fue el que golpeó al Pentágono?

—No sé.

—El vuelo 77. El número 77 se compone de 7 y 7. Así que tenemos los mismos números que en la palabra designada y el esquema del juicio, el número 1 y el número 7. ¿Cuál es la proporción de 11 a 77?

—1 a 7.

—Y la proporción está relacionada con el ataque del enemigo. La profecía *comienza* con el número 1 y *termina* con el número 7. Y así, el golpe del primer edificio fue marcado por el número 1, y el golpe de la última casa, por el número 7.

—Los enemigos de la nación vendrán de lejos. ¿Dice algo más sobre ellos?

—El pasaje los describe como:

... una nación muy lejana, cuyo idioma no podrás entender ...
Esta nación tendrá un aspecto feroz y no respetará a los viejos ni se compadecerá de los jóvenes.[18]

—De modo que los terroristas del 11 de septiembre hablaban un idioma que la mayoría de los estadounidenses no podían entender. También ellos eran de semblante feroz. Y por eso tampoco mostraron respeto por los viejos ni favorecieron a los jóvenes. Fueron brutales y despiadados.

—El pasaje habla no una sino varias veces del enemigo atacando o causando angustia en la puerta. Pero una de las referencias menciona algo más:

Te sitiará hasta que se derrumben esas *murallas fortificadas en las que has confiado.*[19]

—Tú también citaste esa Escritura, cuando hablaste sobre el muro.

—¿Y qué significaba? —preguntó.

—La puerta de Estados Unidos es la ciudad de Nueva York, y su muro —su defensa— es el Pentágono. Y el Pentágono está construido siguiendo el patrón de una fortaleza con muros fortificados. Entonces, el 11 de septiembre, el enemigo atacó primero la puerta y luego el muro, las torres de la ciudad de Nueva York y luego el Pentágono de Washington, DC. ¡Y todo eso estaba en la palabra señalada que se recitó justo antes del 11 de septiembre!

—Sí. ¿Notaste un patrón en la profecía?

—No.

—En la primera parte de las escrituras, la nación es bendecida en la ciudad y en el campo. En la segunda parte, es maldecida en la ciudad y en el campo. En la primera parte, la nación es bendecida en su canasta y su mesa de amasar; en la segunda parte, es maldecida en su canasta y su mesa para amasar. Al principio, prestan a muchas naciones. Al final, toman prestado de otras naciones. Al principio, su enemigo huye de delante de ellos. Al final, son ellos los que huyen de sus enemigos. Al principio, la lluvia cae sobre la tierra como una bendición; al final, cae una lluvia de polvo y arena, signo de maldición.

—La segunda parte de la profecía es lo contrario de la primera. Los juicios al final son los opuestos, lo inverso de las bendiciones al principio.

—El misterio de la inversión.

—Y la yuxtaposición —dijo él—. Las dos cosas están unidas. Entonces, el misterio de por qué sucedió el 11 de septiembre se remonta a las palabras de Moisés, a este pasaje.

—El día de la edificación se convierte en el día de la destrucción: el 11 de septiembre.

—Y así —dijo el profeta—, el último sábado antes del 11 de septiembre, tres días antes de la calamidad, el pasaje señalado se cantaba en todo el mundo y en toda la ciudad de Nueva York. Hablaría de enemigos que vendrían de una tierra lejana, que hablarían un idioma extranjero y serían de semblante feroz. No mostrarían respeto por los viejos ni compasión por los jóvenes. Atacarían la puerta de la nación y traerían destrucción. En medio del ataque, la gente huiría en todas direcciones. Una maldición vendría sobre la ciudad y luego sobre el campo. Afectaría el poder económico y el poder militar de la nación. Habría hierro en la tierra y cobre en el cielo. Y polvo y arena se precipitarían desde arriba. A plena luz del día, la gente andaría a tientas como en la oscuridad, incapaz de encontrar el camino, caminarían a ciegas. El ataque comenzaría con el golpe de la puerta de la nación, pero concluiría con la caída del muro de la nación. Sería un día que vincularía la construcción de la nación con la destrucción y la siembra con el desarraigo.

—Así que las antiguas palabras que se cantaron ese día —dije—, se *convertirían en el 11 de septiembre.*

—Y todo del pasaje señalado que identifica a la nación que había conocido a Dios y sus bendiciones, pero se había apartado de la bendición... en juicio.

El profeta enrolló el pergamino, se levantó de su silla y me indicó que hiciera lo mismo. Con el pergamino en la mano, me llevó hasta una mesa pequeña y alta, alrededor de la cual no había sillas. La mesa estaba iluminada por un rayo de luz solar que descendía desde una ventana en lo alto de la pared opuesta de la biblioteca. Dejó el pergamino sobre la mesa y lo desenrolló. Ahora estaba bañado de luz.

—¿Por qué te llevó allí?

—Me dijo que la mesa estaba hecha para un estudio más profundo, para iluminar una sola palabra o verso.

—Así que iba a abrir una revelación diferente.

—Sería una revelación dentro de otra revelación.

Capítulo 13

Las aves de rapiña

—Tres veces —dijo—, el juicio predicho por los profetas vino a Israel: tres días de completa destrucción.

—¿Cómo se puede destruir una nación tres veces?

—Porque se trataba de tres Israel diferentes. En los días posteriores al rey Salomón, la nación se dividió en dos: el reino del norte, conocido como Israel o Samaria, y el reino del sur, conocido como Judá. El reino del norte fue el primero en descender a una depravación tal que entregaban a sus propios hijos como sacrificios en ofrenda a diversas deidades. Aunque el Señor envió profetas para advertirles e instarlos al arrepentimiento, rechazaron las advertencias y desafiaron el llamado a volverse de sus malos caminos. Finalmente, en el 722 a. C., la destrucción de la que habían sido advertidos llegó sobre la tierra.

»Llegó a través de un reino brutal y despiadado: el imperio asirio. El ejército asirio sitió la capital de la nación, rompió sus muros, llevó cautivos al pueblo a las naciones y borró el reino de la faz de la tierra. Y todo había sido predicho por el profeta Oseas:

> Como águila viene contra la casa de Jehová, porque traspasaron mi pacto, y se rebelaron contra mi ley.[1]

—¿Y la segunda destrucción?

—Vendría del reino sureño de Judá. En el caso de esa nación, la apostasía tomaría más tiempo, pero poco más de un siglo después de la caída de Samaria, también había descendido a las mismas profundidades de inmoralidad y llegado a un punto sin retorno. Asimismo, el pueblo de Judá había sido advertido por los profetas de la calamidad que se avecinaba. E igualmente, lo habían rechazado. La destrucción vendría en el 586 a. C. Esta vez llegó a través de los ejércitos del imperio babilónico en un sitio contra la ciudad capital, Jerusalén. Romperían las murallas, arrasarían la ciudad y llevarían cautivo al pueblo a Babilonia.

El profeta Ezequiel había predicho la inminencia de esa calamidad cuando habló de la llegada de Nabucodonosor —y de Babilonia— a la tierra como ...

un águila enorme, de grandes alas, tupido plumaje y vivos colores.[2]

—El profeta Jeremías describiría la venida de Nabucodonosor y los ejércitos de Babilonia a otras tierras de esta manera:

He aquí que como águila subirá y volará, y extenderá sus alas contra Bosra.[3]

—¿Qué ves acerca de las palabras de los profetas? —preguntó.

—Cada una de esas profecías hablan de un águila.

—¿Y quién es el águila?

—El enemigo, el atacante, el que trae destrucción.

—Sí.

—¿Por qué un águila?

—La invasión del enemigo vendría como el golpe de un águila. Esta ave golpea a su presa con poder, rapidez y ferocidad. El poder, la rapidez y la ferocidad describen la forma en que el enemigo se abalanzó sobre Israel el día de la destrucción. Tanto Asiria como Babilonia eran conocidas no solo por su poder militar, sino también por su rapidez y su ferocidad en la conquista. De modo que la imagen de un águila surcando el cielo era una representación adecuada de sus ataques. Más allá de eso, Asiria llenó sus relieves tallados con imágenes de seres con cabeza de águila, los que consideraban espíritus protectores. Y a medida que el águila extiende sus alas y ensombrece, abruma y cae sobre su presa, así en el día de la destrucción, los asirios y los babilonios ensombrecerían, descenderían y abrumarían a su presa... en este caso, el pueblo de Israel.

—¿Y qué hay con la tercera destrucción?

—Años después de que el pueblo judío fuera llevado cautivo a Babilonia, Dios lo restauró. Regresaron a su tierra natal, reconstruyeron el templo, la ciudad de Jerusalén y la nación judía. Pero con el tiempo, retrocedieron de nuevo, endurecieron su corazón y ensordecieron sus oídos a su llamado. E igualmente fueron advertidos.

—¿Por los profetas?

—Por el Mesías —respondió—, el hombre llamado Yeshua o Jesús. Él advirtió al pueblo de Israel la calamidad venidera:

Pero cuando viereis a Jerusalén rodeada de ejércitos, sabed entonces que su destrucción ha llegado ... Y caerán a filo de espada, y serán llevados cautivos a todas las naciones.[4]

—La profecía se cumpliría en el año 70 d. C., cuando los ejércitos de Roma destruyeron Jerusalén, dejaron la tierra en total devastación y llevaron al pueblo judío cautivo a las naciones. Cuando el ejército romano llegó a la tierra, lo hizo con un poder y una ferocidad abrumadores.

—Como el águila.

—Sí. De hecho, el águila era el símbolo del poder romano. Para los romanos, el águila representaba al dios reinante de su panteón, Zeus, Júpiter. Y así se convirtió en el principal símbolo del poder militar romano. Así, el águila era el símbolo de Roma en guerra y, por lo tanto, de su ataque y destrucción a la nación judía.

—De modo que cada enemigo, los asirios, los babilonios y los romanos, los destructores de Israel, estaba conectado al mismo símbolo... cada uno vino sobre la nación como un águila.

—Así que el día de la destrucción se relaciona con el águila.

—No sé por qué no se me ocurrió antes de ese momento, tal vez porque era un sueño, pero cuando me golpeó, la revelación me dejó temblando.

—El 11 de septiembre, el enemigo llegó a la tierra como un águila, la señal del juicio.

—Sí —dijo el profeta—, como está escrito...

He aquí que como águila subirá y volará... [5]

—Entonces, el 11 de septiembre, el enemigo vino de los cielos. Se acercó y voló como el águila sobre la tierra, los diecinueve terroristas alzaron vuelo como águilas sobre los cielos de Estados Unidos de América. Y así está escrito:

Extenderá sus alas contra... [6]

—El 11 de septiembre, el enemigo tomó alas de metal y llegó a la tierra como lo hicieron Asiria, Babilonia y Roma, como un águila se acerca a su presa con un propósito: traer destrucción. ¿Y cómo golpea el águila a su presa?

—Con poder, ferocidad y rapidez.

—Así que el 11 de septiembre estuvo marcado por estas tres cosas. El ataque fue tan rápido y tan repentino que Estados Unidos fue tomado por sorpresa y, durante algún tiempo, no tuvo idea de lo que estaba sucediendo.

»Y en el día de la destrucción, los enemigos del antiguo Israel vinieron como un águila no solo a la tierra sino específicamente a la ciudad. De modo que los terroristas del 11 de septiembre llegaron específicamente a la ciudad: Nueva York. Y en el caso del antiguo Israel, el enemigo vino como un águila específicamente sobre la *ciudad capital*. Por tanto, el 11 de septiembre, los terroristas llegaron como águilas sobre Washington, DC.

»Y cuando Asiria, Babilonia y Roma vinieron como águilas a la ciudad, llegaron a destruir su muro, sus puertas y sus torres. Así que el 11 de septiembre, el enemigo entró como un águila para llevar la destrucción al muro, la puerta y las torres de Estados Unidos de América.

—Una pregunta: Las profecías que mencionaste acerca del enemigo que vendrá a la tierra como un águila provienen de los profetas Oseas, Jeremías y Ezequiel, no de Moisés. Pero ¿no estamos aquí para leer la profecía de Moisés?

—Sí. El primero en profetizar que el enemigo vendría a la tierra como un águila no fue ninguno de estos, fue Moisés.

Ante eso, comenzó a desenrollar el pergamino.

—La palabra señalada para ser leída tres días antes del 11 de septiembre predijo el día de la calamidad, el ataque del enemigo, el asedio a la puerta, el derrumbe del muro, una lluvia de pólvora y polvo, y más. Pero contiene otro signo más de juicio. Dice cómo llegará el enemigo a la tierra:

> Jehová traerá contra ti una nación de lejos, del extremo de la tierra, que *vuele como águila*, nación cuya lengua no entiendas; gente fiera de rostro...[7]

—¿*Eso* también estaba en la palabra designada para ser leída justo antes del 11 de septiembre?

—Sí. Todo fue proclamado exactamente antes de que sucediera. Sería el día del águila, el día de las alas, el día en que la destrucción llegaría a Estados

Unidos de América desde el cielo. Y la palabra se recitó en toda la ciudad de Nueva York... Boston... y Washington, DC.

—No tengo palabras.

—Pero hay más —dijo el profeta. Y puso su dedo sobre el texto del pergamino desenrollado—. En el idioma original —dijo—, se lee de esta manera:

ka'asher yid'eh nesher.

—*Ka'Asher* significa como o me gusta. *Nesher* significa águila. Pero la palabra clave aquí es *Yid'eh. Yid'eh* habla del águila en vuelo. Puede entenderse que significa rápido o velozmente. Pero se refiere a un tipo de vuelo más específico, especialmente en lo que respecta al contexto en el que aparece.

—¿Qué significa?

—Significa lanzarse hacia abajo —respondió él—. Y esas palabras también se traducen de la manera siguiente:

... como un águila... [8]

Jehová *traerá contra ti.* [9]

—El 11 de septiembre —dijo el profeta—, ¿exactamente cómo vino el enemigo? No solo como un águila volando, sino como un águila *bajando en picada.* El ataque comenzó cuando el primer avión descendió del cielo para golpear la Torre Norte. El segundo avión lo siguió, descendiendo desde el cielo para golpear la Torre Sur. El tercer avión descendió tan bajo que estuvo casi a nivel del suelo cuando chocó contra el Pentágono. Y el cuarto avión se vio obligado a caer tan dramáticamente que se estrelló contra la tierra.

»Así que el 11 de septiembre de 2001, el enemigo llegó a Estados Unidos de América como había llegado a la tierra en la antigüedad, de acuerdo con la palabra señalada recitada tres días antes: *ka'asher yid'eh nesher...* como un águila que desciende.

Ahí hizo una pausa. Pensé que era el final de la revelación. Pero había una cosa más por revelar.

—Cuando los ejércitos de Roma vinieron sobre Israel para destruirlo, la imagen del águila jugó un papel en la destrucción más allá de lo que estaba escrito en las profecías.

—¿Qué quieres decir?

—Estaba allí en forma de hormigón.

—¿Cómo? —Cuando los ejércitos de Roma invadieron la tierra, lo hicieron marchando detrás del estandarte preeminente del poder militar romano, el aquila. *Aquila* significa águila. El aquila era típicamente un águila real que coronaba la parte superior de un bastón o báculo con las alas extendidas.

—Él extenderá sus alas —dije, repitiendo las palabras de la profecía que me había contado antes.

—Entonces el águila guiaría a las legiones romanas a la batalla, permanecería en alto durante la lucha y coronaría la victoria o las ruinas dejadas por el triunfo al final de la batalla. Así que la imagen que se da en las antiguas profecías del juicio de Israel apareció realmente en el día de su cumplimiento... Volvería a suceder.

—¿Qué pasaría?

—La imagen se manifestaría una vez más en el día de la destrucción.

—¿Cuándo?

—El 11 de septiembre de 2001.

—¿Cómo? Los terroristas no utilizaron estándares militares en sus ataques.

—No —respondió—. Usaron aviones. Y fue el avión, el primero en despegar de Boston el 11 de septiembre, el primero en alcanzar su objetivo, la Torre Norte del World Trade Center, y el que iniciaría la destrucción; fue *ese* avión que no llevaba solo a los terroristas, sino al antiguo símbolo del juicio.

—Cuando comenzó el 11 de septiembre, en la parte trasera del avión que transportaba a los terroristas estaba el mismo símbolo que llevaban las legiones romanas el día del juicio de Israel.

—¿La imagen de un águila?

—Sí, allí en el timón del avión estaba el águila.

—Entonces, el 11 de septiembre comenzó con la imagen utilizada en las profecías para representar el día del juicio.

—Y no fue el único. El primer avión que se dirigió a Washington, DC, también llevaba el antiguo signo del juicio, el águila.

—Y, por supuesto, nadie lo planeó. Tenía que ser el emblema de la aerolínea.

—Sí —respondió—. Simplemente sucedió. Y la antigua profecía habla no solo de un águila, sino de un águila que desciende en picada.

—¿Y?

—Los aviones que llevaban ese emblema eran de American Airlines. Y la imagen que apareció en el avión que golpeó la torre y en el que golpeó al Pentágono fue la de un águila con las alas extendidas muy por encima de su cabeza, sus garras extendidas y su cabeza hacia abajo... en otras palabras...

—Un águila bajando en picada.

—¿Y sabes el número de los dos vuelos que tenían la imagen del águila?

—No.

—Los mismos dos de los que les dije antes, el vuelo 11 y el vuelo 77, los dos que tienen la proporción mencionada en el pasaje señalado, uno a siete. Y esa proporción marca específicamente el ataque del enemigo...

—Y el ataque del enemigo se describe en ese pasaje como el de un águila descendiendo en picada.

Ante eso, enrolló el pergamino.

—Y así, en los primeros días de septiembre de 2001, la profecía del enemigo viniendo a la tierra, como un águila descendiendo, fue recitada y cantada por toda la ciudad de Nueva York, Boston y Washington, DC. Y tres días después pasó todo... el enemigo vino de una tierra lejana, golpeó la puerta de la nación, derribó su muro, trajo una lluvia de polvo sobre la ciudad de modo que la gente caminó a tientas a plena luz del día, hizo que la tierra se volviera hierro y el cielo bronce, y luego la imagen del que se habla en esa escritura apareció en los cielos sobre Estados Unidos de América cuando el enemigo llegó a la tierra como un águila descendiendo en picada.

—El próximo misterio sería el final.

—¿El final?

—De los no revelados.

—¿Y de qué se trataba?

—Una señal de la época de los profetas que se manifestó en la ciudad de Nueva York para indicar la venida de la calamidad *antes* de que nadie se diera cuenta de que venía.

—¿Qué tipo de señal? —preguntó ella.

—La señal de los atalayas.

Capítulo 14

Los atalayas

—Estaba de pie en el muro de una ciudad antigua, en el terraplén. Estaba apenas amaneciendo. A mi izquierda, de pie dentro de una de las torres construidas en la pared, había un hombre con ropas antiguas y mirando fijamente a la distancia. Atado a su costado tenía un shofar, un cuerno de carnero.

—Como en el sello —dijo Ana—, el sello que te dio la chica del abrigo azul.

—Sí, como en el sello.

—El atalaya.

»Uno de varios atalayas. Nunca se volteó en dirección a mí, pero permaneció enfocado en la distancia que tenía delante. Miré, pero no vi nada allí. Y luego el sol comenzó a salir e iluminar el paisaje. El enfoque y la mirada del atalaya se hicieron aún más intensos.

»Fue entonces cuando percibí lo que estaba viendo. A lo lejos, en las colinas, había un ejército. La luz del sol tempranero brillaba sobre el metal de sus escudos y carros. La ciudad iba a ser atacada.

»El atalaya agarró su cuerno, se lo llevó a la boca y comenzó a tocarlo en todas las direcciones, pero principalmente hacia la ciudad, al interior de las murallas. Entonces escuché el sonido de un segundo cuerno de carnero proveniente de otra sección del muro, de otra torre, de otro atalaya, y luego un tercero, y un cuarto, y otro y otro. Los atalayas ahora hacían sonar sus alarmas.

»Sin embargo, en el interior de los muros no hubo reacción. Parecía como si la mayoría de sus habitantes estuvieran dormidos. Y los pocos que vi en las calles parecían ajenos al sonido de los cuernos. Simplemente se dedicaban a sus asuntos, tareas y encargos, sin ningún signo de haber escuchado la alarma.

»El ejército se acercaba... soldados, jinetes, carros y armas de ataque. Los atalayas continuaban haciendo sonar sus cuernos desde todas las torres.

Pero aun así no hubo reacción de la gente que estaba adentro. Fue entonces cuando noté que el profeta estaba a mi lado ahí, en la muralla. Los sonidos de la guerra que nos habían rodeado ahora se hicieron más tenues. No era que el ataque se hubiera detenido, sino que era como si todo estuviera siendo amortiguado para poder escuchar las palabras del profeta.

—¿Por qué no responden? —pregunté.

—Porque todavía muchos duermen —respondió.

—Pero los que están despiertos tampoco lo escuchan.

—Lo *están* oyendo —respondió—, pero no están escuchando; no le están prestando atención.

Fue entonces cuando observé un objeto en su mano. No lo tenía ahí cuando lo vi por primera vez pero, como se trataba de un sueño, todo era posible. Era un cuerno de carnero.

—El shofar —dijo—, la trompeta del atalaya, su posesión más importante. En sus manos podría salvar un reino. Ese instrumento implicaba la diferencia entre la vida y la muerte. Ignorar su sonido era poner la vida en peligro. De modo que el sonido del shofar se asociaba con el día de la calamidad y el juicio. Por eso fue que el profeta escribió:

> ¡No puedo callarme! Puedo escuchar *el toque de trompeta y el grito de guerra*. Un desastre llama a otro desastre... *¡Toquen la trompeta por todo el país!* Griten a voz en cuello: «¡Reúnanse y entremos en las ciudades fortificadas!» ... ¡busquen refugio, no se detengan! ... un destructor de naciones se ha puesto en marcha ... tus ciudades quedarán en ruinas y totalmente despobladas.[1]

—Así que el shofar —dije— era una clase de sistema de alerta temprana en el mundo antiguo.

—No, no era una clase —dijo el profeta—. *Era* su sistema de alerta temprana.

—Y hoy tenemos sistemas de radar e inteligencia, alarmas.

—Versiones modernas del shofar.

En ese momento, todo empezó a cambiar. La ciudad antigua se transformó en una moderna. La muralla se transformó en el techo de un rascacielos en medio de un paisaje urbano moderno. El profeta todavía estaba a mi lado y así, por el borde del techo y alejándose de nosotros, estaba el atalaya, haciendo sonar el cuerno de carnero a la distancia. Entonces, como en la primera parte del sueño, escuché el sonido de un segundo shofar. Venía del techo de otro rascacielos, encima del cual estaba otro atalaya. Y luego escuché otro y otro y otro. Había atalayas apostados por toda la ciudad, cada uno en lo alto de un edificio, cada uno haciendo sonar el shofar en la distancia.

—¿Qué significa eso? —pregunté.

—Hay un mes —dijo— en el calendario bíblico llamado Elul. Desde la antigüedad se ordenó que durante Elul se hiciera sonar el shofar.

—¿Con qué fin?

—Con el objeto de prepararse para los días vinculados al juicio, los grandes días sagrados.

—Elul —dije—. ¿No es ese el mismo mes en el que se elevan las oraciones imprecatorias o de juicio?

—Sí —respondió—, las selijot.

—¿Y cuándo exactamente suenan las trompetas?

—Por la mañana, al final de las oraciones matutinas tradicionales pronunciadas por el pueblo judío y conocidas como *shajarit*. Esta es una palabra que significa «el amanecer», y esas oraciones se llaman así porque pueden elevarse desde los primeros destellos de luz del día. De modo que al final de Elul convergen los tres elementos: las *selijot* u oraciones sobre el juicio y la misericordia, que terminan al amanecer; las *shajarit*, oraciones que comienzan al amanecer; y el sonar de las trompetas.

—Y la razón por la que esto se relaciona es...

—Era una de esas mañanas del mes de Elul el tiempo en que empezó todo. Cuando la oscuridad de la noche se desvaneció entre los primeros rayos matutinos del amanecer, se completaron las oraciones imprecatorias, comenzaron las oraciones del amanecer y —luego— sonaron las trompetas, la alarma que advierte el ataque inminente. Todas estas cosas estaban sucediendo en la mañana del 11 de septiembre, cuando una banda de hombres del Medio Oriente estaba poniendo en marcha su plan para llevar el terror a Estados Unidos. Así que el antiguo rito marcó el momento del 11 de septiembre, pero también el lugar.

—¿Cómo podría marcar el lugar?

—Los primeros destellos del sol —o aurora— y el amanecer propiamente dicho, no son solo cuestión de tiempo, sino de espacio. El 11 de septiembre, amaneció en Asia, Europa y África horas antes de que amaneciera en Estados Unidos de América.

—¿Y por qué es eso tan importante?

—Porque los ritos antiguos se cronometran por la aurora. Siguen al amanecer. El amanecer del 11 de septiembre llegó a un lugar específico en Estados Unidos antes de que llegara a cualquier otro.

—¿A dónde?

—A Maine.

—¿Y?

—El ataque comenzó en Boston, en el Aeropuerto Logan, con el despegue de los primeros aviones que traerían destrucción. Pero tuvo un comienzo previo, un vuelo antes del vuelo mortal. Por razones aún desconocidas, Mohamed Atta, el líder del ataque, decidió comenzar la operación en Portland, Maine. El 11 de septiembre de 2001 amaneció en Estados Unidos, en Portland, a las 5:47 de la mañana Y, por lo tanto, la recitación de las oraciones imprecatorias debía completarse allí a las 5:47.

—¿Y?

—Porque el misterio señala una hora y un lugar, 5:47 de la mañana en Maine. A las 5:47, los líderes del ataque del 11 de septiembre estaban en Maine, en el aeropuerto. A las 5:45, a dos minutos del amanecer, estaban pasando por el control de seguridad para comenzar su misión. Fue entonces cuando fueron captados por las cámaras de seguridad del aeropuerto. Mientras se dirigían a la puerta para traer devastación a la ciudad de Nueva York, se completaron oficialmente las oraciones imprecatorias, las antiguas palabras que hablan del enemigo que viene en forma de hombres violentos para traer devastación a la ciudad.

»Y luego, el amanecer se trasladó hacia el oeste desde Portland, Maine, hasta Boston, Massachusetts. Y así, Mohamed Atta y sus cómplices volaron desde Portland —Maine— a Boston, Massachusetts. En la madrugada, a primeras horas de la mañana, continuaron moviéndose de Boston a la ciudad de Nueva York y luego de la ciudad de Nueva York a Washington, DC. Así que la calamidad del 11 de septiembre también se trasladaría de Portland

—Maine— a Boston, de Boston a la ciudad de Nueva York, y de la ciudad de Nueva York a Washington, DC.

»Y a medida que despuntaba el alba y amanecía, y se trasladaron de Maine a Boston a la ciudad de Nueva York y Washington, DC, también se activaban el antiguo rito, las oraciones imprecatorias y el sonido de las trompetas.

—Mientras tanto el pueblo judío recitaba, en cada lugar, las palabras y tocaba las trompetas.

—Sí. Y en la antigüedad, era el sonido de las trompetas lo que advertía el acercamiento del enemigo. Y así, el 11 de septiembre de 2001, cuando el enemigo se acercaba a la ciudad, empezaron a sonar las trompetas.

—Pero quienes las hacían sonar no sabían que se avecinaba el ataque.

—No —dijo el profeta—. Pero insisto, las señales se manifiestan sin importar si quienes las manifiestan tienen alguna idea de ello. El sonido de las trompetas era una señal bíblica antigua que ahora se manifiesta en una nación moderna.

—Y esa nación moderna —dije— tenía los sistemas de alerta temprana más avanzados y sofisticados del mundo. Sin embargo, el 11 de septiembre todo falló. El gobierno fue sorprendido. El Departamento de Defensa fue sorprendido. Todo el mundo fue sorprendido. No obstante, la alarma bíblica comenzó a sonar.

—Sí —respondió—. El mismo sonido que se escuchó en el antiguo Israel el día de la destrucción se escuchó ahora en Estados Unidos el 11 de septiembre. Cuando los terroristas atravesaron las puertas para abordar sus aviones en el aeropuerto de Logan, las trompetas sonaban en Boston y en toda Nueva Inglaterra. Cuando el primer avión despegó de Boston a las 7:59 de la mañana, el primero que chocó contra la ciudad de Nueva York, las trompetas sonaban en Boston y la ciudad de Nueva York. Cuando el segundo avión despegó del mismo aeropuerto a las 8:14, sonaban las trompetas. Cuando cada uno de esos vuelos fue tomado por los terroristas, las trompetas sonaron. Cuando el avión que volaría hacia el Pentágono despegó del aeropuerto de Dulles en Washington, DC, las trompetas sonaron en Washington, DC. Y cuando el último avión despegó del aeropuerto de Newark en Nueva Jersey, las trompetas sonaban en Nueva Jersey.

»En la mañana del 11 de septiembre, las trompetas sonaban en todos los condados de la ciudad de Nueva York y al otro lado del agua en Nueva

Jersey. Y casi se podía escuchar las palabras del profeta Amós resonando en la ciudad de Nueva York:

¿Se toca la trompeta en la ciudad sin que el pueblo se alarme?[2]

—Las trompetas sonaban cuando los dos aviones que venían de Boston cambiaban de rumbo y se dirigían a las torres de la ciudad de Nueva York. Y la voz del profeta Sofonías resonó en el Bajo Manhattan:

Día de trompeta y de algazara sobre las ciudades fortificadas, y sobre las altas torres.[3]

—Las trompetas sonaron cuando el primer avión descendió del cielo como un águila para infligir destrucción. Y se podían escuchar las palabras de la profecía de Oseas a Israel:

Pon a tu boca trompeta. Como águila viene.[4]

—¿Cuánto tiempo —le pregunté— sonaron las trompetas el 11 de septiembre?

—Las trompetas sellaron las oraciones matutinas del *shajarit*. Esas oraciones debían completarse en un período de cuatro horas a partir del amanecer.

—Entonces ¿cuándo salió el sol en la ciudad de Nueva York el 11 de septiembre?

—Justo después de las 6:30.

—Así que la ventana de cuatro horas terminaría justo después de las 10:30.

—Sí, por eso el tiempo para que sonaran las trompetas terminaría justo después de las 10:30. —¿Y cuándo cayó la última de las dos torres?

—La última torre cayó justo antes de las 10:29.

—Precisamente antes de la última trompeta.

—Sí, la destrucción terminó y las trompetas dejaron de sonar. La ventana se cerró. Porque el sonido de las trompetas es la alarma de los atalayas para advertir de destrucción. Así, cuando terminó la destrucción, las trompetas dejaron de sonar.

—Excepto que se designó que esas trompetas sonaran ese día e incluso en ese minuto en particular... desde épocas pasadas.

—Y entonces tenemos un misterio.

—Es abrumador —dijo Ana—, angustioso, asombroso y aterrador al mismo tiempo. Entonces, si nadie captó el sonido como una advertencia, ¿por qué las trompetas? ¿Qué significa eso?

—Antes de que el juicio caiga sobre una nación, Dios envía una advertencia para que aquellos que acepten la advertencia sean salvos. Las trompetas fueron un símbolo de esa advertencia. Sonaron, pero nadie escuchó. Fueron una señal para una nación que se ha ensordecido a la voz de Dios... y a sus advertencias. Y eso, en sí mismo, es otra señal, otra advertencia. ¿Qué le sucede a una ciudad que no escucha el sonido de la trompeta, que no escucha el sonido de su propia alarma?

—Será destruida.

—Por tanto, ¿qué le sucede a esa nación?

Capítulo 15

La tierra de las dos torres

—Los sueños llegaron a su fin.

—Entonces ¿dónde quedaste?

—No tenía idea. No sabía si había más por revelar o si eso era todo... o qué se suponía que debía hacer con lo que me mostraron.

—Pero no fue ese el final —dijo ella.

—No. Fue el final de las primeras revelaciones, las no reveladas, las revelaciones que no me habían sido contadas en mis primeros encuentros con el profeta.

—La primera parte terminó como comenzó.

—¿Cómo?

—Con el atalaya —respondió ella—, como empezó con el sello del atalaya.

—Tienes razón.

—Entonces ¿qué pasó?

—La ausencia de revelación se prolongó durante algún tiempo. Cada vez que me iba a dormir, me preguntaba si esa sería la noche en que sucedería eso. Pero no pasaba nada. Y luego sucedió algo más.

»Yo acababa de terminar una entrevista televisiva. Iba a haber una firma de libros para la audiencia que asistió al estudio al final de la grabación. Hicieron arreglos para que me sentara en el vestíbulo, detrás de un mostrador, con una fila de personas que venían de mi izquierda para que firmaran sus libros. Estaba a la mitad de la firma cuando sucedió algo.

»No la vi al principio. Estaba de pie en la fila detrás de un hombre corpulento, que la tapaba por completo.

—¿La niña pequeña?

—La chica de cabello rubio ondulado y ojos azules que tenía el mismo abrigo azul celeste. Tuve la tentación de salir de detrás del mostrador y preguntarle qué estaba pasando. Pero, por supuesto, no lo hice. Sabía que había venido a decirme algo. Por lo que esperaría hasta que ella lo hiciera.

Se acercó al mostrador sin un libro para que le firmara.

—Él regresó —dijo.

—Lo hizo —respondí—, en cierto sentido.

—Y se te dio la revelación.

—Me la dio.

—Y te mostró lo que no se te pudo haber mostrado al principio.

—Eso hizo.

—¿Y ahora qué? —preguntó ella.

—¿*Me* estás preguntando? Esperaba que me pudieras decir eso.

—Hay más que debes ver, Nouriel, más que debes saber. Así que ahora comienza la próxima revelación.

—¿Y cuál es la próxima revelación?

—Una revelación diferente a la primera —respondió ella—. La primera se refería a lo que fue, pero aún no había sido revelado. Pero el misterio no se ha detenido. No. Ha progresado.

—Así que la próxima revelación se refiere a...

—A lo que vino después.

—¿Después del 11 de septiembre?

—Después del 11 de septiembre y después de esas cosas que el profeta te reveló en sus primeros encuentros.

—¿Después de los presagios?

—Sí y no —respondió ella—. El misterio nunca se detuvo ni tampoco los presagios. Han continuado.

—¿Hasta cuándo?

—Hasta la actualidad.

—¿Y todo esto me será revelado?

—Lo será.

—¿Cómo?

—¿Tienes el sello que te di?

En mis primeros encuentros con el profeta, había aprendido a mantener el sello conmigo en todo momento. Y cuando no tenía sueños, era lo único que tenía que seguir.

—¿Me lo puedes devolver? —preguntó ella.

Así que se lo devolví y ella lo guardó en el bolsillo de su abrigo.

—Aquí —dijo mientras colocaba otro sello en mi mano. No miré para ver qué había en él, pero inmediatamente lo guardé en mi bolsillo.

—¿Así que esto me llevará a la próxima revelación?

—Te ayudará a seguir —respondió ella—. Pero necesitarás más que eso.

—¿Como qué?

—La próxima revelación comenzará en la tierra de las dos torres, alrededor de las cuales fluyen las aguas de los puros.

—¿Y qué significa eso exactamente?

—Creo que eso es una tarea para que averigües.

—¿Puedes darme una pista, algo más para continuar?

—No tengo nada más que decir. He cumplido con lo que me enviaron a hacer.

Ante eso, se volteó y comenzó a alejarse. Sabía que no tenía sentido intentar seguirla. No me diría nada más de lo que yo estaba destinado a saber. Pero luego se volvió hacia mí.

—El profeta —dijo con una sonrisa.

—¿Qué hay con el profeta?

—El profeta te dirá más.

—No lo he visto últimamente.

—Pero lo verás. Aparecerá como lo hizo antes.

—¿Del mismo modo?

—Como apareció entonces… de una manera que no esperas.

Ante eso, se dio la vuelta y desapareció entre la multitud.

—¿Y entonces qué pasó?

—Un velo estaba a punto de ser quitado.

—¿Cómo es eso?

—Yo estaba a punto de ver lo que había justo ante mis ojos y aquello frente a lo que había estado mayormente ciego. Estaba a punto de que me mostraran el misterio que nunca se detuvo, lo que se manifestó o fue revelado después de que escribí el primer libro… los signos y presagios.

—Los signos y presagios… Cuéntame.

—Ah —dijo Nouriel—, esa sería una revelación completamente diferente. No es posible que podamos develarla ahora.

—¿Entonces cuando?

—En otro momento.

Tercera parte

LAS
MANIFESTACIONES

Capítulo 16

El hombre de la colina

—De modo que, ¿es este ese «otro momento»? —preguntó Ana.

—Creo que lo es —respondí.

Había pasado poco más de un mes desde su última visita a su oficina. Ella lo saludó y vestía con una chaqueta cómoda para usar en el exterior.

—Es un día hermoso —dijo—. Pensé que podíamos ir a caminar... al parque.

Él aceptó. Así que se dirigieron al ascensor, bajaron al primer piso, cruzaron el vestíbulo y salieron a la acera. Pasarían el resto de ese día en Central Park, caminando por sus senderos y sentándose a descansar en sus bancos y sobre el césped. Pero Ana no estaba dispuesta a esperar a llegar al parque antes de hacer su primera pregunta.

—Entonces, dime qué pasó —dijo ella—. ¿Como comenzó todo?

—Comenzó, como antes, con un sueño. Vi a un hombre de cabello negro suelto y barba oscura. Iba vestido con ropa negra con un gran cuello redondo de tela blanca con volantes.

—Un cuello de encaje.

—¿Qué?

—Una gorguera —dijo Ana—. Así lo llamaban, un collar decorativo que solían usar hace siglos.

—Sería eso entonces —respondió él—. Llevaba una gran piedra rectangular blanca... el caso es que no solo era blanca, sino un blanco resplandeciente. Frente a él estaba lo que parecía ser una pequeña montaña. Subió a ella. Al llegar a la cima, depositó la piedra. Esta tenía palabras grabadas por un lado, pero yo no tenía ni idea de lo que decía: estaba impresa en una escritura extranjera.

»Luego se apartó de ella. Alrededor de la piedra comenzó a levantarse una estructura, como si se destinara a un albergue, una capilla o un santuario. Luego, alrededor de la capilla surgieron otras estructuras, edificios, viviendas, iglesias... hasta que —descansando en la cima de la montaña— se formó una ciudad completa. Después de que se levantara el último edificio, el hombre dio la vuelta y comenzó a descender de la montaña. Cuando llegó a la ladera, se volteó para mirar hacia la ciudad, que ahora no solo estaba radiante sino bañada por la brillante luz del sol. Dio la vuelta una vez más y se fue.

»Entonces todo cambió. Las nubes comenzaron a llenar el cielo, oscureciendo el sol y la ciudad. Su resplandor se había ido. Su piedra blanca se estaba desvaneciendo y ahora estaba llena de manchas. Ahora podía escuchar el sonido de la juerga, el conflicto y el caos.

»El hombre de la barba negra reapareció y volvió a subir a la montaña. Lo vi caminando por sus senderos. Parecía sorprendido por la transformación que había sucedido en su ausencia. Las murallas de la ciudad ahora estaban fragmentadas, en mal estado, mostrando su decadencia. Los edificios estaban cubiertos de grafitis. Vi al hombre tratando de leer una escritura en una de las paredes, pero —después de detenerse— siguió su camino... alejándose. Veía los altos edificios que se elevaban sobre él. A lo largo de sus paredes había imágenes en movimiento, lujuriosas y vulgares.

»Lo vi buscando la capilla o el santuario que albergaba la piedra que había colocado. Pero cuando lo encontró, se entristeció en gran manera. Su techo había desaparecido, aproximadamente la mitad de sus muros estaban derrumbados y la mitad que quedaba estaba cubierta de grafitis. Caminó "al interior" para ver la piedra. Pero no estaba ahí. La habían quitado.

»Salió de la estructura y se sentó junto a uno de los muros convertidos en escombros, dirigió la vista hacia la ciudad y sollozó. Por último, miró hacia el cielo y dijo: "Esto era lo que les advertí. Pero no lo consideraron. Sacaron la piedra. ¿Y ahora qué será de ellos?". Y con esa pregunta, el sueño llegó a su fin.

—¿Y no había ningún profeta —dijo Ana—, que te dijera lo que eso significaba?

—En el sueño no había profeta alguno. No apareció ninguno.

—Pero pensé que la niña te dijo que él lo haría.

—Ella lo dijo.

—Pero él nunca apareció.

—Eso me preocupó. ¿Qué sentido tenía recibir un sueño si no había nadie que me ayudara a entenderlo?

—Entonces ¿qué hiciste?

—Esperé. Pensé que tal vez el significado se daría en otro sueño. Pero no ocurrió así. Miré el sello que me había dado la niña.

—El sello —dijo—. Nunca me dijiste lo que había en él.

—Era la imagen de una ciudad, la misma ciudad que vi en el sueño, con las mismas figuras y contornos exactos. Pero eso no me ayudó. Apuntaba al sueño, o el sueño apuntaba al sello, pero todavía no tenía idea de lo que significaba todo ello.

—¿Y qué más?

—Luego recordé las palabras de la niña. La próxima revelación, dijo, comenzaría en una tierra de dos torres, alrededor de las cuales fluyen las aguas de los puros. Quizás esa era la pieza que faltaba. Si pudiera averiguar a qué se refería, tendría la respuesta.

—¡Es Nueva York! —exclamó Ana—. ¡Manhattan! La tierra de las dos torres, las Torres Gemelas. Y el agua fluye a su alrededor.

—Sí —dijo Nouriel—, eso es lo que pensé al principio. Pero había algo que no encajaba: «las aguas de lo puro». La ciudad de Nueva York no suele asociarse con la pureza en ninguna forma.

—¿Será que la ciudad tiene una planta de purificación de agua con dos torres?

—No. Por eso traté de averiguar dónde habría aguas puras. ¿Qué lugares serían conocidos por eso... y que tuviera dos torres? Repasé una y otra vez lo que ella me dijo. Hasta que me di cuenta.

—Ella no dijo «aguas puras», ni siquiera «aguas de pureza». Dijo «aguas de lo puro». No se trataba de aguas puras sino de aguas provenientes de lo puro.

—No lo entiendo.

—*Lo puro* puede referirse a personas, individuos puros o personas asociadas con la pureza.

—Todavía no entiendo.

—¡Los puritanos! De ahí es que ellos recibieron su nombre... porque estaban asociados con la pureza.

—¿Y el agua?

—Los puritanos estaban vinculados a la colonia de la bahía de Massachusetts. Las aguas de los puros son las aguas de la bahía de Massachusetts.

—¿Y a dónde te llevó eso?

—A ninguna parte. No pude conectar eso con la otra pista, *la tierra de las dos torres.*

—Entonces ¿qué hiciste?

—Decidí hacer un viaje. Manejé mi auto hasta la costa de Nueva Inglaterra, por la bahía de Massachusetts, a ver si podía encontrar algo que respondiera a aquello de la tierra de las dos torres. Pensé que si lograba eso, iba a poder comenzar a desentrañar el misterio. Así que fui hasta el extremo sur de la bahía cerca de Cabo Cod. Luego me dirigí al norte hacia Plymouth y Boston, hasta Cabo Ann. Así fue que llegué al extremo norte de la bahía sin encontrar nada.

»Decidí detenerme a un lado de la carretera, salir del auto y caminar por la orilla. Me senté en la arena y dirigí la vista hacia el océano un poco desanimado. En ese momento, no estaba buscando encontrar nada; estaba perdido en un aluvión de pensamientos. Probablemente por eso tardé varios minutos en verla.

—¿Ver qué?

—Una isla… una isla en la que había dos torres.

—Una isla —dijo Ana— alrededor de la cual fluyen las aguas de los puros. Una isla. Por supuesto.

—Se llamaba Thacher Island. Su historia se remonta a la época de los puritanos.

—¿Y cuáles eran las dos torres?

—Unos faros, dos faros de piedra antiquísimos.

—Entonces ¿qué hiciste?

—Tenía que ir allí a ese lugar de alguna manera. Así que reservé una habitación para pasar la noche en un hotel cercano y, al día siguiente, alquilé un kayak.

—¿Un kayak?

—Sí, así es como puedes llegar a ese sitio, remando cinco kilómetros en kayak. Cuando llegué a la isla, estaba exhausto.

—¿Y qué encontraste?

—Una gran cantidad de senderos… uno de los cuales tomé. Cuando llegué a donde terminaba, vi un faro. Y un poco más allá del faro, sobre una cresta de rocas hacia el océano, había un hombre. No pude ver su rostro porque estaba volteado, de cara al agua. Llevaba un abrigo largo y oscuro. Me acerqué a él poco a poco. Estaba a unos cinco metros de él cuando se dio la vuelta y me vio.

—No me digas que era el…

—Si no te cuento la historia, no puedo darte la revelación.

—No me digas que era él.

—Era él.

—¡El profeta!

—Sí.

—Pero ¿no fue un sueño?

—Fue tan real como que estoy sentado aquí contigo en este preciso instante.

—Pero la niña —dijo Ana— te dijo que vendría como vino antes. Cosa que hizo a través de un sueño.

—Ella me dijo que vendría como lo hizo antes, que iba a ser de una manera que no esperaba. La primera vez que dijo eso, no esperaba que viniera en un sueño. Así fue como llegó. Pero esta vez, esperaba que viniera en un sueño. Pero en cambio, vino en forma real... en carne y hueso. Por lo que vino a mí como antes, de una manera que no esperaba.

—Pero al final de tus primeros encuentros, ¿no dijo que nunca lo volverías a ver?

—Me dijo que no lo volvería a ver a menos que el Señor lo juzgara de otra manera.

—Entonces...

—El Señor lo consideró de otra manera.

—Entonces ¿qué pasó?

—Se parecía mucho a como lo recordaba y a como lo había visto en mis sueños.

—¡Nouriel! —dijo él—, ¡qué bueno verte de nuevo!

No supe qué decir. Estaba aturdido. No lo había visto en persona durante años y, sin embargo, ahora me estaba acostumbrando a verlo en mis sueños. Pero ahí estaba, de pie frente a mí; en realidad, en carne y hueso. Fue desconcertante. Por un momento me pregunté si sería un sueño.

—Bueno —respondí—, casualmente estaba en el vecindario.

—¿Qué vecindario, si no hay nada de eso? —respondió—. Y, por supuesto, no estabas aquí. Aquí es donde tenías que estar.

—Sabías que venía —le dije— y por eso estabas aquí en el lugar exacto a la hora precisa, como en los viejos tiempos. Estabas aquí porque yo venía.

—No —dijo el profeta—. Viniste tú, porque yo ya estaba aquí.

—Nunca entendí cómo lo hizo, cómo siempre estuvo allí en el lugar exacto a la hora exacta. Nuestros encuentros siempre fueron así.

—Es un profeta —dijo Ana—. ¿Qué esperabas?

—¿Así que has cumplido con el encargo que te dieron?

—A través de un libro.

—¿Y ellos no han regresado?

—No —respondí—. Me preguntaste lo mismo en el sueño. ¿Eras tú? ¿Estabas realmente allí en mi sueño?

—¿Hace alguna diferencia? —respondió él.

—Eso es lo que dijiste en el sueño.

—Había una niña pequeña —dijo—. Ella te dijo que volvería. ¿Qué dijo ella?

—Que habría otra revelación.

—Y así comienza.

—Y has vuelto porque...

—Porque el misterio no se ha detenido ... y los presagios no han dejado de manifestarse.

—Eso es lo que ella me dijo. ¿Pero por qué aquí? ¿Por qué en esta isla?

—Es aquí —dijo— donde encontrarás el misterio detrás de las cosas que has visto y lo que aún no se te ha mostrado. No es la isla, Nouriel. Es *donde* está la isla.

—Ven —dijo, indicándome que lo siguiera. Me condujo hasta el faro. Atravesamos la entrada y subimos por la escalera de caracol. Luego salimos a un porche de vigilancia que rodeaba la torre justo debajo de la sala del faro de luz. Ante nosotros había un vasto panorama en todas direcciones. El profeta me guio hacia una dirección específica: el sur.

—¿Sabes lo que estás mirando? —preguntó.

—La bahía de Massachusetts.

—Estás mirando al principio. Fue aquí donde comenzó gran parte de la civilización estadounidense. Fue en estas aguas donde navegó el Mayflower.

—A Plymouth.

—Sí. Y fue en estas costas donde pusieron la primera piedra.

Cuando dijo eso, el recuerdo del sueño afloró en mi mente.

—La primera piedra ... eso es lo que vi en mi sueño, un hombre llevando una piedra basal a una montaña.

—Cuéntame tu sueño —dijo. Y eso fue lo que hice.

—Así que, ¿qué significa todo eso? —pregunté.

—El hombre de tu sueño era John Winthrop.

—El nombre me resulta familiar.

—Se ha dicho que, si se pudiera llamar a George Washington el padre de su país, a John Winthrop se le podría llamar el abuelo. Winthrop era un puritano que encabezó la primera ola masiva de inmigrantes de Inglaterra a Estados Unidos. Navegó por estas aguas en un barco llamado *Arbella*. Poco después de llegar aquí, fue nombrado gobernador de la Colonia de la Bahía de Massachusetts. Fue la persona fundamental en la construcción de la colonia en ese importante asentamiento. Y lo que construyó se convertiría en un elemento central en el establecimiento de lo que ahora conocemos como Estados Unidos de América.

—Así que, en mi sueño, él estaba colocando la primera piedra de Estados Unidos.

—Sí, pero lo que hizo en estas costas fue mucho más que eso. Lo que hizo antes de poner un pie aquí fue muy importante.

—¿Y qué fue eso?

—Escribió un mensaje y lo compartió con los pasajeros del *Arbella*, aquellos que serían los pioneros de la nueva Mancomunidad. Ese mensaje era su visión de lo que sería y en lo que se convertiría esa comunidad. Era la visión de lo que iba a ser Estados Unidos de América.

—¿Supo él, en realidad, en lo que se convertiría este lugar?

—No solo es que se convertiría en Estados Unidos, sino en lo que se convertiría como civilización. ¿Tienes el sello que te dio la niña?

—Sí —metí la mano en mi bolsillo y se lo di.

—La visión de Winthrop hablaba de una nueva comunidad que vendría al mundo por la voluntad y los propósitos de Dios… una civilización única, a la que mirarían todas las naciones del mundo. Fue a partir de esa visión que se dio el símbolo más perdurable de la civilización estadounidense. Por eso dijo:

> Debemos considerar que seremos como una *ciudad sobre una colina*. Los ojos de todos los pueblos están sobre nosotros.[1]

—La nueva civilización iba a ser una *ciudad sobre una colina*.

—Ese era mi sueño, una ciudad sobre una colina.

—Y en el sello —dijo— la ciudad era Estados Unidos de América. La piedra fundamental fue su plantación, la visión. De esa piedra fundamental se levantó la ciudad. De esa visión, de la siembra de Winthrop, surgió Estados Unidos.

—¿Por qué una ciudad sobre una colina?

—La imagen viene de la Biblia.[2] Habla de aquello que se levanta como ejemplo. Entonces Estados Unidos de América iba a ser elevada entre las naciones y se convertiría en una civilización ejemplar, un modelo, una nación que otros buscarían emular, una civilización llamada a dar luz al mundo.

—La ciudad de mi sueño estaba llena de luz, radiante.

—Había otra civilización llamada a dar luz al mundo: Israel. De modo que la visión de Winthrop rebosaba de referencias a las Escrituras y al antiguo Israel. La civilización estadounidense se fundó y siguió el modelo del antiguo Israel. Sería difícil encontrar otra civilización tan fuertemente ligada al antiguo Israel desde su fundación.

—La escritura en la piedra que no pude descifrar... tenía que ser en idioma hebreo.

—Sí —dijo el profeta—, como la piedra fundamental de la civilización estadounidense... que es el hebreo. Y la conexión va más allá. Israel había hecho un pacto con Dios. Por tanto, es la *nación del pacto*. Por eso, en la fundación de Estados Unidos de América, Winthrop escribiría:

> Esta es la base establecida entre Dios y nosotros. Hemos concertado un pacto con él para esta obra.[3]

—¿Qué significa eso?

—La Biblia registra que Dios hizo un pacto con Israel. El caso de Estados Unidos de América es diferente. Pero sabemos que los fundadores de esta nación hicieron un pacto con Dios, basado en el pacto de Israel con Dios.

—¿Lo que significa...?

—Que, si siguieran las sendas de la justicia y guardaran los caminos de Dios, las bendiciones del cielo cubrirían su tierra. De modo que la visión de Winthrop profetizó lo que le sucedería a la nueva civilización si seguía esos caminos:

El Señor será nuestro Dios, y se deleitará en habitar entre nosotros, como su propio pueblo, y enviará una bendición sobre nosotros en todos nuestros caminos, para que veamos mucho más de su sabiduría, su poder, su bondad y su verdad.[4]

—Su visión seguía las promesas y las profecías de bendición dadas al antiguo Israel. Y llegaría a ser aún más específica:

Descubriremos que el Dios de Israel está entre nosotros, cuando diez de nosotros seamos capaces de resistir a mil de nuestros enemigos.[5]

—Eso se parece a las palabras de Moisés.

—Sí. De hecho, proviene de las palabras que dijo Moisés justo antes de que Israel entrara en la Tierra Prometida. Así que Winthrop, en aquel momento, les dio las mismas profecías a los pioneros de la nueva Mancomunidad precisamente antes de que entraran al Nuevo Mundo.

—Muy grabada en los cimientos de Estados Unidos había una profecía en cuanto a su futuro... por lo que su curso se unió al antiguo Israel desde el principio.

—Sí, y la profecía dada a Estados Unidos al principio se haría realidad. Sería levantado entre las naciones. Sería bendecido *en todas sus formas* hasta convertirse en la nación más próspera, poderosa, exaltada y emulada de la tierra.

—Pero ese no fue el final de mi sueño.

—No —dijo el profeta—. Tampoco fue el final de la profecía de Winthrop. Hay muchos que han hablado de su visión acerca de Estados Unidos como una ciudad sobre una colina... pero casi nadie menciona lo que vino después.

—¿Qué vino después?

—Una advertencia... una advertencia profética... que comenzaba con las siguientes palabras:

Si tratamos falsamente con nuestro Dios...[6]

—¿Qué significa eso de tratar falsamente con Dios?

—La profecía continúa para explicarlo:

Pero si nuestro corazón se aparta...[7]

—La advertencia es para un Estados Unidos que aparta su corazón de Dios y rechaza sus caminos:

... para que no obedezcamos...[8]

—La profecía continúa:

... pero será seducido y adorará a otros dioses... y les servirá.[9]

—¿Qué otros dioses? —pregunté.

—Dioses de su propia creación —dijo el profeta—. Dioses e ídolos estadounidenses. La profecía los identifica como

... su propio placer...[10]

—Y todo eso advierte a la nación de Estados Unidos de América que se aleja de Dios y se orienta a los dioses del placer, las sensualidades, las carnalidades, las autogratificaciones, las concupiscencias ... y a otras clases de dioses:

... y beneficios...[11]

—Un Estados Unidos de América que se ha apartado de Dios para servir a los dioses de las ganancias, de la abundancia, la usura y las posesiones materiales.

—Parece que esa parte de la profecía también se ha hecho realidad.

—Y eso también se basó en el antiguo Israel. Así como Estados Unidos fue fundada según el modelo del antiguo Israel y bendecida de acuerdo al modelo de las bendiciones de Israel, también si se aparta de Dios, lo haría según el modelo de la caída de Israel... lo cual ha sido así. Cuando Israel se apartó de Dios, adoptó una cultura de carnalidad e inmoralidad sexual.

—Y Estados Unidos ha hecho lo mismo.

—Y como Israel, en su caída, comenzó a ofrecer a sus propios hijos como sacrificios.

—Así también Estados Unidos ha ofrecido la vida de sus hijos por nacer.

—Y como Israel entonces comenzó a luchar contra los caminos de Dios y aquellos que permanecieron fieles a ellos...

—También lo ha hecho Estados Unidos de América.

—Y todo fue predicho en la advertencia que, a modo de profecía, expresó Winthrop.

—Entonces la ciudad de mi sueño se oscureció y perdió su resplandor, y sus paredes se cubrieron de grafitis, vulgaridades, blasfemias y obscenidades. Y luego, cuando el hombre regresó, se entristeció por lo que se había convertido la ciudad. Y ellos quitaron la primera piedra.

—Así también —dijo el profeta— Estados Unidos de América, la ciudad de la colina, ha quitado la piedra sobre la que fue fundada.

—Al final de mi sueño, el hombre preguntó: «¿Qué será de ellos?». ¿Hablaba Winthrop de lo que sucedería?

—Eso fue lo que hizo. Por lo que escribió lo siguiente:

De modo que, si tratamos falsamente con nuestro Dios en esta obra que hemos emprendido —y hacemos que retire la ayuda que nos brinda actualmente— solo seremos una historia y un refrán en todo el mundo.[12]

—E insisto,

Ciertamente pereceremos.[13]

—Esas palabras provenían, vuelvo e insisto, de la profecía dada a Israel acerca de los juicios que vendrían con el alejamiento —de la nación— de Dios. ¿Entiendes lo que esto significa, Nouriel?

—Dime.

—A la civilización que fue fundada según el modelo del antiguo Israel, bendecida según el patrón de las bendiciones de Israel, y caída según el modelo del derrumbe de Israel... vendrá el juicio según el modelo del juicio que vino al antiguo Israel. Ese es el misterio que yace tras esto.

—¿Tras qué?

—Lo que le pasó a Estados Unidos de América, el levantamiento de la cobertura, el estremecimiento, la llegada del enemigo a la puerta, el ataque a las torres y la ruptura del muro. Todas esas cosas fueron los juicios de Israel. Es por eso que todo se ordenó de la forma en que lo hizo, de modo que el día del derrumbe sería el día de la edificación. Es por eso que la palabra designada para los días de la calamidad de Estados Unidos fue la misma que profetizó los días de la calamidad de Israel. Por eso el enemigo entró como un águila descendiendo... y por eso sonaron las trompetas de Israel. Todo sucedió como había ocurrido en la antigüedad.

Él me dio tiempo para quedarme en la entrada del faro y asimilar lo que me había dicho. Luego me condujo al interior, bajé la escalera de caracol, salí por la puerta y me acercó a las rocas donde estaba parado cuando lo vi por primera vez. Y allí, mirando al océano, nos sentamos.

—Todo estaba allí —dijo— desde el principio, en la profecía dada en cuanto al nacimiento de la civilización estadounidense, el misterio que la unía al antiguo Israel, en sus bendiciones, en su caída y en lo que vendría sobre la nación. Eso es lo que hay detrás de todo lo que se te ha mostrado...

—Incluso los presagios —dije.

—Sí —dijo el profeta—, especialmente los presagios. Y es a eso a lo que debemos ir ahora para abrir el misterio.

—¿El misterio de qué?

—De lo que vino después del 11 de septiembre —respondió—, lo que se ha manifestado hasta este momento... el misterio de lo que vino después.

Capítulo 17

Las señales

—Eso es lo mismo que usó la niña cuando me dijo que recibiría otra revelación.

—¿Qué? —preguntó.

—Lo que venía después.

—¿Qué más te dijo ella?

—Que el misterio nunca se detuvo... que ha continuado.

—Sí —respondió—. Ha seguido manifestándose.

—¿Cómo?

—Para que eso sea revelado —respondió él—, primero debemos sentar las bases. Debemos volver al misterio de las señales. ¿Recuerdas cuáles eran?

—Debería —respondí—, ya que escribí sobre ellos.

—Entonces serás tú quien ponga las bases —dijo él—. Así que dime, Nouriel, cuál es el misterio de las señales.

—¿Decirte lo que me revelaste?

—Sí.

—¿Todo ello?

—En el tiempo que tenemos —respondió él— eso no sería posible. Pero en pocas palabras, sienta las bases. Háblame de las nueve señales.

Así que comencé a contarle la revelación que él me había dado años antes.

—En los últimos días del antiguo Israel, nueve señales surgieron en la tierra, advirtiendo sobre la calamidad nacional y la destrucción venidera... Los mismos mensajes de advertencia, los mismos nueve signos de una nación bajo juicio, se han manifestado ahora en tierra estadounidense. Unos han aparecido en la ciudad de Nueva York y Washington, DC, y otros han involucrado a líderes estadounidenses. El caso es que todos reaparecieron, los nueve, y con detalles precisos y espeluznantes. Y los involucrados en su reaparición no tenían idea del misterio ni de su papel en cumplirlo. Sin embargo, todo se repitió en suelo estadounidense, advirtiendo de calamidades y juicios nacionales.

—¿Y cuál fue el primer presagio de los nueve que se manifestaron en el antiguo Israel?

—La ruptura —respondí—. Sucedió en el año 732 a. C., cuando se levantó la cobertura de protección de Israel. Cuando se le permitió a un enemigo que atacara la tierra de Israel. El ataque trajo destrucción, una destrucción que fue limitada en su alcance y su duración. Pero que fue suficiente para estremecer a la nación. Era la exhortación a una civilización que se había endurecido y ensordecido tanto al llamado de Dios que iba directo a la hecatombe. Era una advertencia y un llamado a regresar a los principios.

—¿Y qué tiene que ver eso con Estados Unidos de América?

—El primer presagio, la ruptura, se manifestó en suelo estadounidense el 11 de septiembre de 2001, cuando se levantó la cobertura de protección de Estados Unidos.

»Al enemigo se le permitió atacar la tierra por medio de diecinueve secuestradores. El ataque trajo destrucción a Nueva York y Washington, DC. Y, sin embargo, fue limitado en su alcance y su duración. Pero estremeció a la nación. El 11 de septiembre fue una llamada de atención para un Estados Unidos que se había endurecido y ensordecido tanto a la voz de Dios que solo un acontecimiento como ese podría hacerlo recobrar la conciencia. Pero, más que eso, el 11 de septiembre fue una advertencia para Estados Unidos y un llamado para que volviera a sus fundamentos.

—El segundo augurio...

—El terrorista. El ataque al antiguo Israel fue llevado a cabo por los soldados del imperio asirio. Los asirios fueron los primeros terroristas del mundo, los pioneros en emplear el terror como medio para un fin político. Eran feroces, brutales y despiadados. Infligían terror a la gente de cualquier tierra que decidieran invadir. Así fue cuando invadieron Israel. El segundo presagio fue la señal del terrorista. La destrucción es dominada y llevada a cabo no solo por los enemigos de la nación, sino también por terroristas.

—¿Y qué tiene que ver eso con Estados Unidos de América?

—La señal del terrorista apareció en tierra estadounidense el 11 de septiembre de 2001. El ataque fue planeado y llevado a cabo no solo por enemigos de Estados Unidos sino específicamente por terroristas. Los asirios fueron los padres del terrorismo y los que llevaron a cabo los ataques del 11 de septiembre eran sus hijos espirituales. Mucho más aun, los terroristas se originaron en la misma región del mundo de donde venían los asirios, el

Medio Oriente. Y cuando los asirios llevaron a cabo su ataque contra Israel, lo hicieron comunicándose entre ellos en *acadio*, una lengua extinta del Medio Oriente. El idioma más cercano en el mundo moderno al antiguo *acadio* es el *árabe*, el mismo que hablaban los terroristas del 11 de septiembre y con el que llevaron a cabo su ataque contra Estados Unidos.

—¿Y qué viene después en el modelo del juicio?

—Después del ataque, las cosas volvieron a la normalidad o eso pareció.

—¿Y por qué dices que parecieron? —preguntó.

—Porque las cosas no volvieron a la normalidad. Había llegado la advertencia. La nación recibió ahora un indulto, una ventana de tiempo, una oportunidad para que cambiar el curso y regresaran al Señor.

—¿Y si no aprovechaban esa oportunidad?

—Entonces, al final de ese espacio de tiempo vendrían mayores temblores y calamidades.

—¿Y cómo respondió Israel a la advertencia? —preguntó él—. ¿Y qué hicieron en ese lapso de tiempo que se les dio?

—Se negaron a escuchar. Se negaron a aceptar la advertencia. Al contrario, se endurecieron y respondieron desafiantes. Hicieron un voto. El voto se registró en Isaías 9:10. Y de ese voto y ese versículo vienen las otras siete señales. Lo que ellos dijeron es lo que sigue:

> Si se caen los ladrillos, reconstruiremos con piedra tallada; si se caen las vigas de higuera, las repondremos con vigas de cedro.

—¿Y qué significa eso?

—Que ellos no se arrepintieron. No se sintieron humillados. No iban a cambiar el curso de sus vidas ni cederían en su apostasía. Al contrario, volverían más fuertes y agrandados que antes. Ese fue un voto de desafío.

—¿Y qué pasó con Estados Unidos a raíz del 11 de septiembre?

—Estados Unidos de América siguió el mismo camino del antiguo Israel. Respondió a la calamidad no con humildad, no con ningún retorno a Dios, sino con más desafío.

—Y el tercer augurio...

—«Si se caen los ladrillos». Cuando los asirios invadieron la tierra, hicieron que los ladrillos cayeran. La señal de los ladrillos caídos habla de la destrucción, el derrumbe de los muros, el desmoronamiento de los edificios y los montones de ruinas que quedaron tras la destrucción asiria.

—¿Y qué tiene eso que ver con Estados Unidos de América?

—El ataque del 11 de septiembre tuvo que ver, específicamente, con la caída de los muros y los edificios. Y la imagen más icónica, a raíz de la calamidad, fue la de los montones de ruinas en la superficie de la Zona Cero. Y entre esas ruinas había ladrillos caídos.

—Y el cuarto augurio...

—«Reconstruiremos». Ellos se comprometieron a reemplazar los ladrillos de arcilla con piedra labrada. Este tipo de piedra les permitiría construir edificios más fuertes que antes, más grandes, más altos, grandiosos. Sus edificios representarían el orgullo de la nación. Cuando Isaías registró las palabras de ellos en su libro, escribió que ellos las expresaban con orgullo y arrogancia.[1] En hebreo, la palabra que usó para *arrogancia* está vinculada al vocablo que se emplea para *torre*. El cuarto augurio es la reconstrucción de lo que había caído, el ascenso de la torre.

—¿Y cómo se manifestó el cuarto augurio en Estados Unidos?

—Después del 11 de septiembre de 2001, los líderes estadounidenses prometieron reconstruir las torres caídas y no solo reconstruirlas, sino reconstruirlas más grandes, mejores, más fuertes y más altas que antes. La reconstrucción de la Zona Cero se centraría en un solo objeto: *una torre*. El plan era construir la torre de la Zona Cero más grande, más fuerte y más alta que las torres que habían caído.

»Debía alcanzar una altura de 1.776 pies (quinientos metros), el número que marcó el nacimiento de la nación. Como en el antiguo Israel, su reconstrucción se convertiría en el punto focal del orgullo y el desafío de la nación, y la encarnación de la nación misma.

—Y el quinto augurio...

—«Reconstruiremos con piedra tallada». El proyecto de reconstrucción comenzó con la colocación de piedra labrada. La palabra hebrea que yace tras la piedra labrada es *gazit*. La palabra *gazit* se refiere a una piedra extraída de la roca de la montaña y utilizada para construir edificios fuertes y grandiosos. La piedra de gazit solía ser un enorme bloque rectangular de roca extraída. Así que el pueblo de Israel fue a las montañas y a las canteras con el objeto de traer la piedra de gazit a la tierra de los edificios caídos. La piedra gazit, o cantera, se convirtió en el comienzo de la reconstrucción de la nación, la personificación de su dedicación y el símbolo de su desafío.

—¿Y cómo se manifestó el quinto augurio en Estados Unidos?

—Casi tres años después del 11 de septiembre, un objeto masivo descendió al suelo de la Zona Cero. Era una piedra de gazit. Había sido extraída de las montañas del norte del estado de Nueva York, veinte toneladas de piedra labrada. Como en la antigüedad, fue llevada al suelo de la destrucción donde habían caído los edificios. El 4 de julio de 2004, líderes y espectadores estadounidenses se reunieron alrededor de la piedra en una ceremonia que marcaría el comienzo de la construcción de la torre. Los líderes pronunciaron votos al respecto. Uno de ellos, el gobernador de Nueva York, proclamó que estaban realizando el acto con «espíritu de desafío».[2] Como en la antigüedad, la piedra de gazit se convirtió en la encarnación del voto de la nación y el símbolo de su desafío.

—Y el sexto augurio...

—«Las higueras caídas». Cuando los asirios invadieron Israel, trajeron destrucción no solo a los edificios de la nación, sino también a su tierra. El edificio caído hablaba de la destrucción de las ciudades. Pero las higueras caídas representaban la destrucción de la tierra.

—¿Y qué tiene que ver eso con Estados Unidos de América?

—El 11 de septiembre, en los últimos momentos de destrucción, la Torre Norte del *World Trade Center* comenzó a colapsar. Al precipitarse a tierra, lanzó una viga de metal al aire. El rayo golpeó un objeto, un árbol que crecía en el suelo en la esquina de la Zona Cero. El árbol era un sicomoro —de la familia de las higueras— como en la profecía. Se exhibiría, se conmemoraría y se conocería como el sicomoro de la Zona Cero, el sexto augurio del voto.

—Y el séptimo augurio...

—«Las repondremos con vigas de cedro». La palabra *cedro* en la traducción viene del término hebreo erez. El séptimo augurio es el árbol erez. La palabra erez habla de un árbol fuerte, particularmente un ciprés y, más específicamente, un árbol de la familia de las pináceas. El pueblo de Israel plantaría el erez en lugar del sicomoro caído. Como el árbol erez era más fuerte que el sicomoro, fue otro acto simbólico de desafío; la nación se levantaría más fuerte que antes.

—¿Y cómo se manifestó eso en Estados Unidos?

—En 2003, a finales de noviembre, apareció un árbol en el cielo sobre la esquina de la Zona Cero. Lo estaban bajando al lugar donde el sicomoro de la Zona Cero estuvo una vez y había sido derribado. La gente se reunió alrededor del árbol y llevó a cabo una ceremonia. Notaron el significado simbólico detrás de la plantación del nuevo árbol donde alguna vez estuvo el antiguo. Le dieron un nombre al árbol. Lo llamaron el Árbol de la Esperanza y lo anunciaron como un signo de la naturaleza indomable de la esperanza humana. El árbol no era un sicomoro. Era un árbol ciprés. Perteneciente a la familia de las pináceas. Como en la profecía, era un árbol erez. Entonces reemplazaron el sicomoro caído con un árbol erez. El antiguo signo de desafío y juicio, el signo del árbol erez, que se había manifestado en el antiguo Israel, ahora se había manifestado en la ciudad de Nueva York en la esquina de la Zona Cero.

—Y el octavo augurio...

—El octavo augurio es el voto mismo, la declaración del voto. Para que el voto tuviera significado, tenía que representar el rumbo de la nación. Y entonces sus líderes tuvieron que darle voz. Y dado que los líderes de Israel gobernaron desde la ciudad de Samaria, se habría declarado en la capital de la nación. Los líderes pronunciarían las palabras del voto.

—¿Y su manifestación en Estados Unidos de América?

—El 11 de septiembre de 2004, tercer aniversario de la tragedia, el candidato demócrata a la vicepresidencia, el senador John Edwards, pronunció un discurso en la ciudad capital. Inició el discurso con las siguientes palabras:

Si se caen los ladrillos, reconstruiremos con piedra tallada; si se caen las vigas de higuera, las repondremos con vigas de cedro.[3]

—El antiguo voto fue pronunciado por un líder estadounidense en la capital de la nación. Y no fueron solo esas palabras; *todo el discurso* fue una exposición de ese versículo, Isaías 9:10. Fue la pronunciación del antiguo voto. No tenía idea de lo que realmente significaban las palabras o nunca las habría pronunciado. Habló del derribo del sicomoro sin darse cuenta de que un sicomoro real había sido derribado el 11 de septiembre. Habló de la piedra de *gazit* sin saber que se había colocado una piedra de *gazit* real en la Zona Cero para comenzar la reconstrucción. Habló de la plantación del árbol erez donde el sicomoro había sido derribado sin percatarse de que eso había ocurrido realmente. Y conectó todo eso con el 11 de septiembre de 2001. Proclamó un versículo que hablaba del ataque de advertencia de una nación en forma de ataque terrorista y lo conectó con el 11 de septiembre, el versículo que identificaba a una nación que atravesaba la primera etapa del juicio.

—Y el noveno augurio...

—La profecía —respondí—. El voto no fue solo una declaración, sino una profecía de lo que estaba por venir. Y al aparecer en Isaías 9, se convirtió en parte de una profecía de juicio nacional, así como en un asunto de registro nacional. Así que el voto fue pronunciado no solo por un líder nacional y en la ciudad capital, sino como una profecía de lo que aún estaba por venir y como un asunto de interés nacional.

—¿Y qué con Estados Unidos de América?

—El 12 de septiembre de 2001 —respondí—, el mismo día después de la calamidad, el Congreso estadounidense se reunió en Capitol Hill para emitir su respuesta al 11 de septiembre. El hombre encargado de presentar esa respuesta fue el líder de la mayoría del Senado, Tom Daschle. Cuando llegó a la conclusión de su discurso, dijo:

> Hay un pasaje de Isaías, en la Biblia, que creo que nos habla a todos en momentos como este... «Si se caen los ladrillos, reconstruiremos con piedra tallada; si se caen las vigas de higuera, las repondremos con vigas de cedro».[4]

—De modo que, el día después del 11 de septiembre, la respuesta de la nación fue *exactamente* la misma que la del antiguo Israel a raíz de la vieja calamidad, el primer golpe de juicio. Daschle habló del árbol caído sin saber que en realidad existía un árbol derribado en la esquina de la Zona Cero que respondía al árbol del voto. Habló de la reconstrucción con la piedra gazit, que se cumpliría tres años después de que lo pronunció. Y habló de la plantación del árbol erez, acto que se manifestaría dos años después de que él lo proclamara.

»Desde el Capitolio y ante el Congreso de los Estados Unidos, la nación y el mundo, el líder de la mayoría del Senado pronunció las mismas palabras el día después al 11 de septiembre que los líderes del antiguo Israel habían expresado en los días posteriores a su calamidad, palabra por palabra. Y sin tener idea de lo que estaba haciendo, relacionó la calamidad del 11 de septiembre con la desgracia del antiguo Israel, el momento inicial del juicio de una nación caída. De manera que, el día después del 11 de septiembre y desde Capitol Hill, el líder del Senado de los Estados Unidos pronunció un juicio sobre Estados Unidos sin saberlo.

—Bien hecho, Nouriel —dijo el profeta—. Has sentado las bases. Ahora podemos pasar a la siguiente revelación. Las señales de una nación bajo juicio... las mismas señales que aparecieron en los últimos días del antiguo Israel ahora se manifiestan en Estados Unidos de América. ¿Y a dónde conducen?

—A la ventana —le respondí—, al tiempo dado para que la nación vuelva a sus fundamentos.

—Y en el caso del antiguo Israel, ¿qué pasó?

—En vez de recapacitar, se alejaron aún más. Se alejaron más y más de Dios.

—Sí —dijo el profeta—. Cuando a una nación se le da la oportunidad de recapacitar con el fin de volverse a sus inicios y la rechaza, se volverá aún más desvergonzada y su caída se hará más profunda y acelerada. El propósito del estremecimiento es despertar a la nación, hacerla retroceder y evitar la mayor calamidad.

—Entonces surge la pregunta —dije—, han pasado varios años desde la última vez que hablamos de estas cosas. Desde entonces ¿ha habido alguna señal de arrepentimiento?

—No —dijo el profeta—. El alejamiento general de Estados Unidos respecto de Dios solo ha avanzado. Y todo se estableció el día después del 11 de septiembre en Capitol Hill. Después de que el líder de la mayoría del Senado terminó de proclamar el antiguo voto de desafío, cuando dijo: «Eso es lo que haremos».[5] Estaba proclamando que Estados Unidos seguiría el camino del antiguo Israel, el camino del desafío, la apostasía y la destrucción. Respondería a la calamidad del 11 de septiembre como lo hizo Israel en sus últimos días como nación. Todo se plasmó el mismo día después del 11 de septiembre.

—Sin embargo ¿tenía Estados Unidos de América que seguir el rumbo antiguo?

—No. Pero lo hizo. Esa fue su elección. Y así continúa el misterio.

—Así que desde la última vez que nos vimos, la caída de la relación entre Estados Unidos y Dios ha continuado.

—No solo continuó —dijo—, sino que se aceleró y profundizó en prácticamente todos los aspectos y ámbitos... no solo abandonar los caminos de Dios sino además luchar cada vez más contra ellos, no solo tolerar la inmoralidad sino además defenderla con valentía, adoctrinando a sus hijos a apartarse de los caminos de Dios, difamando a aquellos que se niegan a unirse a su apostasía pero se mantienen fieles a los caminos de Dios, buscando silenciarlos y castigarlos, derramando sangre inocente, no solo llamando al mal bien y al bien mal, sino estableciéndolo, legislándolo y ejecutándolo, santificando lo profano y profanando lo sagrado...

—Entonces ¿dónde nos deja todo esto con respecto a las señales?

—A medida que ha continuado la caída de la nación, también lo han hecho las manifestaciones de las señales.

Ante eso, introdujo la mano en el bolsillo de su abrigo; sacó un sello del mismo tamaño, forma y color que los demás; y lo puso en mi mano. Luego se puso de pie.

—Hasta que nos volvamos a encontrar no solo —dijo mientras se internaba en el océano y comenzaba a alejarse.

—¿Necesitas que te lleve? —pregunté.

—Tengo un barco, ¿sabes?

Se dio la vuelta y sonrió y, en un segundo, desapareció.

—¿Cómo crees que salió de la isla? —preguntó ella.

—No lo sé. Aprendí a no preguntar ni a tratar de resolverlo.

—Y el próximo misterio...

—Un misterio oculto —dijo Nouriel—, un antiguo misterio oculto ante los ojos de toda una nación.

Capítulo 18

La palabra babilónica

—Entonces ¿qué había en el sello?

—Fue difícil entenderlo. La imagen general parecía amorfa. Pero dentro había una segunda figura, un poco menos indefinida, algo así como un rectángulo, pero irregular, sin líneas absolutamente rectas. Dentro de la forma rectangular había dos símbolos, dos letras *I* o dos números *1*.

—Entonces ¿qué era aquello?

—No tenía ni idea. Pero no fue la única pista. Tuve un sueño.

—Al igual que con la ciudad sobre la colina —dijo ella—, te dieron un sello y un sueño.

—Sí —dijo Nouriel—, ese era el patrón ahora. Cada revelación estaría vinculada a un sello y a un sueño. La diferencia era que ahora el profeta no aparecía en mis sueños, sino en la realidad. Quizás por eso también me dieron un sello, porque necesitaba más para continuar. Tuve que tratar de descubrir el significado del misterio por esfuerzo propio, al menos hasta la próxima vez que lo encontrara.

—Entonces ¿cuál fue el sueño?

—Lo tuve poco después de que regresé de la bahía de Massachusetts. No fue largo ni complejo, pero sí desconcertante. Estaba contemplando un paisaje en ruinas. Vi lo que parecía ser una hoja de pergamino cubierta escrita que se levantaba de las ruinas y se erguía en la orilla. Luego, otro pergamino se levantó de las ruinas y se situó borde con borde con el primero… luego un tercero y un cuarto hasta que formaron un cuadrado, y luego un quinto que cubría la parte superior para formar una caja, pero todo ello de pergaminos. Entonces noté un movimiento en las ruinas debajo de la caja, más pergaminos, más grandes que el primero, subiendo hasta sus bordes para formar otro cuadrado y otra caja que levantaba a la primera caja. El proceso se repitió una y otra vez hasta que se formó una torre, una torre alta y escalonada de pergaminos.

—Un zigurat —dijo Ana—, un zigurat de pergaminos. Entonces ¿qué hiciste con eso?

—El sueño comenzó en las ruinas. La imagen del sello era amorfa, como las ruinas. La forma rectangular, creo, representaba al pergamino. Así que pensé que tenía algo que ver con la torre de la Zona Cero.

—Las ruinas y la torre, sí.

—Pero más allá de eso, no sabía a dónde ir.

—Pero fuiste a algún lado con eso.

—Fui a Nueva Jersey. Acababa de terminar de asistir a una reunión allí y tenía unas dos horas de tiempo libre. Decidí salir a dar un paseo. Me dirigí al paseo marítimo, donde encontré un parque. Técnicamente era un parque, pero se parecía más a un muelle o un puente de madera. Al otro lado del río estaban los edificios de acero y vidrio del Bajo Manhattan, que ahora brillaban con la luz anaranjada del sol de la tarde. Lo más sorprendente fue la torre.

—La torre del World Trade Center.

—Sí, la señal. Me paré junto a la barandilla en el borde del parque y miré a través del río Hudson. Y luego apareció él.

—El profeta.

—Sí, con su abrigo largo y oscuro, estaba de pie a mi izquierda y mirando conmigo a través de las aguas.

—Otro momento señalado.

—Entonces ¿qué has podido hacer con el misterio? —preguntó.

—Tiene algo que ver con la torre y los pergaminos o con *un* pergamino.

—Cuando Jerusalén fue destruida por los ejércitos de Babilonia, la palabra profética salió de las ruinas. Se convirtió en el Libro de las Lamentaciones. Después de la calamidad del 11 de septiembre, los ojos de Estados Unidos se dirigieron a las ruinas de la Zona Cero. ¿Podría haber una palabra profética esperando allí, escondida entre las ruinas?

—¿En las ruinas de la Zona Cero? —respondí—. Si la hubo, nunca supe de ella.

—La había —dijo—. Había una palabra en las ruinas.

—¿Una palabra sobre qué?

—Sobre el papel.

—Los pergaminos en mi sueño y en el sello.

—Era poco probable que un objeto tan frágil sobreviviera intacto a la destrucción del 11 de septiembre y a los días del incendio en la Zona Cero. Había otros papeles a su alrededor, pero en su mayoría quemados, carbonizados, oscurecidos o pulverizados. Pero uno permaneció intacto, visible, tostado, aunque legible. Estuvo escondido ahí durante muchos días, esperando a ser descubierto en medio de las ruinas.

—¿Por quién?

—Por un fotógrafo que cubría la misión de los rescatistas. Era de noche. Estaba parado en las ruinas junto a una pendiente empinada y una barrera de cemento. Vio algunos papeles carbonizados en la orilla de la barrera. Le pidió permiso al que supervisaba las operaciones para averiguar qué había ahí y registrarlo. Se le concedió el permiso, pero le dijeron que lo hiciera lo más rápido posible ya que el área era peligrosa. Y entonces lo vio.[1]

—¿Qué vio?

—Era una página de las Escrituras. La Biblia ya no estaba, pero esa página sí. Mientras se preparaba para filmar, le indicaron que saliera. Rápidamente grabó algunas imágenes, luego salió del sitio, dejando la escritura atrás.

—¿Vio él lo que decía?

—No, no tuvo tiempo. Pero más tarde, esa noche, con la ayuda de una lupa comenzó a examinar las tomas de las pruebas que había registrado ese día. Cuando leyó las palabras de la escritura, quedó conmocionado. Se derrumbó y lloró.[2]

—¿Por qué? —pregunté.

—Era una escritura que hablaba de una torre.

—¿De qué torre?

—Una torre que fue construida por el orgullo del hombre.

—¿La Torre de Babel?

—Sí.

—¿Así que en las ruinas de las torres caídas había una palabra sobre la Torre de Babel?

—Sí.

—El zigurat de mi sueño.

—La torre que representaba la unión del mundo.

—Como lo que representaba el World Trade Center.

—La palabra en las ruinas hablaba de los que se propusieron construirla y la razón por la cual lo hicieron:

> Luego dijeron: «Construyamos una ciudad con una torre que llegue hasta el cielo. De ese modo nos haremos famosos y evitaremos ser dispersados por toda la tierra».[3]

—De la misma forma, los que se propusieron construir las Torres Gemelas lo hicieron para erigir los edificios más altos de la tierra, *torres que alcanzaran el cielo* o, como otras versiones lo expresan, cuyas cimas estuvieran «*en los cielos*». En La Zona Cero también se habló de los materiales con los que se construiría la torre:

> Un día se dijeron unos a otros: «Vamos a hacer ladrillos, y a cocerlos al fuego». Fue así como usaron ladrillos en vez de piedras, y asfalto en vez de mezcla.[4]

—Usaron ladrillos. ¿Te suena eso familiar?

—«Si se caen los ladrillos», las palabras de Isaías 9:10, las palabras del voto.

—Y en castellano, la misma expresión hebrea que se usa para la construcción de la Torre de Babel se emplea para los edificios caídos en el voto de Isaías 9:10: «los ladrillos cayeron».

—Y esa frase —dije— se encontró en las ruinas reales de los edificios caídos... y en esas ruinas había ladrillos caídos.

—Así que en las ruinas del World Trade Center había una escritura que hablaba de una torre construida para alcanzar los cielos, una torre que simbolizaba la unión del mundo y una torre que representaba el orgullo y la arrogancia del hombre.

—Y todas esas cosas se podrían decir de las Torres Gemelas.

—Es más, las palabras de esa página hablaban de otra cosa.

—¿Qué quieres decir?

—Hablaban de juicio —dijo el profeta—, el juicio que vino contra la torre.

—Hay algo que no entiendo: el pergamino del sello no tenía nada escrito, solo dos símbolos. ¿Qué representaban esos símbolos?

—¿Qué pensaste que eran?

—Dos I o dos 1.

—No exactamente.

—¿Las dos torres?

—Las dos torres se construyeron con la misma forma, pero no. Era el número 11.

—¿Un 11 como el 11 de septiembre?

—Sí.

—Y el vuelo 11, el avión que se estrelló contra la primera torre.

—Sí —respondió—, fue un día de once. Pero la razón por la que apareció en el pergamino del sello fue por Babel.

—¿Qué quieres decir?

—La Torre de Babel aparece en el Libro del Génesis. ¿Sabes dónde?

—No.

—En el capítulo *once*. Aparece en el undécimo capítulo de ese libro y en el undécimo capítulo de la escritura misma.

—De modo que el 11 de septiembre, el día once, se vinculó con el capítulo once de la Biblia... y tendido en sus ruinas estaba el capítulo once de la Biblia, el relato de una torre que encarnaba el orgullo del hombre y que conducía al juicio.

—Sí, pero la escritura no se trata solo de lo que había sido —dijo el profeta—, sino de lo que estaba por venir.

—¿Cómo?

—La escritura que se halló en la Zona Cero hablaba en tiempo futuro: «Construyamos una ciudad con una torre».[5] Fue una invocación a embarcarse en un proyecto de construcción, el llamado a construir una torre. De modo que esas palabras fueron proféticas. Estados Unidos volvería a emprender la construcción de una torre. Y a diferencia del World Trade Center derrumbado, lo que se levantaría en su lugar tomaría la forma de una sola torre, como decía en la escritura encontrada de las ruinas.

»Y al igual que en las escrituras antiguas, la torre que se elevó desde la Zona Cero se inició con la intención de construir el edificio más alto del mundo. El relato comienza con estas palabras:

En aquel tiempo todo el mundo hablaba un mismo idioma.[6]

—¿Cuál dijimos que era la conexión entre la torre y el mundo?

—La torre representa al mundo que se une como uno.

—Observa las palabras que aparecen en ese versículo inicial: la palabra *mundo* aparece una vez e igualmente la palabra *un*, tal como aparece en el hebreo original. De forma que, la escritura hallada en las ruinas de la Zona Cero hablaba de una torre vinculada a las palabras *un* y *mundo*. Y así sería el nombre que le darían a la nueva torre [*one* en inglés es *un* en castellano]: *One World Trade Center*.

—¿Por qué le dieron ese nombre?

—El nombre se formó a partir de su dirección. Pero el resultado fue una torre destinada a ser el edificio más alto del mundo y marcada con las palabras *un* y *mundo* ... como en la Torre de Babel.

—Y ambas torres —dije— fueron construidas con un espíritu de desafío.

—Sin embargo, había otro misterio en la palabra de las ruinas.

—Dime cual.

—El llamado al desafío que condujo a la Torre de Babel y se conservó en ese pedazo de papel fue el siguiente:

Construyamos una ciudad con una torre. [7]

—¿Y qué con eso?

—Cuando la Biblia hebrea fue traducida al griego, en una versión llamada Septuaginta —en la antigüedad—, al llegar a Isaías 9:10 —al voto de desafío— los traductores hicieron algo extraño. Lo interpretaron así:

Los ladrillos cayeron, pero *vengan ... construyamos una torre para nosotros*.[8]

—Me habías hablado de esa traducción en nuestros primeros encuentros.

—La traducción antigua conecta las palabras del voto desafiante de Israel en Isaías 9:10 con las dichas en Génesis para construir la Torre de Babel. Y esas mismas palabras estaban ocultas ahí, en los restos de la torre caída.

—¿Cuántas veces aparecen esas palabras en la Biblia? —pregunté.

—Solo dos —respondió, en el llamado a construir la Torre de Babel en Génesis y en el voto de reconstruir las ruinas de Israel en Isaías 9:10.

—Entonces la expresión «Vengan ... construyamos una torre para nosotros» es una traducción de Génesis 11 e Isaías 9:10. En conclusión, todas las palabras que aparecieron allá en las ruinas de la Zona Cero... las palabras de Babel y las palabras usadas para traducir Isaías 9:10, el voto del cual provienen las señales... Todo estaba ahí.

—Sí —dijo el profeta—, desde el principio, desde el momento en que cayeron las torres, desde el momento en que cayeron los ladrillos, todo estuvo allí. Como estaba escrito en la antigüedad: «Los ladrillos cayeron, pero vengan ... construyamos una torre para nosotros».[9]

»Y esas palabras fueron proféticas. Se construiría una torre en la Zona Cero. Y lo harían con el espíritu de Babel. Porque el mismo espíritu que poseía al pueblo de Babel y —entonces— al pueblo de Israel, ahora poseía a Estados Unidos de América.

—¿Y qué pasó con esa página que encontraron? —preguntó Ana.

—Nadie lo sabe. El fotógrafo lamentó no haber intentado llevársela al salir corriendo del sitio. Sin duda se perdió entre las ruinas. Pero se conservó en la fotografía.

—¿Cómo reaccionaron los que se enteraron de la imagen?

—Algunos tomaron el hecho de que tenía que ver con la construcción de una torre como una buena señal, un estímulo para reconstruir, sin darse cuenta de lo lejos que estaba eso de su significado real. Pero otros se dieron cuenta de inmediato de que el hecho de que apareciera una escritura en esas ruinas, con información referida a la Torre de Babel, no era más que algo funesto.

—¿Y qué pasó después?

—El profeta me pidió el sello que, por supuesto, le di. Se lo metió en el bolsillo del abrigo, sacó otro y lo puso en mi mano.

—¿Qué era?

—Algo tan simple que no sabía cómo interpretarlo o si había algo que interpretar. No obstante, eso me llevaría a una señal, una transformación que está ocurriendo en medio de la ciudad de Nueva York, ignorada por miles de personas... y, sin embargo, es una advertencia de juicio desde el tiempo de los profetas.

Capítulo 19

El marchitamiento

—Y entonces ¿qué era eso?

—Una rama —respondió—. No sabía qué hacer con ella. Intenté buscar en Internet para ver si podía identificar el árbol al que pertenecía. Pero había demasiadas ramas similares en apariencia a la que estaba grabada en el sello. Y luego tuve un sueño.

—Estaba caminando dentro de un jardín cubierto muy grande.

—Cubierto con qué...

—Con enredaderas y ramas. Pero no solo cubierto... rodeado. Las enredaderas y las ramas estaban a mi alrededor, formando las paredes del jardín en dirección al techo. Nada estaba bien. Todo estaba arqueado, doblado. Y todo estaba seco, las hojas, las plantas, los frutos, las vides, todo.

»Mientras seguía caminando, vi a una niña en el otro extremo. La pequeña sostenía una jarra de agua, pero sollozaba. Me acerqué a ella y le pregunté por qué lloraba. Ella respondió: "Porque mi jardín no crece. Hice todo bien. Lo planté en buena tierra. Lo regué todos los días. Lo cuidé. Pero a pesar de lo que hice, se marchitó. Aunque hice todo lo que pude, se marchitó".

»Traté de consolarla, pero no tenía consuelo. Así que seguí recorriendo el jardín hasta que vi una abertura, una salida en sus paredes, la cual tomé. Entonces me encontré en medio de la ciudad, de pie en una acera, con multitudes que pasaban. Me volteé para mirar el jardín cubierto. Solo entonces vi lo que era. Todo tenía la forma de un águila, la figura de un águila colosal hecha por enredaderas y ramas. Y, entonces, el sueño terminó.

—Muy bien, pero ¿qué hiciste entonces?

—Tanto el sueño como el sello tenían que ver con plantas y árboles. Así que decidí hacer un viaje a un lugar que podría darme alguna pista para continuar: el Jardín Botánico de Nueva York.

—Habías estado allí en tus primeros encuentros con el profeta, cuando estabas tratando de averiguar el significado de uno de los sellos que te había dado.

—Sí.

—Y por lo que recuerdo, era un callejón sin salida.

—Sí. Pero ahora era lo único en lo que podía pensar. Así que fui allí y pregunté si había alguien que pudiera ayudarme a identificar la rama que aparecía en el sello. Me remitieron a uno de sus expertos. Examinó la imagen. Pero no había suficientes detalles para que él hiciera alguna identificación.

—Otro callejón sin salida— dijo Ana.

—No exactamente. La otra razón por la que fui allí fue porque el lugar estaba lleno de jardines florecidos, cubiertos de vidrio, pero aun así cubiertos, y muchos de ellos curvados, como en el sueño.

—Entonces ¿qué encontraste?

—Muchas plantas, flores y árboles hermosos.

—¿Ninguna niña con una jarra de agua?

—No, ni nada que me ayudara a continuar. De forma que, a fin de cuentas, decidí salir y caminar por los jardines. Me encontré en un bosque, un bosque magnífico... veinte hectáreas de bosques, arroyos, estanques, senderos indios y árboles, muchos de los cuales se remontan a siglos atrás. Yo estaba en uno de los senderos que se internaban en el bosque cuando lo vi, parado allí, esperándome.

—El profeta... ¿en el bosque?

—Sí.

—Un buen lugar para pasear —dijo.

—No sabía que vinieras a caminar.

—Vine a caminar contigo, Nouriel. Ven —dijo. Así que caminé con él por el sendero, en lo más profundo del corazón del bosque.

—Esto —dijo— es el aspecto que tenía la ciudad de Nueva York antes de que existiera.

—Es un poco diferente —dije—, ciertamente más quieto.

—Dime lo que has encontrado.

Así que le conté el sueño y mi intento fallido de encontrar algo que coincidiera con la rama del sello.

—Viniste aquí la última vez buscando el significado del sicomoro caído.

—De Isaías 9:10, sí.

—Y el misterio nos ha llevado de nuevo a un lugar con árboles. En las Escrituras, los árboles son de gran importancia. Representan vida y bendiciones, pero también personas, naciones y reinos. Aunque también pueden significar más que eso. Además, pueden presentarse como advertencias y señales de juicio.

—¿Cómo?

—Muéstrame el sello.

Así que lo saqué del bolsillo de mi abrigo y se lo di. Lo sostuvo mientras caminábamos, de modo que pude observarlo mientras hablaba.

—Estás intentando averiguar qué tipo de rama era. Pero esa no es la clave. No era tanto el tipo de rama lo que importaba, sino su estado. Mírala. ¿Notaste que no tenía frutos... ni hojas? Y tú sueño, no se trataba tanto de lo que había en el jardín, sino del estado en que estaba el jardín en sí mismo.

—Estaba marchito —respondí—. ¿Y la rama del sello era una rama marchita?

—¿Y sabes lo que representa el marchitamiento en la Biblia?

—No.

—Una señal de juicio. La sequedad de los árboles y las plantas representa el marchitamiento de las personas o las naciones, el juicio de los reinos. Así está escrito en los salmos acerca de los que hacen el mal:

Porque como hierba serán pronto cortados, *y como la hierba verde se secarán.*[1]

—Así que el marchitamiento de la planta verde representa el juicio que viene sobre los que cometen el mal. Entonces, en Isaías, el Señor advierte del juicio que vendrá sobre una cultura malvada:

Serán *como una encina con hojas marchitas,* como un jardín sin agua.[2]

—Y así, en el Libro de Jeremías, Dios advierte a toda la nación de la calamidad venidera:

En el momento de su castigo serán derribados ... No habrá uvas en la vid ni higos en la higuera, *y la hoja se secará.*[3]

—El mismo simbolismo profético aparece en el Nuevo Testamento con el marchitamiento de la higuera, un suceso que se considera significativo en referencia al juicio venidero.

—¿Y qué tiene que ver eso ahora?

—En Isaías 9:10, a raíz del ataque a la tierra, el pueblo de Israel prometió reemplazar los sicomoros caídos con un árbol más fuerte.

—El árbol hebreo erez.

—Y en Estados Unidos, a raíz del 11 de septiembre, la gente de la ciudad de Nueva York reemplazó el sicomoro caído por un árbol más fuerte, el árbol erez. Y el árbol erez se convirtió en un símbolo de resurgimiento, tal como lo fue en la antigüedad.

—Y lo plantaron en el lugar exacto en el que habían caído los sicomoros.

—Hicieron exactamente lo que hizo Israel en sus últimos días antes del juicio. Y como en la antigüedad, fue un acto de desafío. El árbol erez era un símbolo de que la nación se levantaría más fuerte que antes. ¿Recuerdas cuando se plantó el árbol erez en la Zona Cero?

—Fue en noviembre de 2003.

—Y desde entonces, Nouriel, el misterio no se ha detenido y las señales no han dejado de manifestarse.

—¿Qué quieres decir?

—Que el árbol erez fue plantado en un terreno donde otros árboles habían prosperado y en el lugar exacto donde otro había florecido. Por tanto, debería haber prosperado.

—Pero algo más sucedió, algo tan bíblicamente significativo como el árbol mismo. El antiguo fenómeno comenzó a manifestarse.

—¿El marchitamiento?

—Sí, la antigua señal del juicio comenzó a manifestarse en la esquina de la Zona Cero. El árbol erez, el símbolo del resurgimiento de Estados Unidos, empezó a marchitarse.

—¿Por qué?

—Nadie supo por qué. Era un misterio. Los guardianes del terreno hicieron todo lo posible para que prosperara. Pero a pesar de lo que hacían, de la solución o tratamiento que aplicaban, el árbol se fue marchitando. Este adquiría un aspecto cada vez más enfermizo y, sin embargo, no se pudo identificar ninguna enfermedad.

—Cada año, se marchitaba más. Y lo verde que quedaba en sus ramas comenzó a transformarse en un marrón mortecino.

»Los encargados del terreno plantaron arbustos en una línea que comenzaba en la cerca que rodeaba la propiedad y terminaba junto al árbol, a solo unos metros de sus raíces. Los arbustos más alejados del árbol eran fuertes, verdes y saludables. Los que estaban más cerca al árbol también comenzaron a marchitarse, se veían con un color pardo, secos, enfermizos y moribundos. Era como si hubiera una maldición en ese árbol y en todo lo que lo rodeaba.

—De eso se trataba mi sueño. El jardín se estaba marchitando y la niña no podía detener eso. Aunque lo plantó en buena tierra, el árbol se secó. No importaba lo que hiciera, seguía marchitándose.

—Sí, y la misma imagen se usó hace dos mil quinientos años, en el Libro de Ezequiel, cuando el Señor dio una profecía acerca de los días del juicio que vendrían sobre el rey y su reino:

En un buen campo, junto a muchas aguas, fue plantada, para que hiciese ramas y diese fruto, y para que fuese vid robusta. Diles: Así ha dicho Jehová el Señor: ¿Será prosperada? ¿No arrancará sus raíces, y destruirá su fruto, y se secará? Todas sus hojas lozanas se secarán; y eso sin gran poder ni mucha gente para arrancarla de sus raíces. Y he aquí está plantada; ¿será prosperada? ¿No se secará del todo cuando el viento solano la toque? En los surcos de su verdor se secará.[4]

—Así que casi se podría haber escrito sobre el árbol en la Zona Cero.

—El árbol de la profecía —dijo— era un símbolo. También el árbol de la Zona Cero lo fue. Era el séptimo de las nueve señales. Y en el voto antiguo, el árbol erez era el símbolo del desafío de la nación a Dios y la personificación de su intención de regresar más fuerte y poderosa que antes.

—De manera que el marchitamiento fue una señal —dije.

—Era una señal —dijo el profeta— de debilidad.

—¿Debilidad en qué aspecto?

—En lo que representa la señal. Atiende ¿qué era lo que representaba el árbol erez?

—La nación se está volviendo más fuerte y poderosa que antes, pero sin Dios.

—Ese marchitamiento es una señal de que todas estas cosas se han de deshacer y más que eso. El árbol erez finalmente representaba a la nación misma. La nación se haría tan fuerte como un árbol erez y más enérgica que su condición anterior, al igual que el árbol de eres, que es más fuerte que un sicomoro. Ese árbol representaba a la nación.

—En mi sueño... el jardín tenía la forma de un águila... porque representaba a Estados Unidos.

—¿Cuál fue el nombre que le dieron a ese árbol erez en la Zona Cero?

—El Árbol de la Esperanza.

—Lo estaban transformando en un símbolo, un ícono de esperanza, la encarnación de un pueblo, una nación, que se levantaba de la calamidad y del suelo de la destrucción.

—Entonces el marchitamiento de ese árbol, ese símbolo...

—Significa el marchitamiento de una nación —respondió—.

—¿El marchitamiento de Estados Unidos de América?

—Sí.

—¿Cómo?

—Moral y espiritualmente —dijo—, Estados Unidos se está marchitando. Un árbol enfermo, en la superficie y por un tiempo, puede tener la apariencia de que es fuerte y que está vivo; puede hasta verse normal, pero debajo de la superficie puede estar descomponiéndose. Eso es lo que pasa con Estados Unidos. Hoy, esta nación está en decadencia, su núcleo se debilita, su centro se deteriora; es una civilización en pleno declive espiritual y moral.

—No importa lo que tratara de hacer aquella niña para salvarla, siguió marchitándose.

—Como sucedió con el Árbol de la Esperanza.

—Pero entonces ¿hay esperanza para el árbol? —pregunté—. ¿Se puede salvar?

—¿Te refieres al Árbol de la Esperanza o a Estados Unidos de América?

—A Estados Unidos de América. ¿Hay esperanza para este país?

—Una enfermedad que yace en el espíritu no se puede curar con nada que no sea espiritual.

—¿Qué sentido tiene eso?

—Una enfermedad espiritual no puede ser sanada con curas enraizadas en otros reinos, curas políticas, curas económicas, curas ideológicas. Ninguna cura puede detener el marchitamiento. Una enfermedad espiritual solo puede sanarse con una cura espiritual. Aparte de eso, no hay esperanza.

—Y lo mismo es para Estados Unidos...

—Estados Unidos fue plantado como un árbol de esperanza. Pero si a tal árbol se le cortaran sus raíces, entonces qué esperanza queda. Por tanto, no tiene más remedio que marchitarse.

—Debe haber sido perturbador —dijo Ana— que aquellos que plantaron el árbol en la Zona Cero lo vieran marchitarse así.

—Lo fue —respondió—, pero no había nada que pudieran hacer al respecto.

—Entonces ¿te dio el profeta otro sello?

—Sí, cuando salimos del bosque.

—¿Y a qué conduciría este?

—A algo muy diferente —dijo Nouriel—. Me llevaría a un lugar en el que nunca había estado, a un día antiguo del que nunca había oído hablar, y a derivaciones que eran, por decir lo menos... siniestras.

Capítulo 20

El noveno de Tamuz

—Entonces ¿qué había en el sello?

—Un edificio de aspecto antiguo con columnas, capiteles, un friso, un techo en forma triangular y amplios escalones que conducen a la entrada. Me imaginé que era una especie de templo griego o romano. A derecha e izquierda de los escalones había dos figuras, una de un hombre y otra de una mujer, cada uno sentado en una especie de trono. Pero lo extraño del templo eran sus columnas. Eran ocho. Dos comenzaban en la propia base, que se extendían hacia arriba para terminar en dos capiteles separados. Otras dos se entrecruzaban, formando una X gigantesca.

—¿Y qué pensaste que significaba eso? —preguntó ella.

—Se me ocurrieron varias ideas, pero ninguna de ellas me llevaba a ninguna parte.

—¿Y entonces?

—Luego tuve un sueño en el que me veía dentro de una especie de templo antiguo.

—¿Como en el sello?

—No podría decirlo. No sabía cómo se veía desde fuera. Pero dentro del templo estaban unos sacerdotes.

—¿Qué clase de sacerdotes?

—Me imagino que eran sacerdotes paganos.

—¿Cómo sabrías que eran sacerdotes paganos?

—No lo sabía. Pero tenían cierto aspecto que me hacía pensar que se parecían a algo así. Tenían la cabeza rapada y vestían unas túnicas largas y oscuras. Conté cinco de ellos. Sostenían un pergamino.

—¿Todos ellos?

—Sí. Cada uno de ellos lo sostenía. Se trataba de un gran trozo de pergamino, del tamaño de una mesa pequeña. Lo llevaron por una escalera de piedra. Llegaron a la cima mientras miraban un altar de piedra junto a un fuego ardiente. Levantaron el pergamino y lo arrojaron a las llamas.

—Y, de repente, todo cambió. Ahora yo estaba parado fuera de los colosales muros de lo que supuse que era una ciudad antigua. A mi alrededor había un antiguo ejército con escudos, lanzas y máquinas de asedio. Pero estaban allí parados, esperando. No soy ningún experto en esas cosas, pero por alguna razón sabía que era el ejército de Babilonia.

»De súbito, hubo una conmoción. Los soldados empezaron a señalar hacia arriba, a unas columnas de humo que ascendían al cielo desde el interior de las paredes. Sabía que el humo venía del altar que estaba dentro del templo. Era el pergamino que había sido arrojado a las llamas.

»"Es la señal", dijo uno de ellos, el que parecía ser su comandante, "la señal de que hoy es el día en que sus muros se derrumban y sus cercos serán derribados". En eso, el ejército comenzó a atacar al colosal muro, golpeándolo con arietes una y otra vez hasta que abrieron una brecha. Y luego todo se derrumbó.

»Esperaba ver el interior de una ciudad antigua. En vez de eso, la grieta del muro me dejó ver un vasto paisaje de muchas ciudades, campos, pueblos y casas. Era como si estuviera mirando toda una nación, una civilización. Los soldados comenzaron a entrar en tropel por la brecha. Y el sueño llegó a su fin.

—¿Y qué te pareció? —preguntó ella.

—En cuanto a los sacerdotes y el pergamino, no tenía ni idea. Pero la escena en la pared parecía lo suficientemente clara. Fue el asedio de una ciudad amurallada y, sin embargo, tuvo que ver con algo más que una ciudad así.

—Entonces ¿a dónde fuiste desde allí?

—Aparte de la posibilidad de que el templo del sello pudiera haber sido el mismo que vi en el sueño, no identifiqué ninguna conexión. Busqué imágenes de sacerdotes antiguos, pero no encontré nada que coincidiera con lo que vi en mi sueño ni nada que tuviera que ver con la quema de pergamino.

—Entonces ¿qué hiciste?

—Nada, hasta que un día, mientras volví a examinar el sello, me di cuenta de algo. ¿Y si la imagen no fuera la de un templo antiguo… sino la de uno moderno?

—¿Qué quieres decir?

—Hay edificios modernos que parecen templos antiguos.

—¿Dónde?

—En la capital de la nación. Por eso comencé a buscar en Internet imágenes de edificios de Washington, DC.

—¿Y?

—No pasó mucho tiempo antes de que lo encontrara. Tenía ocho columnas, igual que el edificio del sello. Llegando a su entrada había unos amplios escalones como resguardados por dos estatuas, un hombre sentado a un lado y una mujer sentada al otro. Fácilmente podría haber pasado por un templo clásico.

—¿Qué edificio era ese?

—La Corte Suprema de Justicia.

—Pero ¿qué tendría que ver la Corte Suprema de Justicia con los antiguos babilonios?

—Eso es lo que me propuse encontrar.

—¿Qué planeaste entonces?

—Ir a Washington, DC. Reservé un hotel allí por tres noches. Pensé que sería suficiente tiempo para encontrar lo que fuera que debía encontrar. Pero resultó que no lo necesitaría. Mi tren llegó a Union Station a media tarde. Abordé un taxi hasta el hotel y, desde ahí, me fui hasta la Corte Suprema de Justicia. Llegué temprano esa noche. El edificio estaba iluminado, dando a la pared que estaban detrás de las columnas un cálido resplandor de incandescentes amarillo y anaranjado.

—Por supuesto, me había llevado el sello. Lo saqué del bolsillo de mi abrigo y lo comparé con lo que tenía en frente. Todo encajaba, la forma, los escalones, el techo, las dos estatuas, todo menos las extrañas anomalías en las columnas de la imagen.

—El tribunal más alto del país —dijo la voz.

Volteé instintivamente y ahí estaba. Su mirada no estaba dirigida hacia mí, sino hacia la fachada del edificio.

—*La Corte Suprema* —dijo—. Aquí presiden los jueces y desde aquí dictan sus sentencias. Pero no es el tribunal más alto. Hay uno de mucha más autoridad... y un Juez mucho más supremo.

—¿Por qué estamos aquí? —pregunté.

—Dime tu sueño —respondió— y te diré por qué estamos aquí.

Entonces le relaté lo sucedido.

—Lo que viste en tu sueño fue el principio del fin de Jerusalén y el reino de Judá. El ejército que estaba fuera de las murallas de la ciudad era, como lo supusiste, el de Babilonia. El fin comenzó en el cuarto mes del año hebreo.

—¿Cómo?

—El Libro de Jeremías registra cómo sucedió:

> Nabucodonosor de Babilonia y todo su ejército marcharon contra Jerusalén y la sitiaron. El día nueve del mes cuarto ... abrieron una brecha en el muro de la ciudad.[1]

—Fue ese día cuando rompieron el primero de los muros defensivos de Jerusalén. Se rompieron las defensas de la ciudad. El relato continúa:

> Al verlos, el rey Sedequías de Judá y todos los soldados huyeron de la ciudad. Salieron de noche por el camino del jardín del rey, por la puerta que está entre los dos muros...[2]

—Con el derrumbe del muro de defensa de la ciudad, se selló el final. Los encargados de la protección de la ciudad la abandonaron y huyeron. El camino estaba ahora abierto para la destrucción y el juicio. Solo cuatro versículos después de las palabras que registran la brecha en la pared, viene lo siguiente:

> Los babilonios prendieron fuego al palacio real y a las casas del pueblo, y derribaron los muros de Jerusalén. Finalmente Nabuzaradán, el comandante de la guardia, llevó cautivos a Babilonia tanto al resto de la población como a los desertores, es decir, a todos los que quedaban.[3]

—La ruptura del muro de defensa de la ciudad condujo directamente a la destrucción del Templo, la ciudad de Jerusalén y la nación misma. Por lo tanto, el día que sucedió eso fue más significativo y crucial. El relato revela ese día en concreto:

> El día nueve del mes cuarto... [4]

—Era el noveno día del cuarto mes.

—¿Y cómo se llama el cuarto mes del año hebreo? —pregunté.

—*Tamuz* —respondió él—, el mes de Tamuz.

—Así que el noveno de Tamuz fue el día en que se inició el fin.

—Sí —dijo el profeta—, y así se convirtió en un día de dolor, ayuno y duelo.

—Está bien, entonces el noveno de Tamuz fue el día que selló la destrucción de Israel. Pero no veo qué tiene que ver eso con la Corte Suprema de Justicia.

—Acompáñame —dijo.

Acto seguido, me condujo escaleras arriba y hacia la derecha junto a la plataforma sobre la que descansa la estatua de un hombre sentado. La efigie sostenía una espada en su mano izquierda y una tabla de piedra apoyada en su hombro.

—El guardián de la ley —dijo—. Su función es proteger la ley. Pero ¿qué sucede si la nación se aparta de la ley de Dios?

—No lo sé.

—Cuando una nación se aleja de Dios y del fundamento sobre el que se estableció, el cambio de espíritu conduce inevitablemente a una modificación de sus valores, un cambio de normas, leyes y preceptos. Es entonces que se dedica a reescribir las tablas de la ley. Alterará los cimientos sobre los que se asienta. Lo que durante mucho tiempo había sostenido como correcto, ahora lo juzgará como malo; y a lo que por mucho tiempo se había opuesto como incorrecto, ahora lo defiende.

»Eso es lo mismo que ocurrió con el antiguo Israel. Lo que antes conocían como inmoral, ahora lo celebraban; y lo que antes reverenciaban, ahora lo despreciaban. Los que se oponían a los caminos de Dios, ahora son bien reconocidos; pero, los que defienden sus rectos caminos —los justos y los profetas—, ahora son perseguidos. Por eso, el profeta Isaías escribió acerca de la metamorfosis de su nación:

> ¡Ay de los que llaman a lo malo bueno y a lo bueno malo, que tienen las tinieblas por luz y la luz por tinieblas, que tienen lo amargo por dulce y lo dulce por amargo![5]

—En los últimos días del antiguo Israel, esta metamorfosis entró en el ámbito de la sexualidad. La cultura de la nación había defendido una vez la santidad de la sexualidad y del matrimonio como su vaso sagrado. Pero ahora se apartó de ambas cosas y abrazó la inmoralidad sexual. El matrimonio fue profanado y deshonrado. Lo sagrado fue profanado; lo profano fue santificado.

—¿Y qué pasa con Estados Unidos de América? —preguntó el profeta—. Si Estados Unidos se aparta de Dios —como lo está haciendo— entonces seremos testigos de la misma metamorfosis, la misma transformación de valores. Y lo que la nación una vez tuvo por correcto será tomado como malo y será objeto de una batalla feroz cuyo fin es celebrar lo que era malo como algo loable. La sociedad se apartará de la santidad del matrimonio y de la sexualidad, y abrazará eso con lo que lucha contra los caminos de Dios.

—Y lo ha hecho tal cual—dije.

—¿Quiénes fueron —preguntó el profeta—, en el antiguo Israel, los que establecieron esa transformación, los que autorizaron la metamorfosis de sus valores?

—¿Sus reyes?

—Sí, sus reyes y sus sacerdotes, los guardianes de sus valores.

—¿Y los sacerdotes de Estados Unidos de América serían su clero?

—Estados Unidos no tiene un solo clero —dijo—, pero tiene sacerdotes de otro tipo, un sacerdocio secular que ha apoyado la alteración de sus valores.

—Los sacerdotes que vi en mi sueño oficiaban en el templo, y el templo representaba a la Corte Suprema de Justicia. Por tanto, sus sacerdotes serían los jueces, los jueces de la corte... con sus togas oscuras.

—Ven —dijo mientras me guiaba por el resto de los escalones. Ahora estábamos de pie frente a las grandes puertas de bronce que formaban la entrada del edificio.

—Más allá de estas puertas —dijo el profeta— residen los sumos sacerdotes de la cultura estadounidense, aquellos que se sientan como los guardianes de las normas de la nación, los santificadores de sus valores. Estos sacerdotes juegan un papel importantísimo en la apostasía de una civilización y —en consecuencia— en la caída de una nación. O defenderán sus fundamentos espirituales y morales y resistirán la apostasía de la nación… o santificarán, condenarán y sellarán la apostasía de toda ella. En la caída del antiguo Israel, santificaron todo lo malo… y así también en la caída de Estados Unidos de América. Por tanto, el sello de la metamorfosis se manifestará en esta casa, en este templo.

—Hay nueve jueces de la Corte Suprema —dije—. Pero en mi sueño, solo vi cinco. ¿Por qué?

—Porque tu sueño se refería a un acontecimiento específico. Y fueron cinco los que participaron.

—El pergamino —dije— ¿qué era? ¿Qué representaba?

—Representaba un fundamento sagrado sobre el que la civilización se ha mantenido durante siglos.

—¿Cuál?

—El matrimonio —dijo—. Y sobre ese fundamento ha descansado la familia, y sobre la familia, la sociedad y sobre la sociedad... la civilización. Sin embargo, era incluso más que eso. El matrimonio está intrínsecamente ligado a la base de la vida y la naturaleza humanas, la distinción y el vínculo entre hombre y mujer.

—¿Y representó, la destrucción de ese pergamino, un acto o pecado específico contra ese fundamento?

—Más que un pecado específico y más que cualquier acto, persona o pueblo específico. Todos han pecado, y por lo tanto todos están en el mismo lugar, y a todos Él extiende su misericordia y su amor, como también a sus hijos. Pero lo que viste representa el alejamiento de toda una civilización.

—Lo que vi fue a los sacerdotes que dejaban caer el pergamino en las llamas del altar.

—Sí, esta Corte Suprema tomó el pacto del matrimonio tal como se había conocido y mantenido durante siglos y le puso fin.

—¿Le dio fin?

—Le dio fin a lo que había sido durante años. Su esencia, su núcleo, el vínculo contractual entre hombre y mujer fue, con un solo acto, derribado, y con ello fue anulada la razón de su existencia; ese acto constituyó la eliminación del vaso sagrado.

—La eliminación —repetí.

—Ese acto desgarró el propósito del matrimonio —respondió.

—Pero todavía no veo la conexión entre lo que pasó aquí y lo que pasó en mi sueño... en la pared.

—Sin embargo, en tu sueño —dijo— todo estaba conectado. Fue el humo del pergamino en llamas lo que alertó a los soldados en el muro de que había llegado el día.

—Sí, pero ¿qué tendría que ver el fallo de la Corte Suprema con un muro?

—La caída del antiguo Israel comenzó con una brecha en el muro, la ruptura del cerco que protegía la ciudad. Lo que sucedió en esta casa, en este recinto, fue la ruptura del muro, el derrumbe de un cerco mediante el cual se preservaba una civilización.

—Entonces ¿es esa la conexión?

—Más que eso —dijo—, en el caso del antiguo Israel, fue la brecha en el muro lo que protegió a una civilización que había caído respecto a Dios y se dirigía hacia el juicio. Una vez que se rompió el muro, no hubo nada que detuviera su descenso al juicio.

—Estados Unidos es ahora una civilización caída respecto a Dios y encaminada al juicio, pero mucho más que eso.

—¿Qué quieres decir?

—Ese fallo, el fin del matrimonio como siempre se había conocido, se produjo el 26 de junio de 2015.

—¿Y?

—En el calendario hebreo, el calendario bíblico, el día tenía un nombre diferente.

—¿Qué día estaba en el calendario hebreo?

—El noveno de Tamuz.

—¡El noveno de Tamuz!

—El día de la caída de los muros. El día de la ruptura. El día de la fractura del cerco... el noveno de Tamuz, el mismo día en que los soldados de Babilonia penetraron los muros de la ciudad santa, el día de la victoria y la celebración de Babilonia, pero de dolor y duelo para el pueblo de Dios, condición en la que permanecería por siglos.

—Y el día, dijiste, que las defensas de la nación fueron abandonadas.

—Sí —dijo el profeta—, cuando sus príncipes y líderes, los responsables de la protección de esa civilización, dejaron de protegerla.

—Y así será con Estados Unidos de América...

—Sí —dijo el profeta—, como lo fue para Israel, así también lo fue para la nación fundada según su modelo. El noveno de Tamuz, el muro que formaba un cerco protector que rodeaba la civilización estadounidense se rompió.

—De modo que, para el antiguo Israel —dije—, el noveno de Tamuz fue el principio del fin. ¿Y con Estados Unidos de América?

—La ruptura del muro por parte de los babilonios abrió una compuerta que marcaría el comienzo de la destrucción de la nación. Lo mismo ocurre con Estados Unidos.

—El noveno de Tamuz —dije— fue el día en que cayeron los muros que aguantaban el juicio. Por tanto, lo que ocurre el nueve de Tamuz desencadena acontecimientos y fuerzas que llevan a la destrucción. Lo que sucede ese día constituye el principio del fin.

—Después de todo eso —respondió— es solo cuestión de tiempo.

Fue entonces cuando me di cuenta de algo. No sé por qué no lo vi antes. Saqué el sello de mi bolsillo y miré el templo; y, para mi sorpresa, vi las columnas irregulares de su fachada.

—Esos son números romanos —dije.

—Sí. Las dos columnas de cada extremo enmarcan el número.

—Y esta es una *V* —dije en referencia a las dos columnas que se extienden hacia arriba y hacia afuera— que en números romanos es cinco. Y esta es una *X* —dije en cuanto a las columnas que se cruzan—, que en números romanos es diez. Y el resto de las columnas representan el número romano uno.

—Pon eso junto, Nouriel.

—La *I* y la *V* a su derecha formarían el número cuatro. Y el *I* con la *X* a su derecha formaría el número nueve ¡El cuarto mes, el noveno día el noveno de Tamuz!

—Sí.

—Una nación al borde del juicio. ¿Es esto lo que *podría* suceder o lo que *debe* acontecer y va a suceder?

—Si la nación no cambia de rumbo, Nouriel, entonces ese será su final.

Se quedó en silencio después de eso. No sabía si estaba esperando a que dijera algo o permitiéndome que lo asimilara. Pero no había nada que pudiera decir.

—Ven —dijo, alejándose del edificio y hacia la calle—. Salgamos de este lugar.

Acto seguido, comenzó a bajar los escalones. Lo seguí. Cuando llegamos al final, se dio la vuelta por última vez y miró hacia el edificio.

—Esta no es la *corte suprema* —dijo—. Hay una más alta.

Y luego fue como si ya no estuviera hablando *de* la corte, sino *a* la corte.

—Si una nación —dijo— defiende los caminos del Todopoderoso, entonces se mantendrá. Pero si juzga los caminos del Todopoderoso, entonces sobre esa nación se dictará el juicio del Todopoderoso.

Se dio la vuelta y comenzó a alejarse. Pero me quedé allí. Había algo en lo que acababa de hacer que me dejó conmocionado.

Se dio la vuelta una vez más.

—¿Vienes?

Esperó hasta que lo alcanzara y luego me pidió el sello. Se lo di y me entregó otro.

—¿Y cuál fue el próximo misterio? —preguntó ella.

—Se trataba de una palabra que determina el destino de las naciones… el destino de Estados Unidos de América una palabra oculta.

—¿Oculta?

—Escondida en algún lugar de la ciudad de Nueva York… una palabra que debía buscar y encontrar.

Capítulo 21

Lo oculto

—¿Cuál era la imagen del sello?

—Letras —respondió Nouriel—. Tomé eso como una palabra inscrita en una escritura antigua. En el trasfondo de las letras había una nube. Reconocí el guion. Lo había visto antes. Era paleohebreo, la forma más antigua del hebreo escrito. Pero, por supuesto, no tenía idea de lo que significaba.

—¿Y tuviste un sueño?

—Sí. Vi a un antiguo rey sentado en un trono. El trono era rojo metálico. En el apoyabrazos a la izquierda del monarca había un cincel rojo. Y en el apoyabrazos a su derecha había un martillo rojo. Tomando uno en cada mano, se levantó de su trono y caminó a la distancia delante de él. Llegó a una enorme estructura de andamios, como en un lugar donde se estaba construyendo algo, de unos quince metros de altura. Subió por una serie de escalones de madera dentro del andamio hasta llegar a la plataforma que formaba la parte superior.

»Delante de él había una nube que se cernía muy cerca de la tierra, la mitad debajo del rey y la otra mitad por encima de él. Puso el cincel en dirección a la nube, levantó el martillo y golpeó el cincel como si fuera a esculpir o grabar algo en ella.

—¿Cómo grabas o imprimes algo en una nube? —preguntó Ana.

—No lo sé, pero en el momento en que el cincel golpeó la nube, destellaron unas chispas rojas. Así que golpeó el cincel una, otra y otra vez. Estaba grabando unas letras, unas letras rojas brillantes, en el fondo blanco de la nube. Las letras eran del mismo tipo de escritura que había en el sello, en paleohebreo. Cuando terminó de grabar lo que supuse que era una palabra, la nube y la palabra se movieron hacia su izquierda, y otra nube vino de la derecha para tomar su lugar. Una vez más, el rey esculpió una palabra en letras rojas y, de nuevo, la nube se movió hacia su izquierda y así sucesivamente. Eso sucedió varias veces.

»Las nubes, con sus letras rojas, formaban un anillo. Cuando el rey terminó su grabado, el anillo comenzó a elevarse lentamente hacia el cielo hasta que cubrió los edificios de una ciudad antigua. Cuando completó su ascenso, se oscureció hasta quedar totalmente negro. Las letras, sin embargo, seguían brillando en rojo. El cielo se oscureció. Las nubes comenzaron a brillar desde adentro, como si estuvieran llenas con un rayo rojo. Las letras también comenzaron a parpadear. Entonces, comenzaron a salir unos rayos rojos disparados desde las nubes en dirección al cielo y hacia la ciudad. Ahí fue cuando el sueño terminó.

—Coincidía con lo que estaba en el sello —dijo ella—, las letras en la nube. Entonces ¿qué hiciste con eso?

—Con un rey grabando letras en una nube... no mucho. El sueño me proporcionó un contexto, pero era el sello el que contenía la pista más definida: las antiguas letras reales. Busqué en internet cualquier cosa que pudiera ayudarme a descubrir el significado de aquella palabra. Pude hacer coincidir cada símbolo del sello con una letra del alfabeto paleohebreo, pero no tenía idea de lo que significaba. Así que decidí ir a la Biblioteca Pública de Nueva York, a la sala de lectura, para investigar más y ver si podía encontrar algo que me aclarara el significado.

—¿Y qué encontraste?

—No fue lo que encontré... sino a *quién*. Yo estaba subiendo los escalones de la entrada de la biblioteca cuando escuché una voz.

—No encontrarás la respuesta a esto aquí —dijo él.

Era, por supuesto, el profeta. Estaba parado casi al final de la parte superior de los escalones, cerca de la entrada de la biblioteca y hacia la izquierda. Bajó unos peldaños, luego se sentó frente a una base, encima de la cual había dos pilares, y me indicó que me uniera a él allí. Entonces me senté a su lado.

—Así que ¿cómo lo *encontraré*? —pregunté.

—Cuéntame tu sueño.

Eso fue lo que hice.

—Las palabras —me dijo— eran las de un rey. Ese es un hecho crucial.

—¿Por qué es tan importante?

—Porque el rey, sacerdote o líder de una nación representa a esa nación, además de que es el funcionario más crucial a la hora de determinar el curso de la nación. Las palabras de los reyes determinan el destino de las naciones. Ese principio aparece en todas las Escrituras. Las palabras del faraón determinaron el destino de Egipto. Las palabras de los reyes de Asiria y Babilonia determinaron el destino de sus imperios. Y en el caso de Isaías 9:10, el voto de desafío solo tendría consecuencias si lo pronunciaran los líderes de la nación. Solo ellos podrían poner el rumbo de la nación en rebeldía y, por lo tanto, sellar el juicio para su reino.

—Y entonces el misterio —alegué— tiene que ver con la palabra de un rey que determina el destino de una nación.

—Sí.

—¿Qué rey?

—Un rey que conoces.

—¿Qué tipo de palabra?

—Una palabra oculta —respondió.

—Pero si es la palabra de un rey, ¿por qué estaría oculta?

—No estaba oculta... pero ahora lo está.

—¿Y qué significa eso?

—El asunto es dónde se esconde la palabra.

—No entiendo.

—Está escondida en esta ciudad.

—¿La palabra de un rey escondida en algún lugar de la ciudad de Nueva York?

—Sí.

—¿Dónde?

—Eso, Nouriel, es lo que tendrás que averiguar.

Y con esas palabras, se puso de pie y comenzó a bajar los escalones.

—¡Es una ciudad demasiado grande! —le grité—. ¿Por dónde empiezo?

—Por aquí no —dijo sin pararse para ver hacia atrás ni detener su descenso—. Eso debería ayudarte.

◆ ◆ ◆

—Así que tenías que encontrar la palabra de un rey escondida en algún lugar de la ciudad de Nueva York.

—Sí, era como buscar la aguja de un misterio en el pajar de una metrópoli.

—Entonces ¿qué hiciste?

—Pensé: «¿Dónde podría estar la palabra de un rey en la ciudad de Nueva York?». Así que me fui al Museo Metropolitano y busqué entre artefactos antiguos, instrumentos medievales, artilugios más recientes... pero nada. Luego busqué en el Museo Judío. Pero de nuevo... nada. Fue entonces cuando decidí cuestionar mi estrategia. ¿Cómo podría encontrar algo *escondido* en un museo?

»Así fue que me dediqué a meditar más en el sueño y en el sello. Ambas cosas tenían que ver con la palabra grabada en una nube. Y como nadie escribe ni graba palabras en una nube, esta tenía que representar algo más, algo en lo que se pudieran escribir o grabar palabras. Por eso tomé la nube como representación de la altura, es decir, debía existir un lugar muy alto en el que se pueda escribir una palabra. Y esa palabra debía estar en algún lugar de la ciudad de Nueva York. Cavilé un rato hasta que me formulé la siguiente pregunta: ¿Cuál es el lugar más alto de la ciudad en el que se pueda escribir una palabra? Tenía que ser un rascacielos. Y el rascacielos más alto, el lugar más alto posible, era precisamente el que siempre había evitado.

—La torre de la Zona Cero —dijo ella.

—La señal —respondió él— del desafío.

—Lo evitaste por...

—Por todo lo que representaba. Nunca había puesto un pie en su interior. Pero existía la posibilidad de que ahora tuviera el misterio que estaba buscando. Así que bajé a la Zona Cero. Llegué al final de la tarde. No me atrevía a entrar, ni siquiera a acercarme. Solo lo miré desde la distancia. Demasiadas cosas pasaban por mi mente, muchas de ellas conectadas a ese edificio.

—Hasta que escuché la voz.

—Bien hecho —dijo el profeta. Ahí estaba, parado a mi lado.

—Así que ahí está escondida la palabra de un rey.

—Sí. ¿Entramos?

—Estábamos entrando a un ambiente desconocido.

—Ahí es donde está el misterio. Ven.

Así que nos acercamos a la torre e ingresamos a una de sus entradas de la planta baja. Me condujo al ascensor. Él ya había adquirido los boletos y hecho las reservaciones necesarias. Y, por supuesto, todo eso basado en la certeza de que ahí estaría lo que buscábamos, en ese momento exacto y en el lugar preciso. El ascensor estaba lleno de turistas entusiasmados con la perspectiva de subir a la torre. Pero yo estaba más ansioso que cualquier otra cosa.

—Estamos en un ascensor y en el interior de un presagio —dije.

Él no respondió. El ascenso fue rápido, tardó menos de un minuto en llegar al destino. Llegamos al observatorio de la torre. Estábamos rodeados de ventanales de vidrio que nos permitían ver a kilómetros de distancia en todas direcciones. Primero me llevó a la ventana que miraba al oeste, hacia el río Hudson y la costa de Nueva Jersey.

—Recuerdas la conexión —dijo— entre la torre y la palabra. La Torre de Babel nació con una palabra. Lo mismo que en Isaías 9:10, lo que reconstruyeron se inició con una palabra, el voto del desafío. Así también esta torre se inició con la pronunciación de una palabra. Nació el día después del 11 de septiembre... en Capitol Hill.

—Con el discurso —dije— del líder de la mayoría del Senado al Congreso y a la nación.

—Con una palabra —respondió—. «Si se caen los ladrillos, *reconstruiremos*, no solo una palabra, sino el antiguo voto. Así que esta torre fue creada por el voto antiguo. Es una manifestación de ese voto... y de esa escritura. Este altísimo rascacielos estadounidense nació de un antiguo misterio».

—Así que la torre —dije— es la manifestación de la palabra. Y la palabra fue dada primero por los líderes del antiguo Israel. Entonces ¿es ese el misterio?

—No es *este* misterio —respondió.

—Entonces ¿cuál es?

—El misterio se repite en el mundo moderno. Así que tiene que ser la palabra de un rey contemporáneo.

—¿Un rey moderno?

—Si Estados Unidos de América está repitiendo el misterio del antiguo Israel, entonces ¿quién sería el equivalente actual del antiguo rey?

—¿Su líder?

—Sí.

—Así que la palabra del rey es la palabra del presidente.

—Exacto.

—¿Escondido en esta torre?

—Sí.

—El presidente de los Estados Unidos escondió una palabra en esta torre.

—Sí.

—¿Cómo lo hizo?

—Pues, vino a este lugar.

—¿Al observatorio?

—No, la torre no estaba terminada cuando él vino. Pero estaba en construcción. Estaba llegando a su finalización. Así que vino a la Zona Cero.

—¿Cuándo fue eso?

—Poco después de que escribiera su primer libro, el presidente se acercó al presagio.

—¿Y qué pasó?

—Antes de que te cuente lo que pasó, debemos abrir el voto.

—¿Qué quieres decir?

—¿Cuál es el voto? —preguntó—. ¿Cuál es su esencia?

Si se caen los ladrillos, reconstruiremos con piedra tallada.[1]

—Eso contiene, en esencia, tres declaraciones —dijo—. La primera habla de lo que ha sido, el recuerdo de la destrucción, el ataque: «Si se caen los ladrillos». La segunda se refiere a la ruina de la nación por lo que sucedió, la calamidad, la destrucción. Es el desafío de la nación ante el ataque: «reconstruiremos». Y la tercera habla no solo de deshacer la destrucción y reconstruir lo que había caído, sino de reconstruir algo más fuerte y grandioso, no con ladrillos de arcilla sino «con piedra tallada». La nación está declarando que se levantará más fuerte que antes.

»Y la siguiente frase:

Si se caen las vigas de higuera, las repondremos con vigas de cedro.[2]

—Esto se conoce como «paralelismo hebreo». El voto se repite en una forma diferente. Pero ten en cuenta que su esencia sigue siendo la misma. Se compone, nuevamente, de tres declaraciones. La primera habla de lo que ha sido, el recuerdo de la destrucción: «Si se caen las vigas de higuera». La segunda habla de la destrucción de la nación por parte de la nación: «*las repondremos*». Y la tercera, el reemplazo de los sicomoros por cedros, habla de volver más fuerte que antes.

—Entiendo. Pero ¿qué tiene que ver eso con...

Ante que terminara mi alegato, me guio hasta la siguiente ventana. Ahora estábamos viendo hacia el sur, hacia la bahía de Nueva York y al océano Atlántico.

—Cuando el presidente vino a la Zona Cero, fue para realizar una ceremonia. Le obsequiaron una viga. Era una viga muy importante. Debía colocarse en la parte superior del World Trade Center, para sellar y representar la finalización de la torre. Así que el presidente había venido a inscribir unas palabras en esa viga.

—Así que le dieron un bolígrafo para que escribiera esas palabras, era un rotulador rojo.

—Rojo —pregunté—, como en mi sueño, en el que el martillo y el cincel del rey eran rojos. ¿De qué color era la viga?

—Blanca.

—Como con la nube.

—Así que la ceremonia —dijo él— se centró en la palabra del rey. Y la palabra estaría inscrita en la viga, la cual se usaría en la terminación de la construcción de la torre. Podría haber escrito cualquier cosa en esa viga.

—Entonces ¿qué escribió?

—¿De cuántas declaraciones o aspectos se conformaba el voto antiguo?

—De tres.

—Por eso el presidente escribió tres declaraciones en la viga. ¿Cómo empezaba el voto antiguo? ¿Cuál era su esencia?

—La primera parte habla de la destrucción ... el recuerdo de la calamidad.

—La primera declaración de la inscripción del presidente fue la siguiente:

Recordaremos.[3]

—Eso hablaba de lo que había ocurrido, la destrucción. ¿Y cuál fue la segunda declaración del voto antiguo?

—La nación desharía la destrucción: reconstruiremos.

—La segunda declaración de la inscripción del presidente fue esta:

Reconstruiremos. [4]

—La misma declaración, la misma palabra.

—Y la tercera, ¿qué era?

—La nación no solo se volvería a levantar, sería más fuerte que antes.

—La tercera declaración de la inscripción del presidente en la viga fue la que sigue:

¡Volveremos más fuertes!⁵

—¡Ese es el voto! —dije—. Él escribió el voto en la torre.

—Vamos a unirlo todo, la esencia del voto y las palabras escritas en la viga. Lo primero es el recuerdo de la destrucción. ¿Y cuál era la primera línea de la viga?

—Recordaremos.

—El segundo es el voto de reconstruir. ¿Y cuál era la segunda palabra escrita en la viga?

—Reconstruiremos.

—En tercer lugar está el voto de volver y ser más fuerte. Y la tercera línea escrita en la viga...

—Volveremos más fuertes.

—Los líderes del antiguo Israel pronunciaron el voto en el idioma de su tierra y su época. El líder de Estados Unidos de América lo dijo en el idioma de su tierra y su tiempo. Pero el voto sigue siendo el mismo. Lee un comentario escrito sobre Isaías 9:10, que habla de las palabras que Israel habló en sus últimos días como nación:

*Se jactaban de que reconstruirían su devastado país y que lo harían más fuerte y glorioso que nunca.*⁶

—Eso habla de la declaración antigua. Sin embargo, describe también lo que el presidente escribió en la última viga de la torre. Reconstruiremos. Volveremos más fuertes.

Caminamos hasta la ventana que miraba hacia el oriente, al East River, Queens y Long Island.

—Así que la torre —dijo— fue creada por una palabra y, por una palabra, fue sellada.

—Terminó con la misma palabra con la que comenzó.

—Porque la torre era la manifestación de esa palabra.

—Cuando se pronunció la palabra en Capitol Hill, fue un voto real — Isaías 9:10—, palabra por palabra. El líder de la mayoría del Senado incluso dijo que era de Isaías. Pero cuando el presidente escribió esas palabras en la viga, ¿se dio cuenta de ello?

—No. Y, sin embargo, aun así lo escribió.

—Resumió el voto.

—Y más que eso —dijo el profeta.

—¿Qué quieres decir?

—Voy a pronunciar el voto en su idioma original, tal como fue hablado y escrito hace dos mil quinientos años. Cuando lo haga, quiero que cuentes las palabras.

—*L'venim.*

—Una.

—*Nafaloo.*

—Dos.

—*V'Gazit.*

—Tres.

—*Nivneh.*

—Cuatro.

—*Shikmim.*

—Cinco.

—*Goodàoo.*

—Seis.

—*V'Arazim.*

—Siete.

—*NaKhalif.*

—Ocho.

—Ocho palabras. El voto completo en el idioma original constaba de solo ocho palabras. En ocho palabras, se decidió el destino de una nación. Con ocho palabras, se selló su juicio. Y con ocho palabras, toda su existencia llegó a su fin.

—Ocho palabras —dije—. En mi sueño, el rey escribió una palabra en cada nube. Tenía que haber ocho de ellas. Pero en el sello, solo había una palabra. ¿Por qué?

—¿Una palabra de cuántas letras? —preguntó el profeta—. ¿Podría haber sido ocho?

—Sí.

—No fue una palabra, Nouriel. Fueron ocho letras, las ocho letras que comenzaron las ocho palabras del voto.

—¿Y en español? ¿A cuántas palabras equivale el voto?

—Traducido al español, el voto tiene más de ocho palabras. Ahora voy a decir las palabras que el presidente inscribió en la torre. Quiero que vuelvas a contar mientras hablo.

—Nosotros.

—Una.

—Recordaremos.

—Dos.

—Nosotros.

—Tres.

—Reconstruiremos

—Cuatro.

—Nosotros.

—Cinco.

—Volveremos.

—Seis.

—De nuevo.

—Siete.

—Más fuertes.

—Ocho.

—Ocho palabras. La inscripción del presidente no solo coincide en su significado con el antiguo voto, sino que coincide con el número de palabras del antiguo voto.

—Un voto de ocho palabras en castellano para coincidir con un voto de ocho palabras en hebreo.

—Por ocho palabras hebreas, un reino hebreo fue destruido. Y ahora el mismo voto se convierte en ocho palabras en español.

—E inscrito en el presagio.

—En el centro de la inscripción del presidente, la cuarta palabra, ¿cuál era?

—Recordemos. Reconstruiremos. La cuarta palabra es *reconstruir*.

—La cuarta palabra en el centro del voto antiguo es el vocablo hebreo *nivneh*.

—¿Y qué significa?

—Reconstruir.

—¡La misma palabra!

—Significa reconstruir, específicamente como en «reconstruiremos».

—Y la palabra aparece encima del objeto que representa la misma reconstrucción de la que se habla en el voto.

—Ocho palabras en pergaminos antiguos, ocho palabras en la viga de un rascacielos estadounidense.

—Y con ocho palabras una nación antigua fue sellada para sufrir el juicio y ser destruida. Y ahora por ocho palabras...

—Recuerda lo que te dije, Nouriel: las palabras de los reyes determinan el destino de las naciones.

—Entonces, eso es aún más siniestro.

—Así que la torre del desafío, la personificación del desafío de una nación a Dios, fue coronada con palabras de provocación. El presagio fue sellado con el mismo voto que lo trajo a la existencia: una torre de juicio que se completó con las palabras del juicio.

Luego me llevó a la ventana que daba al norte. Ahora podíamos ver el resto de la ciudad, el Empire State Building y los rascacielos de Midtown Manhattan. El sol se había puesto y todo estaba iluminado.

—¿Dónde está? —pregunté.

—¿Dónde está qué?

—Las palabras, la inscripción. ¿Puedo verla?

—No —respondió—. Pero ahora estás más cerca de eso que nunca. Las palabras están escondidas dentro de las paredes en la viga que corona la torre.

—Todo sale bien sin que nadie lo planee... todo según el misterio.

—Y así sucedió seis meses después.

—¿Qué pasó seis meses después?

—Seis meses después de que el presidente inscribiera las palabras en la viga, fue investido por segunda vez. Eligió a un hombre para sellar la inauguración con la recitación de un poema. El hombre instó a la nación a dar gracias no a Dios sino a «la obra de nuestras manos».[7] Luego alabó la obra de la mano de la nación, alabó a un objeto: la torre de la Zona Cero.

—¡Convocó a Estados Unidos de América para dar gracias por el presagio!

—Al sellar la toma de posesión del presidente, dirigió a la nación a

... el último piso de la Torre de la Libertad que sobresale en un cielo que cede a nuestra capacidad de recuperación.[8]

—¿A qué te recuerda eso, Nouriel?

—A Babel. El último piso de una torre, la cima de una torre «cuya cúspide llegue al cielo».[9]

—Él dirigió a la nación a la cima de la torre, al último piso. ¿Qué era lo que había específicamente en ese último piso de aquella torre?

—La inscripción —dije—, el voto del desafío.

—Desafío —dijo el profeta—, una torre «que sobresale en un cielo que cede a nuestra capacidad de recuperación». La toma de posesión del presidente se selló con palabras que hablaban del presagio y evocaban las imágenes de Babel.

—Y las palabras de Babel —dije— estaban allí desde el principio en las ruinas de la Zona Cero, desde donde se levantaría la torre.

—Y así, las palabras más altas en la ciudad de Nueva York, las palabras más altas en Estados Unidos, las palabras que su rey alzó a los cielos... fueron las palabras de una nación que desafía a Dios, que provoca al cielo y que está bajo la sombra de juicio.

—Todo se remonta al principio —dijo Ana— a la torre y a ese voto... a una nación que desafía a Dios... algo asombroso... y aciago.

Nos dirigimos al ascensor y bajamos la torre. Estuve en silencio todo el tiempo, no porque estuviéramos en las entrañas del presagio, sino por las consecuencias de lo que me había sido revelado allí. Fue después de que salimos del edificio que me pidió el sello y me entregó otro.

—Esta revelación involucraría un sueño, del cual me despertaría con un sudor frío. Y era la realidad subyacente al sueño lo que era aún más siniestro que la imagen que estaba a punto de ver. Pertenecía al reino de las pesadillas. Pero era real.

Capítulo 22

La imagen

—La imagen que estabas a punto de ver —dijo ella—, ¿se refiere a la imagen del sello?

—No —dijo Nouriel—. La imagen del sello fue solo el comienzo.

—¿Cuál era la imagen?

—Vi a un hombre con túnica en el rostro, inclinado ante un pedestal, en el que estaba sentado otro hombre... o, mejor dicho, sobre el que había una figura sentada. La figura no era humana. Era demasiado grande en relación con el que se inclinaba ante él.

—¿Y qué?

—Consideré que era una estatua, un ídolo, un dios.

—¿Y qué te pareció?

—No tenía ni idea. Decidí buscar imágenes de dioses e ídolos antiguos en internet.

—¿Y qué encontraste?

—Muchos dioses e ídolos antiguos. Eso no me llevó a ninguna parte. Y luego tuve un sueño. Vi una empinada y colosal montaña que se elevaba sobre una ciudad antigua. Ascendiendo la montaña había hombres con martillos y cinceles. Comenzaron a golpear con sus martillos y sus cinceles una pared de roca. Estaban esculpiendo una imagen. No pasó mucho tiempo antes de que la imagen se hiciera evidente.

»Era un rostro, una cara colosal, de piedra; el rostro de un hombre barbudo, con cabello rizado y con una corona. Pero entonces comenzó a cambiar al rostro de un hombre, se veía bien afeitado y calvo, y luego al rostro de una mujer con el pelo largo y ondulado, adornado con joyas. Después cambió de nuevo. Siguió cambiando y cambiando a una cara y luego a otra. Y mientras todo eso sucedía, la gente al pie de la montaña empezó a adorar y a cantar alabanzas a la imagen que estaba en la montaña. El rostro volvió a convertirse en el de una mujer. Fue entonces cuando dejó de cambiar. El rostro sonrió.

»Luego la roca de la montaña comenzó a agrietarse y a romperse hasta que reveló el cuerpo de piedra de una colosal criatura. Era el resto de ella, el cuerpo del rostro. Al principio, estaba sentada en el suelo, pero ahora se puso de pie. Era grandiosa. Mientras se levantaba, la gente comenzó a inclinarse ante ella en gesto de reverencia.

»En su mano derecha había una espada. La levantó hacia el cielo. Luego levantó otro brazo... y luego otro... y otro.

—¿Cuántos brazos tenía?

—Ocho brazos. Inmediatamente comenzó a caminar como si no se diera cuenta de la gente que estaba debajo de ella. Entonces comenzaron a gritar y a salir corriendo de su camino. Se dirigió a la ciudad y se detuvo en medio de ella, entre sus altos edificios y sus torres. Solo entonces apareció un extraño tocado en su cabeza, una mezcla de penachos cuadrados y una púa que sobresalía del centro de su faz. Abrió la boca para hablar. «Soy la muerte», dijo, «destructora de mundos». Y luego se echó a reír como una trastornada mientras alzaba su espada sobre la ciudad.

—Y ahí fue cuando terminó. Me desperté con su enloquecedora risa resonando en mi mente.

—¡Guau! —dijo Ana—. Entiendo por qué te despertaste con un sudor frío. Entonces ¿qué hiciste?

—Decidí hacer un dibujo de lo que había visto mientras aún estaba fresco en mi mente. Lo puse en el bolsillo de mi abrigo donde guardé el sello. Fue ese mismo día que el misterio comenzó a develarse.

—Estaba en el Bajo Manhattan. Era mediodía, hora de comer. Me detuve cerca de la esquina de una calle donde había un vendedor de comida y compré un falafel. Fue entonces, parado allí comiendo ese falafel, que lo vi.

—¿Viste qué?

—El tocado —dijo Nouriel—, el tocado que llevaba la mujer o aquella cosa. Saqué mi dibujo y lo acerqué a lo que estaba viendo. El tocado de la criatura estaba mucho más reducido de lo que vi en la distancia, pero era el mismo, la misma forma, la misma estructura.

—¿Qué era?

—Era el edificio Empire State.

—¡El Empire State Building! ¿Un tocado?

—La parte superior del edificio... no lo sé, tal vez los quince pisos superiores y la aguja que lo coronaba... las crestas cuadradas, las púas, eso es lo que ella estaba usando.

—¿Llevaba la azotea de un edificio? ¿Qué significaba eso?

—No tenía ni idea —respondió Nouriel—, pero tenía que averiguarlo. Así que abordé un taxi y me llevó hasta la calle 34, hasta el Empire State Building, entré y tomé el ascensor hasta la plataforma de observación.

—Estuviste allí antes.

—Sí. Con el profeta. Esperaba que volviera a encontrarlo allí. Sin eso, no habría sabido qué buscar. Cuando llegué a la plataforma de observación, inmediatamente comencé a buscarlo entre la multitud. La primera vez que lo vi ahí, estaba mirando a través de uno de los telescopios que tienen en el borde de la cubierta. Así que presté especial atención a los que usaban el telescopio mientras observaba a la multitud. Pero no había ni rastro de él.

»No sabía qué hacer. Decidí dar una vuelta más. Así que eso fue lo que hice. Y ahí estaba, mirando a través de uno de los telescopios hacia el paisaje citadino.

—¿Cómo has llegado hasta aquí? —le pregunté.

—Supongo que de la misma manera que lo hiciste tú —respondió—. Usé el ascensor. Miré hace unos minutos a mi alrededor y no estabas aquí.

—La última vez que lo comprobé, yo estaba aquí.

Me di cuenta de que era inútil discutir el punto.

—No tengo idea de cómo le vas a dar sentido a esto.

—¿Por qué no empiezas por el principio? —dijo él—. Supongo que tuviste un sueño.

—Sí.

Así que le dije lo que vi, le mostré el dibujo y la manera en que encajaba con la parte superior del edificio.

—La imagen del sello —dijo— es exactamente lo que tú crees que es, el templo de un dios, el santuario de un ídolo. Y tu sueño tenía que ver con lo mismo, un ídolo, un dios.

—¿Qué tiene que ver con...?

—Cuando Israel se apartó de Dios, no fue en pos de la nada; fue en pos de otra cosa. Ellos se fueron tras otros dioses, deidades extranjeras, dioses de las naciones, ídolos. Siempre es así. Verás, cada uno de nosotros fuimos hechos para adorar a Dios. Por tanto, si nos alejamos de Dios o si nunca le damos el primer lugar, terminaremos adorando otra cosa, otros dioses, otros ídolos, en resumen, las obras de nuestras manos.

—¿Por qué ídolos? ¿Por qué el hombre va en pos de los ídolos?

—Porque crear tu propio dios es convertirte en el creador... y, por lo tanto, en tu propio dios. De modo que si puedes crear tu propio dios, puedes crear tu propia verdad y alterarla a tu antojo.

»Así que cuando el pueblo de Israel expulsó a Dios de sus vidas y de su cultura, otros dioses se apresuraron a llenar el vacío. Y dado que, a diferencia del Dios de Israel, los dioses que vinieron de las naciones a reemplazarlo podían verse y tocarse, su aparición desencadenó una metamorfosis que se alejó de la adoración de lo invisible a la adoración de lo visible; de lo físico a lo material, a lo carnal, a lo sensorial y a lo sensual. Eso también es lo que sigue.

—Entonces, si Estados Unidos está siguiendo el curso de la caída de Israel, entonces también...

—¿Se ha ido tras los ídolos? —preguntó el profeta.

—Sí.

—¿Recuerdas cuál fue la advertencia en la fundación de Estados Unidos... la advertencia de John Winthrop?

—Recuérdame.

«Pero si nuestro corazón se aparta, de modo que no obedecemos, sino que seamos seducidos, y adoramos a otros dioses, nuestro placer y nuestras ganancias... y les servimos...»[1]

—Eso mismo pasó con el antiguo Israel. Cuando sus corazones se alejaron de Dios, fueron seducidos a adorar y a servir a otros dioses. Y así, la advertencia del antiguo Israel se convirtió en la advertencia dada a Estados Unidos desde sus inicios. La advertencia es la siguiente: si Estados Unidos se aparta del Dios de su fundación, terminará adorando y sirviendo a otros dioses.

—Entonces ¿dirías que sí?

—Fue a mediados del siglo veinte cuando Estados Unidos procedió a eliminar a Dios de sus plazas públicas y de su cultura y cuando toda esa insensatez se hizo evidente y progresiva. No es casualidad que, en ese mismo período de tiempo, ocurriera otra transformación, la metamorfosis de la cultura estadounidense alejándose de lo invisible hacia lo carnal, lo material, lo sensorial y lo sensual. Y cuando Dios fue expulsado, los dioses entraron para llenar ese vacío.

—Pero ¿la adoración de otros dioses e ídolos?

—En Estados Unidos de América de la era actual y en gran parte del mundo moderno, no los llaman dioses o ídolos; sin embargo, es lo mismo, dioses e ídolos estadounidenses, el dios del éxito y la prosperidad, del dinero, de la comodidad, de la sexualidad, del placer, del yo, y una multitud de otras deidades y maestros. Y cuando los dioses toman el control, la cultura se fractura, la verdad se vuelve subjetiva, la apariencia se vuelve realidad y el hombre se vuelve Dios. Cuando Dios es abolido, todo se convierte en Dios.

—¿Y eso tiene que ver con el juicio?

—En el Segundo Libro de los Reyes hay una autopsia profética acerca del juicio y el fin del antiguo Israel. Dice así:

> Rechazaron los decretos y las advertencias del Señor, y el pacto que él había hecho con sus antepasados. Se fueron tras ídolos inútiles, de modo que se volvieron inútiles ellos mismos; y aunque el Señor lo había prohibido, siguieron las costumbres de las naciones vecinas. Abandonaron todos los mandamientos del Señor su Dios, y se hicieron dos ídolos fundidos en forma de becerro y una imagen de la diosa Aserá. Se postraron ante todos los astros del cielo...[2]

»La aparición de dioses e ídolos en la tierra es, en sí mismo, una señal del juicio venidero. Y en los últimos días de Israel proliferaron las señales de los dioses.

—Sucedió no solo en el reino del norte de Israel, sino también en el reino del sur. Antes de que llegara el juicio sobre el reino de Judá, las imágenes de los dioses comenzaron a manifestarse en todas partes, incluso en los lugares más santos. El profeta Ezequiel fue llevado, en una visión, al templo de

Jerusalén y se le dio un vistazo de lo que estaba sucediendo en las cámaras sagradas. Lo llevaron a la puerta del patio interior, donde vio un ídolo que simplemente describió como la "imagen".[3] Luego lo llevaron al interior de una cámara:

Yo entré y a lo largo del muro vi pinturas de todo tipo: figuras de reptiles y de otros animales repugnantes, y de todos los ídolos de Israel.[4]

—Observa, nuevamente, es la misma señal, la señal de las imágenes, la señal de los dioses. Y justo después de eso, escuchó una voz que decía:

«¡Acérquense, verdugos de la ciudad, cada uno con su arma destructora en la mano!».[5]

—Ese fue el pronunciamiento del juicio de la ciudad y el fin de la nación. Primero las imágenes de los dioses y luego el juicio: el uno sigue al otro. Así que el patrón es este: en los últimos días de la nación, la gente se entrega por completo a los dioses y a los ídolos; proliferan en la tierra y sus imágenes se manifiestan. Luego viene el juicio.

—Pero ¿cómo podrían manifestarse ahora las imágenes de los dioses? Entiendo acerca de los dioses modernos y la adoración de ídolos actuales, pero si no los llamamos dioses, ni los reconocemos como dioses, ni los mostramos como dioses, ¿cómo podría aparecer la señal de los dioses o la imagen de un dios en Estados Unidos de América?

—Las señales tienen una forma de manifestarse independientemente.

—¿Qué quieres decir?

—Apareció. Se manifestó. Apareció la imagen del dios.

—¿Qué dios?

—Las imágenes que aparecieron en los últimos días de Israel eran de dioses extranjeros. Así que la imagen que apareció en Estados Unidos también fue la de un dios extranjero.

—¿Dónde?

—Apareció en la ciudad de Nueva York.

—¿Cómo?

—Cuando el profeta fue llevado al templo y vio «todos los ídolos de la casa de Israel», ¿en qué forma aparecían?

—En forma de imágenes en las paredes.

—Así también se manifestó la señal de los dioses en Estados Unidos de América, como una imagen en la pared.

—¿En qué pared?

—En la pared exterior de un edificio de esta ciudad.

—Un templo pagano.

—No exactamente.

—No entiendo.

—Se proyectaba en el edificio por la noche, la imagen de un dios, la definición de un ídolo.

—¿De qué dios?

—La diosa Kali.

—¿La diosa de India?

—Sí, de India. Las imágenes que aparecieron en los últimos días del antiguo Israel eran de dioses adorados en otras naciones. También lo fue el dios que apareció en la ciudad de Nueva York.

—¿Tiene Kali más de un par de brazos?

—Seguro.

—Entonces ella fue la que vi en mi sueño. Y en su mano, en una de sus muchas manos, había una espada.

—Esa era ella.

—Así que la imagen de Kali apareció en la ciudad de Nueva York, en la pared de uno de sus edificios.

—Sí —dijo el profeta—, el rostro de Kali. La representación fue tan colosal que su rostro solo tenía varios metros de altura. Tenía que haber sido la imagen más colosal de un dios en la tierra.

—Entonces, en cierto sentido, todo el edificio se convirtió en un ídolo. ¿Qué edificio?

—Estás parado sobre él —dijo el profeta—. Estás de pie sobre el más colosal de los ídolos.

—El edificio Empire State.

—Sí.

—¿El Empire State Building estaba iluminado con la imagen de un dios?

—Sí —respondió—. El edificio que durante tantos años representó el apogeo y la gloria de la civilización estadounidense se convirtió en un ídolo, en un dios falso.

—Estoy tratando de imaginarlo.

—Ya lo hiciste. El tocado del ídolo... coincidía con la parte superior de este edificio no solo para que lo llevaran a venir aquí, sino porque así es como se veía cuando apareció la imagen. La parte superior del edificio formaba su tocado o su corona. De hecho, estamos en la corona en este momento.

—El Empire State Building... un ídolo —dije—, es una combinación extraña.

—En realidad no —respondió él—. Ambos son símbolos, encarnaciones de espíritus. Ahora, ¿qué fue lo que viste en el sello?

—Un ídolo en un templo que estaba en la cima de una montaña.

—Ese era un lugar alto. Los lugares altos estaban especialmente dedicados a los dioses, a sus templos y santuarios, a sus ritos, a la adoración y a la exhibición de sus ídolos. Así, los dioses se asomarían a sus alrededores. El Empire State Building es un lugar alto de Estados Unidos de América de hoy. Y ahí es donde se mostró el dios.

—Así que se cernía sobre la ciudad de Nueva York.

—Sí, el rostro de Kali se elevaba sobre el paisaje citadino.

—Me imagino que fue algo siniestro.

—¿Quieres verlo?

—¿Qué quieres decir?

—Saca tu teléfono celular.

Eso fue lo que hice.

—Ahora conéctate a internet y escribe las palabras Kali y Empire State Building.

—¿Usas teléfono celular? —le pregunté.

—¿Te sorprendería si lo hiciera?

—Supongo que nunca me lo hubiera imaginado.

Presioné el botón de búsqueda. Y lo vi. Era escalofriante, demoníaco, algo sacado de una pesadilla. El rostro tenía tres ojos, uno de los cuales estaba en el centro de su frente, volteados verticalmente. Sobre su cabeza estaba la parte superior del Empire State Building iluminada en rojo dorado para formar su corona o tocado. Su rostro estaba completamente negro y su lengua sobresalía hacia abajo, color rojo sangre.

—Es monstruoso —dije—. ¿Por qué alguien pondría eso?

—¿La razón por la que lo hicieron o la razón por la que se hizo?

—¿Cuál fue *la* razón para hacerlo?

—Se suponía que debían exhibir animales en peligro de extinción. Y, por alguna razón, lo coronaron todo con la imagen de la oscura diosa.

—¿Y la razón por la que se hizo?

—El misterio lo ordenó —respondió—. Al igual que en el antiguo Israel, la nación que se aparta de Dios siempre se volverá a los dioses, a los ídolos. Las imágenes de los dioses aparecerán en la tierra. No es que estuvieran adorando la imagen. Era que la imagen era una manifestación, la señal de una nación que se había apartado de Dios y ahora estaba sirviendo a los dioses, cuyos nombres nunca pronunciaría. ¿Sabes qué día apareció la imagen?

—No.

—Un sábado.

—¿Y qué pasa con eso?

—Que era el Sabbat bíblico.

—Así que hubo una palabra señalada.

—Sí, una palabra señalada para el día de la imagen.

—¿Y fue significativa?

—Yo diría que sí.

—¿Qué fue?

—Fue una advertencia —dijo—, una advertencia dada a la nación de Israel:

> Por lo tanto, tengan mucho cuidado de no corromperse haciendo ídolos o figuras que tengan forma o imagen de hombre o de mujer, o de animales que caminan sobre la tierra, o de aves que vuelan por el aire.[6]

—Esa fue la advertencia de Dios contra los ídolos, contra la adoración a los dioses falsos y a la fabricación de sus imágenes.

—Y fue designado para ese mismo día de la imagen.

—Sí. Y continúa advirtiendo del juicio que vendría sobre la nación debido a sus ídolos e imágenes. La porción designada incluso contenía la reiteración de los Diez Mandamientos:

No tendrás dioses ajenos delante de mí. No harás para ti escultura, ni imagen alguna de cosa que está arriba en los cielos, ni abajo en la tierra, ni en las aguas debajo de la tierra. No te inclinarás a ellas ni las servirás.[7]

—Los Diez Mandamientos —dije— prohíben las imágenes de otros dioses. Algo extraño: los Diez Mandamientos fueron quitados de los muros de Estados Unidos de América y ahora la imagen de un dios aparece en ellos.

—No es tan extraño —dijo el profeta—. El uno sigue al otro. Lo mismo sucedió en el antiguo Israel. La Palabra de Dios fue eliminada de la cultura y trajeron otros dioses.

—Así que la escritura que prohíbe la adoración de dioses falsos y la fabricación de sus imágenes fue designada para el mismo día en que la imagen del colosal dios se elevó sobre la ciudad de Nueva York.

—Y esa escritura designada resultó ser la advertencia central de la Biblia contra la fabricación de ídolos y de imágenes de dioses.

—Así que esa advertencia está por toda la ciudad de Nueva York.

—Sí, por toda la ciudad de Nueva York, en todas sus sinagogas desde Brooklyn hasta Manhattan, abrieron los rollos y comenzaron a cantar las antiguas palabras de advertencia contra los dioses y sus imágenes mientras la imagen del dios se preparaba para manifestarse sobre la ciudad.

—En mi sueño, el ídolo se acercó a la ciudad y se paró junto a sus torres. Se trataba de lo que pasó aquí.

—Sí.

—¿Por qué estaba su cara completamente negra?

—Kali se llama la Oscura. Ella es la diosa de la oscuridad.

—Así que usaron todas esas luces en el Empire State Building para proyectar a la diosa de la oscuridad.

—Sí —dijo el profeta—, cambiaron la luz por las tinieblas y las tinieblas por la luz. Recuerda la escritura acerca de la nación caída:

¡Ay de los que llaman a lo malo bueno y a lo bueno malo, que *tienen las tinieblas por luz y la luz por tinieblas!*[8]

—En mi sueño, el ídolo alzó una espada sobre la ciudad.

—Es que Kali empuña una espada… y su lengua chorrea sangre.

—¿Por qué?

—Porque ella es la diosa de la destrucción… ella es la destructora.

Me aparté del profeta y contemplé el inmenso panorama debajo de nosotros.

—¿Así que la diosa de la destrucción se cernía sobre esta ciudad?

—Sí, la diosa de la muerte.

—La diosa de la muerte sobre la ciudad de Nueva York.

—La diosa de la oscuridad, la destrucción y la muerte.

—Un presagio oscuro.

—Sí, y también lo fueron los dioses cuyas imágenes aparecieron en la tierra de Israel en los últimos días de esa nación. Así también fueron presagios oscuros del juicio venidero de muerte y destrucción.

No dije nada, solo miré el vasto paisaje citadino. No podía dejar de pensar en la imagen y sus consecuencias. Finalmente, hablé. Las palabras salieron casi sin pensarlas.

—Pero si nuestro corazón se aparta —dije—, de modo que no obedezcamos, seremos seducidos y adoraremos a otros dioses.

—Sí, si nuestro corazón se aparta —repitió.

Ambos estábamos en silencio entonces, mirando hacia la ciudad mientras el viento soplaba sobre la cubierta.

—Increíble —dijo Ana—. Yo no tenía idea de que algo así hubiera sucedido alguna vez.

—Yo tampoco —dijo Nouriel—. Pero fue lo mismo que cuando reveló por primera vez las nueve señales. Yo no tenía ni idea siquiera. Y la mayoría de esas cosas se manifestaron sin que el mundo supiera que alguna vez lo hicieron o lo que significaron.

—Pero imagino que es así con muchas cosas, muchas de las cosas más cruciales.

—Debe haber sido un poco escalofriante estar en lo alto del Empire State Building cuando te contó lo que sucedió allí.

—Lo fue.

—Entonces ¿qué pasó después?

—Le di el sello y él me entregó otro.

—Y el siguiente misterio fue...

—¿Has escuchado la frase: la escritura en la pared?

—Claro.

—No es solo una frase. En el próximo misterio, me mostrarían la escritura a mano en la pared... con referencia a Estados Unidos de América.

Capítulo 23

La escritura en la pared

—Ahora bien ¿qué había en el sello?

—Lo que parecía ser un edificio antiguo con columnas y capiteles.

—Como la Corte Suprema de Justicia.

—Pero a diferencia de la Corte Suprema, en el centro de su muro frontal había un techo de forma triangular, debajo del cual había cuatro columnas. En las paredes del edificio a la derecha e izquierda de las cuatro columnas había lo que parecían ser palabras de una escritura extranjera, cuatro palabras, dos en el lado derecho y dos en el izquierdo.

—¿Pudiste encontrarle algún sentido?

—No.

—Pero, entonces ¿tuviste un sueño?

—Sí. Era de noche. Subía unos escalones de mármol blanco hasta la cima, una gran plataforma de mármol blanco. Al llegar a la cima, vi lo que parecía ser una gigantesca copa o vasija también de mármol blanco sobre un pedestal. Estaba cubierta de grabados, diseños, símbolos y palabras. Sentí que era una especie de recipiente ritual. Más allá de la vasija gigante había una pared colosal, también de mármol blanco. No podía decir si la pared era parte del edificio o si se trataba de una pared independiente.

»Entonces empezaron a aparecer grietas en el recipiente. A través de las rendijas emanaba rayos de luz, una luz coloreada. Luz que luego comenzó a fluir a través de las grietas como si fuera un líquido, una cascada de luz líquida de todos los colores. Pronto, el piso de mármol blanco de la plataforma se cubrió con una luz de colores, que entonces comenzó a extenderse a la pared hasta subir por ella. No pasó mucho tiempo antes de que la pared se saturara de luz coloreada. Entonces empezaron a formarse unas letras en la pared, como si una mano invisible las estuviera escribiendo.

—¿Cómo podías ver las letras en medio de todos esos colores?

—Las veía porque fueron escritas con una luz blanca, casi encandiladora. Me acerqué a la pared para ver si podía leer lo que estaba escrito en ella. Pero no pude. Las palabras eran de una escritura extranjera. Me volví para mirar el recipiente del que había salido la luz de colores, pero ya no quedaba nada más que trozos rotos. Y, entonces, el sueño terminó.

—Bien ¿qué pudiste hacer con eso?

—Al principio, no mucho. Pero en cuanto a la escritura en la pared, sabía que venía de la Biblia. Así que encontré la historia y la leí.

—¿En qué parte de la Biblia?

—En el Libro de Daniel. Provenía de un acontecimiento que ocurrió en el palacio del rey de Babilonia, Belsasar. El monarca organizó una gran fiesta para sus nobles. Durante el festejo, ordenó que los vasos sagrados saqueados del templo de Dios en Jerusalén fueran llevados a la celebración. Así que los sacaron, los llenaron de vino y comenzaron a beber en ellos mientras ofrecían alabanzas a los dioses de Babilonia.

»Fue entonces cuando aparecieron los dedos de la mano de un hombre y comenzaron a escribir unas palabras en la pared del palacio. Nadie sabía lo que significaban aquellas palabras. Por eso llamaron al profeta Daniel, que les reveló el significado de aquellas palabras. Era un presagio, una señal, una advertencia de lo que vendría.[1] De ahí obtenemos la expresión que dice: "la escritura en la pared".

—¿Y en qué manera te ayudó eso?

—El antiguo relato comenzaba con unas vasijas o copas. Como mi sueño: con una vasija gigante. Y terminó con la escritura a mano en una pared. Mi sueño también terminó así. Ambas cosas estaban conectadas. De modo que empecé a buscar cualquier representación que pudiera hallar en cuanto a cómo se veía la escritura en la pared del palacio. Comparé lo que encontré con las letras del sello. Y para mi sorpresa ¡coincidieron! Pero todavía no podía decir qué tenía que ver eso con nada más. Por lo que luego fui a un supermercado. Y ahí es donde se produjo el gran avance.

—En el supermercado...

—Estaba pagando en la caja registradora. El cajero me entregó mi cambio. Y ahí fue cuando caí en cuenta, vi aquello en un billete de veinte dólares.

—La revelación te llegó en un billete de veinte dólares...

—En el reverso del billete estaba el edificio que aparecía en el sello. El edificio con el techo triangular y las cuatro columnas... Era la Casa Blanca.

—La Casa Blanca... Pero ¿qué tiene eso que ver con tu sueño y con el Libro de Daniel?

—No tenía ni idea. Pero ahora tenía algo para continuar. Así que me dirigí hacia allá.

—¿A la Casa Blanca?

—Al frente de la Casa Blanca, a un parque frente al césped norte llamado Lafayette Square. Llegué a mediodía. En el centro del parque había una estatua de Andrew Jackson, a caballo, en posición de batalla. Me acerqué a la efigie.

—¿Por alguna razón?

—Por el billete de veinte dólares —dijo—, puesto que en la parte de atrás del billete está impresa la imagen de la Casa Blanca, pero en el frente el que está es Andrew Jackson. Aquello solo fue una corazonada, algo instintivo. Sin embargo, no tenía nada que perder. Y mientras me dirigía al otro lado del pedestal, al costado que daba a la Casa Blanca, vi que estaba ahí.

—El profeta.

—Me pidió que le contara lo que había encontrado hasta ahora. Así que le hablé acerca de las conexiones que había hecho entre el sueño, el sello y el Libro de Daniel.

—Muy bien, Nouriel —me dijo—. Ahora dime, en el Libro de Daniel, ¿qué fue lo que hizo que la escritura apareciera en la pared?

—Las vasijas —respondí—, el robo de las vasijas del templo y el hecho de usarlas en la celebración del rey.

—¿Y qué principio representa eso?

—No sabría qué responder.

—Se trata del principio de desacralización.

—¿Desacralización? Nunca antes lo había escuchado.

—Se refiere a tomar algo sagrado y usarlo para propósitos no sacros. Las vasijas del templo eran sagradas. Fueron hechas y consagradas para los fines de Dios. Pero ahora los babilonios las usaban en oposición al propósito para el que habían sido hechas y consagradas, como instrumentos de juerga y adoración pagana.

—¿Podría eso también llamarse profanación?

—Claro, definitivamente, también fue un acto de profanación —me dijo—. Y debido a la desacralización, aparecieron las letras. La escritura en la pared sigue el acto de profanación.

—El principio no se limita a Babilonia; también sucedió en Israel. Cuando el pueblo de Israel se apartó de Dios, comenzó a realizar actos de desacralización y profanación. Tomaron lo que había sido consagrado a Dios y lo usaron en contra de los propósitos divinos. Tomaron el templo y lo usaron para realizar ritos paganos a dioses e ídolos extraños. Y por eso vino el juicio.

—Pero ¿qué tiene que ver eso con Estados Unidos de América?

—Cuando una nación que ha conocido los caminos de Dios se aparta de ellos, tomará las cosas de Dios y las usará contra los propósitos de él. Tomará lo santo y consagrado a los propósitos divinos y los usará para lo que no es de Dios ni santo. Y a medida que se acerque a los días de su juicio, sus actos de profanación aumentarán en número y frecuencia.

—Pero Estados Unidos de América...

—Respecto a la caída de la nación estadounidense en cuanto a su relación con Dios, también se ha efectuado ese mismo acto antiguo.

—¿Te refieres a tomar lo sagrado y usarlo para lo que no fue designado?

—Sí. Ya hemos hablado de tal acto y del misterio de su momento. Ahora debemos abrir el misterio de su naturaleza.

—El relato de Daniel comienza con la extracción de los vasos sagrados del templo de Dios. Pero los vasos más importantes y sagrados de Dios no están hechos de plata ni de oro ni son hechos por artesanos. Los vasos más sagrados de Dios fueron hechos por la misma mano de Dios en el acto de la creación. Uno de esos vasos sagrados es el matrimonio. El matrimonio fue creado y consagrado para los propósitos de Dios, un vaso sagrado. Este ha constituido una piedra fundamental de la civilización desde el comienzo de la historia registrada. El 26 de junio de 2015, Estados Unidos de América rompió ese vaso sagrado.

—La rotura de la vasija que vi en mi sueño...

—Fue ese acto antiguo, tomar lo que estaba consagrado a los propósitos de Dios y desviarlo de los fines para los cuales fue creado... como sucedió con los vasos de Dios en la fiesta de Babilonia.

—Vaya, así que el recipiente que aparecía en mi sueño era una representación del matrimonio.

—Sí y más que eso. El problema final está más allá de cualquier ley, persona, pueblo o acto.

—¿Y luego qué?

—La existencia —dijo el profeta—. Tomar los vasos sagrados de Dios, como lo hicieron los babilonios, y usarlos para beber en una celebración de las deidades paganas es proclamar que esos vasos no han tenido significado, propósito, valor ni santidad real o intrínseca. Si puedes agarrar un recipiente y usarlo como quieras, si puedes hacer con él lo que desees, entonces lo que estás diciendo es que ese recipiente no tiene un valor real ni un propósito absoluto. Y este es el problema que se manifiesta en una civilización caída como la de nuestros días. Es el mismo problema, ya sea que se aplique al matrimonio, la vida humana o la existencia en sí. Alejarse de Dios es apartarse del propósito y, en última instancia, de la vida misma. Así que el fin de tales cosas es la destrucción. Lo que sucedió ese día de junio tuvo mucho más que ver con el acto del matrimonio. Tuvo que ver con una civilización que apartaba los vasos sagrados de sus propósitos ordenados... los vasos sagrados del hombre y la mujer... el divorcio del hombre de la masculinidad y de la mujer de la feminidad, el alejamiento de uno del otro. Las consecuencias de ese acto no se manifestarían todas a una sola vez, sino que comenzarían a fluir por todos los tejidos de la cultura de la nación.

—¿Así como la luz de colores que se derrama del recipiente roto?

—En efecto.

—¿Y qué era aquella luz de colores?

—La fractura de ese vaso aquel día de junio hizo que surgieran celebraciones en todo el país y por todo el mundo. Esas celebraciones estuvieron marcadas por un símbolo... un símbolo de muchos colores.

—No me digas. El arco iris.

—Apareció en banderas y pancartas, en carteles, en personas.

—Esa luz de colores representa al arco iris.

—¿Y qué es el arco iris?

—El símbolo de un movimiento.

—No —dijo el profeta—, el arco iris no le pertenece al hombre, le pertenece a Dios. Es la señal que él mismo dio y consagró. Como el matrimonio y como la existencia misma, el arco iris es un recipiente sagrado. Por eso, en ese día de junio, la señal dada por Dios —el arco iris—, también fue apartada de su propósito sagrado y se convirtió en un vaso levantado contra lo sagrado y contra los propósitos del cielo.

—Eso lo convertiría en otro acto de profanación —dije—. La primera desacralización celebrada por un segundo... un día de profanaciones.

—La rotura del vaso sagrado —dijo él.

—Todas esas cosas se centraron en la Corte Suprema de Justicia —dije—, aun cuando estamos aquí en la Casa Blanca. Aquí es donde me llevó el misterio y donde elegiste encontrarme. ¿Por qué aquí?

—Cuando una nación se aleja de Dios e intenta cambiar sus valores y estándares, ¿quién es el que dijimos que aprueba esa metamorfosis?

—Sus sacerdotes —le respondí.

—En efecto —dijo el profeta— y también su rey. Por lo tanto, no fue solo la Corte Suprema de Justicia la que confirmó el cambio; fue el rey... es decir, en este caso el presidente. El día pertenecía a los sacerdotes del tribunal supremo, pero la noche pertenecía al rey. Fue la noche de ese día que el rey se unió a la celebración y emitió tanto su propia sentencia como su bendición con respecto al acto que se había consumado.

—El día en que los vasos de Dios fueron profanados en Babilonia, apareció una señal en las paredes del palacio del rey. Y el día en que la vasija de Dios sería profanada en Estados Unidos de América, aparecería una señal en la pared del palacio del rey.

—El palacio del rey es la Casa Blanca.

—Claro que sí.

—¿Acaso eso quiere decir que ¿apareció un letrero en la pared de la Casa Blanca?

—Sí, con la bendición del presidente.

—¿Y cuál fue la señal?

—Fue una señal demasiado evidente. Esa noche, las paredes de la Casa Blanca se iluminaron con los colores del arco iris.

—De modo que el muro que apareció en mi sueño representaba la pared de la Casa Blanca.

—El palacio más importante de la tierra, la representación de Estados Unidos de América, ahora está cubierto con los colores de la profanación. Por tanto, la propia Casa Blanca se convirtió en una vasija de profanación... y con ese acto desafió los caminos de Dios. Y toda la nación lo vio. El mundo entero vio esa profanación.

—El símbolo de Estados Unidos de América... ahora es un símbolo de profanación.

—¿Y sabes con qué más está conectado el arco iris?

—No, no lo sé.

—Con el trono de Dios. El Libro de Ezequiel habla de la gloria de Dios que aparece en la semejanza del arco iris. El Libro de Apocalipsis habla de un arco iris que rodea al trono de Dios.[2] Y ahora, la misma señal —la señal del trono de Dios, de su soberanía y de su autoridad— se usó contra la autoridad de Dios... y en las paredes del palacio del rey... es decir, el trono del hombre en guerra con el trono de Dios.

—El mismo rey que inscribió las palabras de desafío en la parte superior de la torre ahora autorizó la aparición de los colores del desafío en las paredes de la propia Casa Blanca.

—¿Y sabes con qué más se relaciona el arco iris, Nouriel?

—¿Con qué más?

—Con el juicio. El arco iris nació en medio de un juicio. Fue una señal en los días de Noé de la misericordia de Dios después del juicio.

—Entonces, es una buena señal.

—Sí —dijo el profeta—, pero ¿qué sucede si tomas la señal de la misericordia de Dios, la señal de su deseo de detener la ejecución del juicio... y la usas en su contra? ¿Qué pasa si vuelves la señal de su misericordia en contra de su propósito, si la rompes? Entonces ¿qué queda? Solo queda juicio. Cuando apareció la escritura en la pared en Babilonia, eso fue una señal de que el juicio había sido confirmado. El enemigo entraría por las puertas de Babilonia y el reino llegaría a su fin, punto. El acto de la profanación trae juicio.

—Y el día en que apareció la señal en Estados Unidos de América fue también el noveno día de Tamuz, el que marcó el sello del juicio sobre Israel.

—¿Y sabes lo que pasó después de ese día?

—No, no lo sé.

—Menos de cuarenta días después de que la Casa Blanca se iluminara con los colores del arco iris, otro edificio fue iluminado con los colores de una luz diferente. Fue precisamente después de la iluminación de la Casa Blanca que se iluminó el Empire State Building y la imagen del dios de la muerte y la destrucción apareció sobre el horizonte de la ciudad de Nueva York.

—Así que el letrero que apareció en la pared de la Casa Blanca era un presagio.

—Sí, fue un presagio para toda la nación.

—El presagio fue la propia Casa Blanca.

—Sí. La propia Casa Blanca se convirtió en el presagio y la escritura a mano apareció en su pared con los colores del arco iris.

El profeta me dio algo de tiempo, como solía hacerlo, para contemplar lo que me había sido mostrado, lo que hice mientras contemplaba la Casa Blanca. Por último, habló.

—Creo que es mejor que nos vayamos ahora —me dijo—. Los agentes de seguridad comienzan a preguntarse quiénes somos nosotros.

Así que dimos la vuelta y comenzamos a alejarnos de la Casa Blanca, a través del parque Lafayette Square, en dirección al final de la acera. Fue allí donde le di el sello y él me entregó otro.

—¿Y cuál fue el próximo misterio?

—Un antiguo día santo, un líder que cambió la Palabra de Dios, el regreso de un presagio, una señal en los cielos y una caída sobre la tierra.

Capítulo 24

El árbol del juicio

—Entonces ¿qué había en el sello?

—Un árbol —dijo Nouriel—. Un círculo, dentro del cual había un árbol. Ese árbol no tenía hojas y sus ramas eran indistinguibles de sus raíces. Así que no se podía saber qué parte del sello era la superior y cuál era la inferior.

—¿Y qué te pareció?

—Me pareció bastante claro... un árbol dentro de un círculo. Sin embargo, su verdadera importancia se me escapó.

—Y tuviste un sueño...

—Sí, por supuesto. Soñé que estaba sentado en un bote, una nave pequeña y estrecha. Era de noche. Delante de mí estaba el barquero. Supuse que lo estaba guiando, aunque no vi remos en ninguna parte. «Mira», dijo, señalando hacia arriba. «Es luna nueva. Eso significa que es el primer día del mes». Mientras seguíamos moviéndonos por el agua, que yo creía que era un río, noté que la noche se aclaraba, la luz de la luna se hacía más intensa.

»El barco llegó a tierra. Seguí al barquero tierra adentro hasta que encontramos un objeto enorme, era la parte inferior de un árbol colosal. La luz de la luna ahora se volvió notablemente más brillante. Miré hacia arriba. El colosal objeto era la Estatua de la Libertad, pero en forma de árbol, o un árbol en forma de Estatua de la Libertad. Su manto, su tablilla, la base de su antorcha, sus brazos, sus dedos y su rostro estaban hechos de corteza. Pero su cabello y la llama de su antorcha eran verdes, como si fueran hojas, pero no hojas; eran agujas, como las de un pino.

»A medida que la luz de la luna seguía brillando, comencé a notar anomalías en la corteza de la efigie. Se estaba despegando, estaba llena de hongos, moho, agujeros y grietas profundas. Estaba enfermo. El barquero volvió a señalar, ahora al cielo. La luna ya estaba llena. "Es el momento", dijo. En ese instante, un fuerte viento comenzó a soplar contra la estatua o el árbol. Luego escuché un crujido y la estatua comenzó a balancearse hacia adelante y hacia atrás, suave al principio, luego un poco más fuerte, y más y más hasta que sus enormes raíces comenzaron a despegarse del suelo. Luego se estrelló contra la tierra y sonó como una fuerte explosión.

»Poco después de eso, salió el sol. Caminé entre las ruinas. La estatua se había roto por la mitad, la antorcha estaba desprovista de su llama y la corona se había caído de su cabeza. "Y ahora —dijo el barquero— ¿dónde encontrará su esperanza?". Y el sueño terminó.

—Así que ¿a dónde te llevó eso? —preguntó Ana.

—Me llevó en dos direcciones, pero no estaba seguro por dónde empezar. Sin embargo, ya había ido a buscar árboles con el otro sello, así que decidí dar un paseo en bote hasta la Estatua de la Libertad.

—¿Habías ido allí antes?

—No nunca —dijo—. Esa es una de las cosas que haces cuando vives en el área metropolitana.

—¿Qué es eso?

Nunca he ido a ninguno de esos lugares. Así que me dirigí al sector de Battery Park para abordar el ferry a Liberty Island. Mientras me dirigía al puerto, pasé al lado de un hombre que estaba sentado en un banco del parque a mi izquierda. Apenas me di cuenta de que era él mientras caminaba. Pero luego escuché una voz.

◆ ◆ ◆

—No lo encontrarás allí.

Me di la vuelta. Y allí estaba él, el profeta, sentado en un banco con una bolsa de maní en la mano.

—Entonces ¿cómo lo encuentro? —pregunté, sin siquiera saber completamente *qué* era lo que se suponía que debía encontrar.

—Es probable que pueda ayudarte —me dijo.

Me senté a su lado y le conté el sueño, aunque estaba seguro de que él ya lo sabía. De lo contrario, no habría estado esperando allí en ese banco.

—El voto antiguo lleva a dos objetos, el edificio que se eleva en lugar de los ladrillos caídos y el árbol erez plantado en vez del sicomoro caído. Cada uno de ellos es una señal de desafío de la nación ante el llamado de Dios. De modo que así, después del 11 de septiembre, Estados Unidos de América empezó a construir su torre en el suelo donde habían caído los ladrillos… y plantó el árbol erez en el terreno donde había caído el sicomoro.

—El Árbol de la Esperanza.

—Ya hemos visto lo que pasó con la torre. Pero ¿qué pasa con el otro árbol, el erez?

—Empezó a marchitarse —respondí.

Ante eso, el profeta se levantó del banco.

—Ven, acompáñame —me dijo mientras comenzaba a caminar. Me levanté y me uní a él. Nos alejamos del puerto en dirección a las calles del Bajo Manhattan.

—Hay un símbolo —dijo—, dado en las Escrituras que representa al juicio de las naciones. Se usa una y otra vez.

—¿Qué símbolo es ese?

—Una imagen, una metáfora, un evento. El profeta Isaías lo usó para profetizar la destrucción de Etiopía:

> Porque … entonces podará con podaderas las ramitas, y cortará y quitará las ramas.[1]

—El profeta Ezequiel predijo la caída de Egipto de esta manera:

> Sus ramas han caído … yacen rotas.[2]

—Y el profeta Jeremías predijo el juicio y la caída de su propia nación con las siguientes palabras:

> Pero, en medio de grandes estruendos, te ha prendido fuego, y tus ramas se consumen.[3]

—¿Qué imagen usan todos ellos?

—Una en las que las ramas son rotas, destruidas.

—En efecto, la ruptura de las ramas es una señal de juicio nacional.

—¿Y eso tiene que ver con la imagen del sello?

—Eso tiene que ver con el presagio, el árbol erez, el árbol que se plantó en lugar del sicomoro caído, el símbolo de la esperanza de una nación. La Escritura dice que «una vez secas, las ramas se quiebran».[4] Y así las ramas del Árbol de la Esperanza, el presagio, se secaron... y luego fueron cortadas.

El Árbol de la Esperanza fue desmembrado. Se paró allí en la esquina de la Zona Cero con sus ramas cortadas, una sombra de lo que había sido cuando fue dedicado y recibió su nombre. El árbol plantado para simbolizar el resurgimiento nacional se convirtió en cambio en un signo diferente, el de la caída de una nación.

»Pero no fue solo la transformación del árbol lo que fue significativo, también fue el que vino a visitarlo.

—¿Quién?

—El presidente.

—¿Barak Obama?

—Sí. En el aniversario de la calamidad, Obama fue a visitar la Zona Cero. Y allí leyó un pasaje de las Escrituras, el Salmo 46. El salmo que habla del Señor trayendo paz a la tierra y destruyendo las armas de guerra. Dice esto:

... ha quebrado los arcos, ha destrozado las lanzas.[5]

—El arco es el arma que usan los arqueros en la guerra; es un armamento compuesto por el arco y la flecha. De modo que el versículo habla de bendición, del fin de la guerra, la paz. Pero el presidente alteró la escritura. Él, sin duda, no tenía idea de lo que estaba haciendo y, sin embargo, lo hizo. En vez de decir «rompe el arco», el presidente cambió la palabra para decir:

Rompe la *rama*.[6]

—En el idioma inglés, el sonido de las dos palabras es similar, pero su significado —en el contexto de las Escrituras—, no podría ser más diferente. La rotura del arco es una bendición. Pero la ruptura de la rama es una señal bíblica del juicio de una nación. Así que el presidente cambió la palabra de bendición nacional por una palabra de juicio nacional. Y cuando la Casa Blanca publicó el salmo en su sitio web, también alteró las palabras de acuerdo con lo que había hecho el presidente. Cambió, por escrito, la palabra *arco* por la palabra *rama*. Modificó la Escritura.

»Y mientras el presidente hablaba de que el Señor rompía la rama, a un tiro de piedra del suelo sobre el que él hablaba se erguía un árbol, que se marchitaba y al que se le iban a cortar las ramas.

—¿Se rompieron las ramas cuando lo dijo?

—No. Lo dijo y luego sucedió. Pero, aun más, hay otra señal de juicio nacional incluso mayor que la primera. Una que no solo concierne a las ramas del árbol, sino al árbol en sí mismo: a su caída y su destrucción.

—¿Como la caída del sicomoro?

—En efecto e incluso más fuerte que eso. Una señal relacionada específicamente con otro árbol: el árbol erez. El profeta Ezequiel habló del juicio y la destrucción de Asiria de la siguiente manera:

> Asiria era un *árbol erez* ... de gran estatura ... la más terrible de las naciones ... lo han talado.[7]

—Entonces el profeta Jeremías habló del juicio que destruiría a su nación con estas palabras:

> Ordenaré destructores contra ti, cada uno con su arma, y talarán tus mejores *árboles erez* y los arrojarán al fuego.[8]

—Y el profeta Zacarías predijo la destrucción de Jerusalén de esta manera:

> Abre, Líbano, tus puertas para que el fuego consuma tus *árboles erez*.[9]

—¿Y por qué es tan significativo que esté hablando del árbol erez? —pregunté.

—La respuesta está en el nombre. ¿Recuerdas lo que significa erez?

—Significa fuerte.

—Porque ese árbol era conocido por su fortaleza. Esa es la razón por la que se invocaba en el voto antiguo:

> Los sicomoros han sido cortados, pero plantaremos *árboles erez* en lugar de esos.

—Por eso es tan importante. Prometían volver tan fuertes como el árbol erez. Por eso el árbol erez se convirtió en el símbolo de su desafío. Era mucho más fuerte que el sicomoro. Por tanto, aun cuando el sicomoro podía ser derribado con facilidad, creían que con el árbol erez no podrían hacer lo mismo. De forma que se creían inmunes a cualquier juicio futuro. Como lo expresó un comentario, ellos cambiarían...

... sus débiles sicomoros que son talados por fuertes cedros [árboles erez] que los más salvajes vendavales perdonarán.[10]

—De modo que, cuando Estados Unidos realizó el mismo acto —dije—, cuando reemplazó el sicomoro con el árbol erez y lo llamó el Árbol de la Esperanza, no solo habló de desafío frente al juicio sino que se refirió a inmunidad.

—No es que esta fuera la intención de quienes realizaron el acto —dijo— pero fue su significado bíblico. ¿Te gustaría verlo? —preguntó.

—¿Al árbol erez?

—Claro que sí.

Siempre evité ir a la Zona Cero, excepto cuando el profeta me llevó a la cima de la torre. Pero ahora nos dirigíamos en esa dirección porque había algo que él quería que viera. Así que me llevó a la Zona Cero y a la oscura valla de hierro forjado que rodeaba el suelo sobre el que había caído el sicomoro y el árbol erez plantado en su lugar.

—Mira, Nouriel —dijo el profeta—. Dime que ves.

Eché un vistazo a través de la valla buscando el Árbol de la Esperanza.

—No lo veo. ¿Acaso estoy buscando en el lugar correcto?

—Claro, ese es el lugar correcto —me dijo—. La razón por la que no lo ves es porque no está allí, se ha ido.

—¿Se ha ido?

—No lo estás viendo porque la antigua señal se manifestó en este terreno.

—¿La señal de qué?

—De juicio nacional.

—¿Qué estás diciendo?

—Las palabras de los profetas: «El árbol erez ha caído»,[11] la señal del juicio nacional.

—¿Cómo fue eso?

—Bueno, fue derribado.

—¿Por quiénes?

—Por los encargados de mantenerlo vivo.

—¿Por qué?

—Porque se marchitaba a pesar de lo que hicieran; no pudieron salvarlo, así que lo destruyeron.

—Destruyeron la señal de su resurgimiento.

—Destruyeron el presagio y, al hacerlo, crearon otro, la caída del árbol erez.

—No tenía ni idea.

—¿En verdad? —dijo el profeta—, ¿no lees tus propios libros, Nouriel?

—Apenas tengo tiempo para escribirlos. ¿Por qué?

—Deberías leerlos. Todo estaba en tu primer libro. Lo escribiste antes de que sucediera.

—¿Has leído mis libros?

—Esto es lo que escribiste sobre el cedro o árbol erez, el Árbol de la Esperanza de la Zona Cero:

> Pero cuando una nación como esta pone su esperanza en sus propios poderes para salvarse a sí misma, entonces su esperanza es falsa. Su verdadera esperanza solo se encuentra en volverse a Dios. Sin eso, su Árbol de la Esperanza es un presagio del día en que *sus fuertes cedros se estrellarán contra la tierra*.[12]

—Escribiste esto años antes de que sucediera.

—Suena más a tus palabras que a las mías.

—Es probable que yo que lo haya dicho, pero tú las anotaste para que otros las vieran.

—¿Cuándo cayó? ¿Cuándo lo cortaron?

—Destruyeron el Árbol de la Esperanza en un santo día hebreo.

—¿Cuál día santo?

—El que conmemora el juicio de una nación: la Pascua, el día en que la plaga cayó sobre una nación que estaba en guerra contra Dios.[13]

—Dos señales de juicio nacional —dije— en un solo día.

—Y hay otras señales de juicio que no aparecen en la tierra sino en los cielos.

—¿Como cuáles?

—Está escrito acerca del día del juicio que «la luna no dará su luz» y se convertirá «en sangre».[14] El oscurecimiento de la luna y su cambio a un color rojo sangre son dos señales relacionadas y reservadas para el día del juicio. Todavía tienen que manifestarse a plenitud ese día, aunque en parte ya aparecieron.

—¿Cuándo fue eso?

—Durante un eclipse lunar. Es en esos eclipses cuando la luna se oscurece y toma un color rojo sangre para convertirse en lo que se conoce como luna de sangre.

—Pero eso sucede siempre que la luna y la tierra estén en sus posiciones establecidas, a la hora indicada. Podemos predecir eso.

—Sí, pero incluso esos tiempos establecidos pertenecen a aquel que los fijó y que designa todas las cosas para que converjan cuándo y dónde deben hacerlo y el que puede usar cualquier cosa como señal, incluso lo que ya es una indicación.

—¿Por qué me estás diciendo esto?

—El árbol erez cayó al suelo en la víspera de la Pascua. Esa misma noche, la luna se oscureció. La señal cayó a la tierra y la luna se oscureció... y se puso roja como la sangre.

—Entonces hubo tres señales —le dije—, tres señales de juicio, todas en el mismo día.

—Y aparece otra señal en el cielo, otra señal de juicio, diferente a la primera pero vinculada a ella. Así está escrito:

El sol se convertirá en tinieblas y la luna en sangre.[15]

—El oscurecimiento del sol —dijo el profeta— es otra señal vinculada al día del juicio y reservada para ese tiempo. Y, sin embargo, esto también ha aparecido en parte.

—Como un eclipse solar. Pero un eclipse solar no puede ocurrir al mismo tiempo que un eclipse lunar.

—No, eso pasa otro día. Entonces tenemos dos presagios de juicio... dos luces... dos oscurecimientos... dos días. ¿Y cuántas señales del desafío quedaron?

—El árbol erez y la torre, dos.

—El ascenso de la torre se completó el día en que se colocó la aguja en su parte superior y alcanzó su altura máxima de 1,776 pies. Era el 10 de mayo de 2013. Fue ese mismo día que el sol se oscureció. Así que la torre tocó los cielos el mismo día que se oscureció el sol.

—Dos señales de juicio, una para cada presagio. La única señal apareció cuando el presagio tocó el cielo, y la otra señal cuando el otro presagio tocó la tierra.

—Así es.

—El sello —dije—, el círculo alrededor del árbol representaba la luna.

—Por supuesto que sí.

—Y en mi sueño, todo sucedió a la luz de la luna... de una luna cambiante, la luna con un eclipse. Y el árbol cayó en luna llena.

—Como la luna llena en la Pascua —dijo él.

—Y el árbol que cayó en mi sueño tenía la forma de la Estatua de la Libertad puesto que esa efigie es un símbolo de esperanza, al igual que el Árbol de la Esperanza... y el árbol erez era el antiguo símbolo de la desafiante esperanza de una nación.

—Sí —dijo el profeta—. Por lo tanto ¿qué significaría la caída del árbol erez?

—Es sencillo, representa el cese de la esperanza... el fin de la desafiante esperanza de una nación y sus planes de volver más fuerte sin Dios.

—Pero la Estatua de la Libertad —dijo— no es solo un símbolo de esperanza, es un símbolo de Estados Unidos de América en sí mismo. Así también el árbol erez es un símbolo de la propia nación en su desafío a Dios.

—Si eso es así, la caída del árbol erez ¿acaso profetiza el derrumbe de Estados Unidos de América?

—¿Qué le sucedió al antiguo Israel en su desafío a Dios? ¿Cómo terminó todo?

—Todo terminó con la caída de la nación.

Él guardó silencio.

—Tengo una pregunta —dije.

—Pregunta.

—La caída del sicomoro también es una señal de juicio. Pero ¿se refiere la caída del árbol erez a algo más grande? ¿A un juicio mayor, a una calamidad peor?

—Sí —dijo el profeta—, ¿y por qué crees que es así?

—El sicomoro es más débil. Por eso es más fácil de desarraigar. Pero el árbol erez es más fuerte. Por lo que se necesitaría una fuerza mayor para derribarlo. De forma que el juicio presagiado por la caída del árbol erez sería mayor que el del sicomoro.

—Eso es así. Cuando los asirios invadieron Israel en el 732 a. C. y derribaron los sicomoros, la invasión fue una calamidad nacional, pero solo algo de agitación, de advertencia. Pero entonces Israel juró plantar el árbol erez en vez del sicomoro. Sin embargo, vendría otra calamidad. Y esta no solo estremecería a la nación, sino que la destruiría. De modo que la caída del árbol erez habla de algo mucho más grande que la caída del sicomoro.

—Por eso, el 11 de septiembre representa la caída del sicomoro... entonces la caída del árbol erez... ¿representa una calamidad mayor por venir?

—La destrucción del árbol erez advierte la caída de una gran nación. Advierte del día en que, como está escrito...

> Sus ramas han caído en los montes y en los valles; yacen rotas por todas las cañadas del país. Huyeron y lo abandonaron todas las naciones que buscaban protección bajo su sombra.[16]

—Huyeron y lo abandonaron todas las naciones que buscaban protección bajo su sombra —repetí.

—Después de recibir el sello, me entregó el siguiente.

—¿Y a qué conduciría este?

—A un valle antiguo, un profeta, una vasija de barro, una casa de rostros, el oscurecimiento de una nación y el presagio que los marcó a todos.

Capítulo 25

Tofet

—Ahora bien ¿qué había en el sello?

—Letras —dijo Nouriel—, como en el sello anterior, pero solo tomé tres para formar una palabra. Eso fue todo. Alrededor de las letras había marcas en forma de curvas.

—¿Y qué hiciste con eso?

—Lo de siempre, como lo hago a menudo, no tenía ni idea de qué hacer con ese sello. Pero como estaba seguro de que era una palabra, y dado que el guion se parecía —de nuevo— al paleohebreo, decidí llevárselo a un erudito judío ortodoxo que pudiera decirme lo que significaba.

—Espera —dijo Ana—, el hombre de Brooklyn, el dueño de la librería. Acudiste a él hace años para que interpretara uno de los sellos que te dio el profeta.

—Sí, así es.

—Pero en ese entonces no te dio la interpretación correcta. Por tanto ¿qué te hizo pensar que...

—Su interpretación fue errada, pero sabía cómo leer el guion y era un erudito en hebreo. Esta vez fue solo una palabra, así que no pensé que pudiera equivocarse.

—Así que fuiste a Brooklyn.

—Y a la librería. Me dio la bienvenida, cerró su tienda y me llevó a la trastienda, donde nos sentamos en la misma mesa de madera que la última vez. Nada en esa habitación había cambiado, al menos nada que yo notara. Le entregué el sello. Se puso las gafas para leer y empezó a examinar las letras. Me miró, luego volvió a mirar las letras, volvió a subir y a bajar. Parecía preocupado.

—¿De dónde has sacado esto? —me preguntó.

Nunca me hizo una pregunta como esa cuando fui a verlo por primera vez.

—Alguien me lo dio —le respondí.

—¿Tienes idea de qué es esto?

—No, de lo contrario no habría venido aquí.

—Es una cosa oscura —me dijo.

—¿Qué quieres decir?

—Es una palabra oscura.

—¿Qué palabra es?

—*Tofet.*

—¿*Tofet?*

Me miró como si hubiera dicho algo malo, aunque solo estaba repitiendo lo que acababa de decir.

—¿Qué significa eso?

—Viene de una raíz que tiene que ver con golpear... como golpear un tambor.

—Eso no suena tan mal.

—No debes tener nada que ver con eso.

—¿Con el sello?

—Con eso de lo que habla.

—Una reacción bastante fuerte —dijo Ana—. Entonces ¿qué hiciste?

—No me dijo nada más. Regresé a casa, me eché en la cama y me quedé dormido... y tuve un sueño.

—Vi a un hombre barbudo, vestido con una túnica y llevaba una gran jarra o una vasija de barro. Caminaba hacia un edificio de aspecto extraño, una especie de cruce entre una casa de una película de terror y un edificio del Kremlin. Lo seguí hasta adentro.

—El interior era oscuro, iluminado por algunas lámparas. Llegamos a una gran pared que parecía estar hecha de piedra arenisca. Dentro del muro había unos rostros.

—¿Rostros?

—Como si hubieran sido esculpidos en la piedra... una cantidad de rostros. El hombre de la vasija de barro se detuvo a unos seis metros de la pared y comenzó a hablar como si les dirigiera sus palabras a los rostros de la pared... no como si... se *estaba* dirigiendo a ellos.

—Y aquí fue donde sucedió —dijo el hombre—. Aquí fue donde empezó... donde la puerta se abrió a la oscuridad.

Ante eso, los rostros comenzaron a moverse y luego a hablar.

—Hicimos —dijeron— lo que creíamos que teníamos que hacer, lo que consideramos correcto.

—Pero ay —dijo el hombre— de los que llaman a lo malo bueno y a lo bueno malo, que ponen las tinieblas por luz y la luz por tinieblas. Abriste la puerta a la oscuridad.

Luego miró hacia arriba, en dirección al techo, pero me di cuenta de que estaba mirando más allá, como si estuviera viendo al cielo. Entonces dejó escapar un fuerte grito de agonía.

—¡Tofet! —gritó. Luego alzó la vasija de barro por encima de su cabeza y la estrelló contra el piso de piedra, donde se hizo añicos en lo que parecían ser cientos de pequeños trozos. Luego se derrumbó en el suelo y allí, de rodillas, comenzó a llorar. Y en ese instante... el sueño terminó.

—Entonces ¿qué hiciste con todo eso?

—La palabra que gritó fue la palabra del sello... y no parecía ser algo bueno... tal como lo había advertido el hombre de la librería. Pero estaba decidido a averiguar qué significaba. Tenía una Biblia, la cual tenía una concordancia al final.

—¿Una concordancia?

—Algo que te dice dónde aparecen determinadas palabras en la Biblia. Así que busqué la palabra *Tofet*. Me llevó al Libro de Jeremías. Con una excepción, que es el único lugar de la Biblia donde aparece esa palabra.

—Jeremías, ¿era él el hombre de la vasija de barro?

—Sí, por supuesto.

—¿Y qué encontraste?

—Tofet era un lugar a las afueras de la ciudad de Jerusalén en el valle de Hinón, un sitio de gran importancia. Y el Señor hablaría de ello por medio del profeta Jeremías:

La gente de Judá ha hecho el mal que yo detesto —afirma el Señor—. Han profanado la casa que lleva mi nombre al instalar allí sus ídolos abominables. Además, construyeron el santuario pagano de Tofet, en el valle de Ben Hinón, para quemar a sus hijos y a sus hijas en el fuego.[1]

—¡Quemaron a sus hijos y a sus hijas!

—Por eso es que Dios lo condenó. Tofet fue el lugar donde mataban a sus propios hijos.

—¿Por qué harían algo tan horrible?

—Porque era algo requerido en la adoración de sus nuevos dioses, a los que se inclinaron cuando se alejaron de Dios. Ofrecieron a sus hijos como sacrificios, creyendo que al hacerlo obtendrían favor, progreso y ganancia.

—Pero ¿por qué estaba eso en el sello que te dio el profeta?

—No tenía ni idea. Ese día, un poco más tarde, salí a caminar por Central Park. Me senté a la sombra de un roble. Delante de mí había algunos niños jugando en la hierba. Dirigí mis pensamientos aun más a los hijos de Israel y de Tofet. Estaba absorto en esos pensamientos hasta que noté una silueta, la figura de un hombre que estaba de pie frente a mí, bloqueando el sol: era el profeta.

—Entonces, Nouriel, ¿has decodificado el sello? —me preguntó él.

—Creo que sí —respondí—. *Tofet.*

Se sentó a mi lado.

—Tofet —dijo— representaba la profundidad de la caída de Israel de Dios. Todo fue parte de la progresión. ¿Qué dijimos que ocurre cuando una nación se aleja de Dios, de la verdad absoluta, y su gente adora a los dioses que eligen y los ídolos hechos por sus propias manos?

—Se aparta de su fundamento. Pierde su propósito y su significado.

—Sí. De modo que, cuando Israel se apartó de Dios, se alejó de su propósito y de su significado. Pero cuando la vida pierde su propósito y su significado, entonces se puede hacer con ella lo que quiera. Puede ser maltratada, sacrificada y desechada. Así que, cuando una civilización se aleja de Dios, puede borrar a los creados a su imagen. Lo cual ocurrió con Israel. El pueblo de Israel comenzó a sacrificar a sus propios hijos. Y por la sangre de sus más inocentes, la nación sería juzgada.

—¿Pero por qué estaba en el sello?

—Si Estados Unidos ha seguido el modelo de la caída de Israel, ¿no seguiría esto también?

—¿Sacrificio de niños? —respondí—. Eso era parte del mundo antiguo; no del de hoy.

—¿O es eso? —preguntó él—. Mientras Estados Unidos seguía los pasos de la caída de Israel, mientras se alejaba de Dios, se pusieron en marcha las mismas dinámicas.

Perdió su propósito y sus valores. De modo que la vida perdió su santidad. Y así la vida se volvió desechable.

—Y así, el antiguo pecado se repitió en suelo estadounidense. La nación dio su bendición y su confirmación al sacrificio de sus más inocentes. Legalizó la matanza de sus hijos por nacer y celebró el acto. Aquellos que deberían haber sido los más protegidos, los más indefensos, fueron ejecutados. Todo siguió la progresión antigua. Los mismos años que vieron la expulsión progresiva de Dios de las plazas públicas de la nación también vieron el regreso del antiguo pecado. Israel mató a miles de sus niños, pero Estados Unidos ha matado a millones.

—Veo el paralelo, pero no entiendo cómo se relaciona con lo que vi en mi sueño, la casa de los rostros.

—Entonces debe haber más cosas que encontrar.

Y con eso, se puso de pie.

—Pero tengo fe en que lo harás —dijo el profeta. Luego comenzó a caminar en dirección al campo de césped, pasando al lado de los niños que estaban jugando y desapareciendo gradualmente a la distancia.

—Así que el misterio inexplicable —dijo Ana— era la casa de los rostros.

—Sí —dijo Nouriel—. Creo que entendí el resto. El hombre de la vasija de barro era Jeremías. Incluso encontré el lugar, en el Libro de Jeremías, donde llevó una vasija de barro a los ancianos de Israel y los enfrentó acerca del sacrificio de niños.[2] Él debía romper la vasija en su presencia, al igual que en mi sueño. Entendí todo eso, pero la casa de los rostros seguía siendo un misterio. Continué varias semanas sin tener idea de lo que eso significaba. Hasta que llegó el gran descubrimiento.

—¿En un supermercado? —preguntó ella.

—No —respondió él—. Pero si quieres saberlo, sucedió en una pequeña venta de víveres.

—¿Qué tienen esos pequeños negocios?

—Yo estaba de camino, hambriento. Así que me detuve en una tienda de víveres para comprar un bocadillo. Estaba en la puerta, a punto de irme, cuando miré a mi izquierda en dirección a un kiosco de periódicos. Fue entonces cuando lo vi.

—¿Qué fue lo que viste?

—Una fotografía en una portada: ahí estaba el edificio que vi en mi sueño.

—¿La que parecía sacada de una película de terror y el Kremlin?

—Sí. Era un edificio de verdad. Por lo que supe que tenía que ir allí. Así que al día siguiente me fui de viaje. Tardamos unas dos horas y media en llegar. Y cuando llegué, el sol se había puesto, el cielo se estaba oscureciendo... y el edificio tenía una apariencia claramente siniestra.

—Entonces ¿qué era?

—Era la capital de Nueva York, la casa de su legislatura. Estaba en la ciudad de Albany. Era el edificio del Capitolio del Estado de Nueva York.

Mientras estaba parado frente al edificio, escuché una voz detrás de mí.

—¿Es así como se veía en tu sueño?

Me volteé. Y ahí estaba él.

—¿Cómo supiste que este edificio era el de mi sueño?

—Tuve una corazonada —dijo el profeta—. Ven, Nouriel, entremos.

Así que me llevó al edificio y hasta una de sus puertas laterales. La abrió, entró y me indicó que lo siguiera.

—¿Estás seguro de que esto está bien? —le pregunté—. No estamos invadiendo esta propiedad, ¿verdad?

—Seguro que no.

El interior del edificio estaba oscuro, iluminado con artefactos de luz dispersos y similares a los que había visto en mi sueño. Me condujo hasta una enorme escalera de piedra... Estaba llena de rostros, caras talladas en todas partes, en la piedra que enmarcaba la escalera, en los techos abovedados, asomando por las ornamentaciones de piedra, rostros por doquier.

—Así que esta es la casa de los rostros —le dije—. Pero ¿por qué soñé con esto?

—Porque —dijo el profeta— aquí es donde todo empezó.

—¿Dónde todo empezó?

—La oscuridad —respondió—, el pecado antiguo, el acto horrible...

—La matanza de los no nacidos.

—Comenzó aquí en la casa de los rostros. Fue desde aquí que se extendió por toda la tierra.

—Eso es lo que el hombre les decía a los rostros que viste en el sueño... que fue allí donde se abrió la puerta a la oscuridad. Pero ¿no se legalizó el aborto en la Corte Suprema de Justicia?

—Sí, en 1973. Esa fue la decisión que la convirtió en ley del país. Pero no empezó ahí. Comenzó tres años antes, aquí, en la casa de los rostros. Fue aquí en estas cámaras, en 1970, donde se inició la primera ley que autorizó la matanza de los niños por nacer, el aborto inducido, a quien lo solicitara.

—¿Comenzó en Nueva York?

—En 1970, un puñado de estados comenzaron a avanzar enfocados en legalizar el aborto. Pero fue Nueva York el que abrió el camino para aprobar una ley que convertiría al estado en la meca del aborto de Estados Unidos. Así que fue desde aquí que la oscuridad comenzó a extenderse, hasta cubrir finalmente a toda la nación. En el año posterior a la aprobación de la ley de Nueva York, la Asociación de Abogados de los Estados Unidos redactó la Ley Uniforme del Aborto con el propósito de legalizar el aborto en todo el país y, al año siguiente, votó para aprobarla. La Ley Uniforme del Aborto se basó en lo que se legisló en este recinto. Al año siguiente, la Corte Suprema de Justicia votó a favor de legalizar el aborto en todo Estados Unidos de América. Escribiendo en nombre de ese fallo, el juez Blackmun citó la Ley Uniforme de Aborto, que fue vista como precursora de la decisión de la Corte Suprema de Justicia. Y con respecto a ese acto, Blackmun escribió:

"Esta ley se basa, en gran medida, en la ley de aborto de Nueva York".

—Poco después de que Nueva York legalizara la matanza de los niños no nacidos, comenzó a atraer a mujeres de todo el país a sus fronteras para que participaran en el acto. Por lo tanto, emergió rápidamente como el epicentro indiscutible del aborto en la nación. Y así, años antes de que se legalizara en todo el país, Nueva York sirvió como la fuente oscura a través de la cual el aborto se extendió a toda la nación. Se realizarían más abortos en Nueva York que en cualquier otro lugar de Estados Unidos de América. Y de todos los abortos que se efectuaron en el estado de Nueva York, la inmensa mayoría se realizaron en la ciudad de Nueva York.[3] Por lo tanto, en lo que se refiere a la matanza de niños, Nueva York es la capital de Estados Unidos de América.

Saqué el sello y lo miré. Fue entonces cuando al fin entendí todo.

—Las líneas curvadas alrededor de las letras —dije— representan al agua.

—Sí.

—Se trata de una isla. El Tofet que aparece en el sello es una isla.

—Sí, eso es.

—Tofet... es la ciudad de Nueva York.

No dijo una palabra. No estaba en desacuerdo, pero pareció cambiar de tema.

—El significado de las torres —dijo—, ¿qué dijimos que era?

—Una torre se erige como símbolo o representación de la nación o reino que la erige, un monumento a su poder y su gloria.

—Sí —respondió— y a menudo a su orgullo, a su arrogancia... y a su pecado. De modo que el World Trade Center se erigió como la personificación de Estados Unidos de América y un monumento a su gloria y a su poderío. Pero también fue la encarnación de su pecado y un monumento a su oscuridad.

—¿Qué quieres decir con eso?

—¿Sabes cuándo se terminó la edificación de la primera torre?

—No, no tengo ni idea.

—En 1970... el mismo año en que se aprobó el aborto inducido como derecho universal. ¿Y en qué estado se levantaron esas torres?

—En el Estado de Nueva York.

—El mismo estado que aprobó esa ley. ¿Y en qué ciudad?

—En la ciudad de Nueva York.

—En la capital del aborto de Estados Unidos de América. Las torres coronaban esa capital. Y la misma mano que firmó el papel para comenzar el levantamiento de esas torres, fue la misma que firmó el papel que inició la matanza voluntaria de niños.

—¿Y sabes qué año fue cuando se completaron ambas torres?

—No, ni me lo imagino.

—En 1973, el mismo año en que la oscuridad llegó a su fin, cuando la matanza de los no nacidos se convirtió en ley en todo el territorio nacional. Así que todo se juntó: las torres y la oscuridad; ambas cosas se unieron desde el principio, el uno marcando al otro.

—El profeta Jeremías habló de «*los lugares altos de Tofet*».[4] Así que fue en Tofet donde edificaron esos lugares altos. Y si la ciudad de Nueva York es el Tofet de Estados Unidos de América, entonces también debe ser donde se construyan los lugares altos.

—Las Torres Gemelas —dije—, el World Trade Center, los lugares altos de Estados Unidos de América, son los lugares altos de Tofet.

—Y así como los lugares altos de Tofet marcaron el lugar donde la nación asesinó a sus niños, las Torres Gemelas marcaron el sitio donde Estados Unidos de América linchó a sus niños y el momento en que se inició la matanza.

—Solo pensé en algo —dije—. En los lugares altos de Tofet, debieron haber tenido imágenes de los dioses a los que sacrificaban a los pequeños.

—Claro que sí.

—Entonces fue en los lugares altos de la ciudad de Nueva York donde apareció la imagen de un dios, la imagen de Kali, la diosa de la muerte, chorreando sangre... sobre la ciudad de la muerte de Estados Unidos.

—Acompáñame —dijo mientras continuaba guiándome a través del edificio—. ¿Sabes, Nouriel, ¿cuál fue el lugar donde comenzaron las Torres Gemelas?

—No, no lo sé.

—Aquí —dijo—, en este recinto, en la casa de los rostros. Empezó en la misma casa que comenzó la matanza de los niños. Ambas cosas se iniciaron no solo a la misma hora sino en el mismo lugar, en la misma casa.

—Así que esta casa estuvo vinculada a los presagios desde el principio.

—Sí —dijo el profeta—, desde el principio y hasta el final.

—¿Qué quieres decir con eso?

—Casi medio siglo después de que Nueva York llevara a Estados Unidos al antiguo pecado, volvió a dirigir a la nación... a una oscuridad aún más profunda.

—¿Cómo? Explícate.

—El gobernador de Nueva York exigió que la legislatura estatal aprobara una ley para superar la que se aprobó en 1970, una ley que expandiría la práctica del aborto en todas direcciones. A pesar de las negativas que se emitieron en respuesta a la controversia resultante, la ley refrendó el asesinato de niños hasta el momento del nacimiento. El límite entre esos dos actos antiguos, el aborto y el infanticidio, comenzó a desaparecer.

Fue entonces cuando me llevó a una de las cámaras legislativas del edificio.

—Aquí fue —dijo el profeta—. Fue en esta cámara donde aprobaron esa ley. ¿Y sabes lo que hicieron aquí cuando se aprobó esa ley?

—No, no me lo imagino.

—Estallaron en aclamaciones —dijo—. Se levantaron de sus asientos y ovacionaron a los ejecutantes de esa legislación... tal como lo hicieron en la antigüedad. ¿Y sabes qué día fue que aprobaron eso?

—No, no tengo ni idea.

—Era el 22 de enero, la misma fecha en que la Corte Suprema de Justicia legalizó la matanza de niños no nacidos en todo el país medio siglo antes. Así que Nueva York aprobó una ley aún más sangrienta y espantosa el mismo día de la celebración. E inmediatamente después de que se aprobó la ley, otros estados comenzaron a intentar hacer lo mismo, para aumentar la cantidad de sangre que se derramaba. Una vez más, Nueva York había llevado a la nación a la oscuridad.

—Esa es una señal —afirmé.

—¿Qué quieres decir?

—Que es una señal del hundimiento. No ha cambiado en nada. Todo sigue igual. Es más, está empeorando. El derrumbe de Estados Unidos de América es indetenible y se oscurece cada vez más.

—Sí —dijo el profeta— y todo sigue el esquema trazado en la antigüedad.

—¿Cómo es eso?

—Cuando Jeremías profetizó contra su nación por la sangre de los niños que había derramado, ya era tarde. La profecía se dio en vísperas de la destrucción de la nación. Una de las señales que precede al juicio de una nación es no solo que participa en el asesinato de sus hijos, sino que lo hace con desfachatez, con alegría, incluso al punto de celebrar. Ese es un presagio de calamidad, de destrucción. Que implica que ya es tarde.

—Y lo más terrible es que todo ese proceso se está repitiendo... en Estados Unidos de América.

—Sí —dijo el profeta— y hablando de señales... vimos la conexión entre los lugares altos de Tofet y la matanza de los hijos de Israel... y el lugar alto de Nueva York, las Torres Gemelas y el inicio del aborto legalmente.

—Sí, es cierto.

—Así que fue el día en que Nueva York aprobó su espantosa ley que el misterio continuó y una vez más se vinculó a la torre.

—¿Qué quieres decir con eso?

—Ese día, el gobernador de Nueva York ordenó que se encendiera la torre de la Zona Cero con toda clase de luces para celebrar el acontecimiento.

—¿Encendió el presagio?

—El presagio del orgullo y la rebelión de una nación contra Dios ahora estaba bañado por la luz de su pecado. La torre cuya cima tocaba el cielo y estaba coronada con palabras de desafío estaba ahora iluminada; el presagio se iluminó. Y esto, en sí mismo, fue una señal más y una advertencia profética.

—¿Con qué tipo de luz lo encendieron?

—Con luz rosada.

—¿Rosada?

—El color que asociaron con las mujeres, aunque también se relaciona con los bebés.

—Deberían haberlo encendido en rojo sangre.

—Así que en el aniversario del día en que Estados Unidos comenzó a matar a sus hijos, y el día en que su pecado se hizo aún más oscuro, el presagio se iluminó, el lugar alto de Tofet se encendió para que el mundo lo viera.

—Es todo tan...

—¿Qué?

—Demoníaco... No puedo pensar en otra palabra para describir eso... ¿Ofrecer a tus hijos como sacrificio? Matar a millones y luego celebrarlo. Todo esto es absolutamente demoníaco.

—Sí, diabólico —dijo—, así como lo que impulsó a Israel a hacer tales cosas solo puede describirse como demoníaco. Lo mismo ocurre con Estados Unidos de América.

Entonces me llevó por un pasillo oscuro, se detuvo y señaló hacia arriba.

—Dime, Nouriel, ¿qué ves?

Tuve que usar la luz de mi teléfono celular para distinguirlo.

—Parece...

—¿Qué?— preguntó.

—Parece... un demonio. ¿Qué es?

Era el rostro de una criatura que acechaba en las sombras de una grieta en la piedra. Habría estado más a gusto en una película de terror que en una instalación legislativa.

—¿Sabes cómo se llama?

—No, ni lo imagino.

—*Demonio*. También se le conoce como *el diablo*. Es la cara oculta en la casa de los rostros.

—Vámonos de aquí —le dije. No quería permanecer en ese lugar ni un minuto más. Salimos por la misma puerta por la que habíamos entrado. Cuando estábamos a una buena distancia, me detuve y di la vuelta. El profeta también hizo lo mismo.

—Tengo una pregunta —le dije.

—Pregunta.

—Jeremías no solo condenó el asesinato de sus hijos por parte de la nación; estaba profetizando juicio. Estaba anunciando la calamidad y la muerte que vendrían a Tofet y a toda la nación... Por tanto ¿significa todo esto que la calamidad y la muerte vendrán a Tofet, a la ciudad de Nueva York... y a Estados Unidos de América?

—Por supuesto —afirmó el profeta—, si a causa del clamor de miles, llegó el juicio a Tofet... entonces ¿qué vendrá por los gritos de millones?

Ana parecía conmocionada mientras se sentaba en el banco y miraba sin comprender a los árboles al otro lado del sendero.

—Está oscureciendo —dijo Nouriel—. ¿Quieres volver?

—No —respondió ella sin volver la mirada—. Sigamos.

Esperaba que el profeta me pidiera el sello y me diera otro, pero —en esta ocasión— no lo hizo.

—Estamos llegando al final. Mañana —dijo— nos encontraremos en el lugar donde comenzó todo, donde nos conocimos. Te veré ahí a media tarde.

—Cuando se trataba de avanzar en el conocimiento de nuestros encuentros, eso era lo más específico que podía expresar. Fue suficiente para mí saber a dónde tenía que ir.

—¿A dónde?

—Al banco, junto al río, donde empezó todo. Había algo más que tenía que mostrarme.

Capítulo 26

La convergencia

Llegué al banquillo poco antes de las tres. Eso es lo que yo entendía por media tarde. Me senté y esperé. Y no pasó mucho tiempo antes de que llegara y se sentara conmigo en el banco.

—La niña que te dijo que vendría, ¿qué fue lo que dijo que te iban a mostrar?

—*Lo que vino después.*

—¿Y qué pensaste que quería decir?

—Las manifestaciones continuas de señales y presagios, lo que vino después de nuestros primeros encuentros.

—Y así se te ha mostrado. Por tanto ¿qué piensas al respecto?

—Es mucho para asimilar. Y hallo esto incluso más siniestro y aterrador que lo que se me mostró en nuestros primeros encuentros, hace años.

—¿Y ella dijo que se te mostraría lo que se manifestó hasta cuándo?

—Hasta el presente.

—Y lo que se te ha mostrado ha llegado hasta este último año. Entonces parece que hemos llegado a su fin.

Él permaneció callado. Pero no creí que hubiera terminado. Así que también guardé silencio, esperando a que él lo rompiera.

—Pero tengo algo que compartir contigo —dijo—. Un secreto que mantengo desde el principio, ya que cerramos el círculo. Te hablé de los rollos que los hijos de Israel abren cada semana y las palabras señaladas para ser leídas en cada Sabbat o día de reposo, las parashás. Pero ¿y si hubiera una serie de palabras designadas con respecto a Estados Unidos?

—¿Qué quieres decir con eso?

—Hablo de un calendario de lecturas ordenadas y designadas para días específicos.

—¿Parashás para Estados Unidos de América?

—En cierto sentido. No es que las palabras fueran designadas para ser leídas solo en Estados Unidos de América, sino que fueron publicadas en Estados Unidos y serían leídas por más personas en esta nación que en cualquier otra.

—Y si...

—Existe —dijo.

—¿Cómo es eso?

—En la forma de lo que se conoce como *La Biblia en un año*, una Biblia que se originó en Estados Unidos de América y se compone de escrituras designadas, cada una ordenada para ser leída en un día específico del año. Así que para cada fecha del año hay uno o varios pasajes de la Escritura señalados.

—Como los rollos de la sinagoga.

Fue entonces cuando metió la mano en el bolsillo de su abrigo y sacó el libro.

—*La Biblia en un año* —dijo él—, otra modalidad de *parashás*.

La abrió, hojeó sus páginas, encontró lo que estaba buscando y me lo entregó.

—Léelo en voz alta, Nouriel —dijo, señalando el pasaje que quería que recitara.

Entonces lo leí.

El Señor ha enviado su palabra; la ha enviado contra Jacob, ¡ya cae sobre Israel! De esto se entera todo el pueblo —Efraín y los habitantes de Samaria—, todos los que dicen con orgullo y con altivez de corazón: «*Si se caen los ladrillos, reconstruiremos con piedra tallada; si se caen las vigas de higuera, las repondremos con vigas de cedro*».[1]

—Es el voto —dije— Isaías 9:10.

—Son las palabras que identifican el comienzo del juicio de una nación —dijo—, que hablan de una calamidad que golpea a una nación en forma de ataque.

—Ahora, observa la parte superior de la página. Encontrarás una cita. Es la fecha para la que se designó esta palabra. Dime lo que dice. Dime la fecha.

—¡El 11 de septiembre!

—Sí, el 11 de septiembre.

—¡Esta fue la palabra designada para el 11 de septiembre! ¿Marcó la propia Biblia la fecha exacta en que comenzaría el adelantamiento del juicio de Estados Unidos de América?

—La fecha exacta —dijo el profeta—. Iba a caer el 11 de septiembre. Por lo tanto, el día en que el enemigo ataca la tierra se identifica como el 11 de septiembre. Todo estaba ahí. Estados Unidos de América sería atacado por su enemigo el 11 de septiembre.

—¡Eso es más que real!

—Y, sin embargo, lo es. Todo estaba allí.

—La *Biblia en un año* se lee en todo Estados Unidos.

—Sí. ¿Te das cuenta de lo que eso significa? Significa que en todo Estados Unidos de América los creyentes han estado abriendo sus Biblias en este pasaje que habla del enemigo atacando a la tierra, el 11 de septiembre de cada año.

—Las personas que hicieron la compilación de esta Biblia, ¿cómo pudieron saberlo? ¿Conocían el misterio?... ¿Sabían algo acerca de los presagios?

—No tenían ni idea. Simplemente señalaron el comienzo de las escrituras hebreas para el inicio del año, Génesis 1:1, el primer versículo de la Biblia, para el primer día del año, el 1 de enero. Y el final de las escrituras hebreas fue designado para el fin de año, Malaquías 4 para el último día del año, 31 de diciembre. Siguiendo ese algoritmo básico y fundamental, concluyo que Isaías 9:10 era la escritura designada para el 11 de septiembre... otra manifestación de la dinámica que opera a través del misterio, la convergencia de todas las cosas en el momento y lugar exactos.

—Entonces, para que eso suceda, la Biblia tenía que ser muy extensa y tenía que contener la cantidad de palabras necesaria para que todo terminara convergiendo en ese día en particular.

—Él teje todas las cosas, todos los eventos y realidades.

—¿Cuándo salió *La Biblia en un año*?

—Antes del 11 de septiembre.

—Entonces reveló la fecha en que sucedería antes de que ocurriera.

—Sí. De hecho, reveló la fecha desde 1985, cuando salió por primera vez. Y cada 11 de septiembre desde entonces, los creyentes estaban abriendo sus Biblias en esa escritura, acerca del enemigo viniendo a la tierra para traer destrucción. No solo reveló el ataque, sino lo que sucedería ese día: los ladrillos se caerían, los edificios se derrumbarían, y se conectaría y designaría para la fecha del 11 de septiembre.

—Y el árbol —dije—. Hablaba del derribo del sicomoro y lo conectaba con el 11 de septiembre, el día en que se derribó el sicomoro.

—Sí, todas esas cosas estaban marcadas para el 11 de septiembre. Y luego sucedió. En la mañana del 11 de septiembre, los creyentes de todo Estados Unidos abrieron sus Biblias en las escrituras que hablaban del enemigo que atacaría la tierra.

—Antes de que el gobierno de la nación, el Departamento de Defensa y las agencias de inteligencia tuvieran alguna idea, a los creyentes de todo Estados Unidos de América se les mostraba esa mañana la llegada del enemigo con su carga de destrucción.

—Y antes de que cayera el primer ladrillo y se derrumbara el primer edificio, incluso antes de que el primer edificio fuera golpeado, se leía que los edificios se derrumbaban, ya que los ladrillos caían.

—Y antes de que la viga de metal saliera disparada desde la Torre Norte para derribar el sicomoro, ya habían leído que el sicomoro había sido derribado.

—Y la Escritura fue más allá de eso —dije—. Les reveló cuál sería la respuesta de la nación a la calamidad: el desafío.

—Sí —respondió—, y el contexto de la palabra señalada también fue significativo: el de una nación que una vez había conocido a Dios, pero se había apartado de él. El 11 de septiembre sería el día de la primera calamidad en inaugurar el avance de una nación hacia el juicio.

—Y el comienzo de los precursores.

—Sí y eso continúa. Todo lo que se te acaba de mostrar en nuestros encuentros se refiere a la continuación de los presagios, las señales, las advertencias, el avance de la marcha, el esquema del juicio: el marchitamiento del árbol, el noveno de Tamuz, la imagen del dios, la inscripción en la torre, la vasija rota, la caída del árbol erez y la advertencia de Tofet: las señales de una nación que se aleja de Dios, las mismas señales dadas con respecto a los últimos días del antiguo Israel. Verás, Nouriel, la marcha nunca se ha detenido.

—Y la correlación conduce al juicio —respondí—. De manera que ¿dónde estamos ahora en ese trayecto?

—¿Tienes el sello? —preguntó.

En respuesta a su pregunta se lo entregué. Luego me dio otro. Pero no fue exactamente otro. Era el mismo sello que me había dado la niña y el que le había dado al profeta cuando lo vi por primera vez en la isla: el sello con la imagen de la ciudad sobre la colina.

—¿Por qué me lo devuelves? —le pregunté.

—Porque me lo diste y ya hemos llegado al final.

—Pero no respondiste mi pregunta. ¿Dónde nos encontramos ahora?

—¿Es eso lo que se te dijo que te sería revelado?

—No, pero...

—Si eso es lo que se supone que debes saber, entonces imagino que lo sabrás.

Y con eso, se levantó del banco y comenzó a alejarse.

—Sé que tiene que haber algún tipo de protocolo profético que estás siguiendo —le dije en voz audible—, pero podrías responder la pregunta. Se te permite romper el protocolo.

Se dio la vuelta lo suficiente como para mirarme con una leve sonrisa.

—Mantente bien, Nouriel —dijo—. Mantente bien —y poco después se fue.

Fue la última vez que lo vi.

—¿Así es como terminó eso? —dijo Ana—. Te mostró todas esas revelaciones y esa es la forma en que concluyó... ¿con la frase: «Mantente bien»? Cuando terminaron tus primeros encuentros con el profeta, él te dio un encargo y tú lo cumpliste. Se corrió la voz. Tú escribiste el libro. Pero ahora no había ningún encargo, nada. No puedo imaginar que te haya dado todas esas revelaciones solo para tu propia edificación o para que seas la única persona en el mundo que las conozca. Tenía que haber una razón, un propósito y un encargo, al igual que la primera vez. ¿Cuál sería el punto de mostrarte todas esas cosas si no hubiera nada que se pudieras hacer al respecto, si no hubiera esperanza? ¿No son advertencias de los presagios? Entonces ¿no se supone que se debe advertir a la gente? ¿Y no te dijo al principio que había más por hacer?

—Pero nunca me acusó de nada.

—Entonces, tal vez fue un final, pero no el final definitivo. Te mostró cosas que sucedieron hasta el presente. Así que tal vez fue el final por ahora, pero no lo último que tiene que mostrarte.

—No podría decírtelo —afirmó Nouriel.

—Está bien, pero prométeme algo.

—¿Qué será?

—Si el profeta reapareciera, me lo harás saber.

—¿Por qué estás tan ansiosa por eso, Ana?

—Tal vez sea porque estás hablando de la vida, la muerte y el futuro de Estados Unidos de América... y del mundo. Y es probable que sea porque sé que no puede ser el final. Hay algo más que tiene que mostrarte. Y quiero saberlo cuando suceda.

—Estás muy segura.

—¿Me lo prometes?

—Sí... si regresara.

Cuarta parte

EL
RETORNO

Capítulo 27

Los hijos de las ruinas

—¡Regresó, regresó, él regresó! —gritó ella. Sabía que él no habría aparecido sin avisarle de antemano si no hubiera sucedido. ¡El profeta regresó! ¡Y lo viste! Y ahora *tú has* vuelto.

—Te dije que lo haría.

—Pero con todo lo que está pasando, con todo el mundo tan temeroso de hacer cualquier cosa, dudé que lo harías, aun cuando él regresara.

—Pero te hice una promesa.

—¿Cómo sabías que estaría aquí... y de noche?

—Nunca dejas de trabajar, Ana. Vi la luz en la oficina. Sabía que tenías que ser tú.

—Ven —le dijo ella.

No había nadie más que ellos dos. Ana lo condujo a su oficina, donde rápidamente colocó dos sillas —una frente a la otra— en las que se sentaron a dos metros de distancia.

—Así que no fue el final —dijo ella.

—Tenías razón.

—Entonces, cuéntame cómo empezó el encuentro.

—Empezó con una reunión —dijo—, pero no con el profeta.

—¿Qué quieres decir? ¿Entonces con quién?

—Con alguien que llegó de una manera que no esperaba. Pasaron meses sin pasar nada, sin pistas, sin rastros, sin señales, sin nada. Pero, tuve un sueño. Caminaba por las ruinas de una ciudad antigua. El aire estaba lleno de humo y polvo.

—Tú has visto eso antes... en tus sueños.

—Sí, pero esta vez fue distinto. Ahora las ruinas estaban repletas de niños caminando, jugando, explorando. Otros estaban sentados en los escombros o en las paredes rotas y los restos de los edificios derrumbados. Como yo andaba caminando detrás de ellos, no podía ver sus caras. Uno de ellos estaba sentado sobre los cimientos de un pilar agrietado con una túnica azul y usaba una capucha. Caminé hasta el otro lado del pilar para ver el rostro del chico. Era una niña pequeña... y llevaba puesta una máscara.

—¿Una máscara?

—Sí, una máscara quirúrgica azul. Pero no era solo ella la que usaba máscara. Aproximadamente la mitad de los niños sentados en las ruinas llevaban puestas las suyas... túnicas antiguas y, sin embargo, máscaras faciales.

—¿Por qué usas máscara? —le pregunté.

—Por la plaga —me respondió ella.

—¿Tienes que usarla todo el tiempo?

—No —contestó—. Podría quitármela solo por un rato.

Acto seguido, se quitó la capucha y la máscara. Tenía el pelo rubio, largo y ondulado. Era la niña, la niña del abrigo azul, solo que ahora el abrigo era una túnica azul y estaba cubierto de polvo.

—Nouriel —dijo—, ¿qué es lo que ves a tu alrededor?

—Las ruinas de una ciudad —le respondí.

—Lo que ves es el final de un reino que había sido reconocido, pero se alejó y se negó a regresar a sus principios. Lo que ves es una nación que ensordeció los oídos a su voz... a su llamado.

—¿Un reino antiguo? —inquirí.

—No —me respondió ella—, un reino que conoces muy bien.

—Si este es su fin —dije—, entonces no se puede cambiar ya. Si es así ¿para qué lo estoy viendo? ¿Y por qué se me revelan todas estas cosas? ¿Cuál es el propósito?

—Para que este *no* sea su fin.

—¿Cómo podría cambiarlo?

—Es con ese propósito, Nouriel, que te han mostrado lo que has visto.

—No veo para qué podría hacer...

—¿Y qué es lo que se te mostrará ahora?

—No tengo ni idea.

—Se centrará en las cosas que son ahora y las que están por venir.

—En el futuro.

—Se te mostrará lo que concierne al futuro y lo que debes hacer al respecto.

—No entiendo lo que podría hacer yo...

—Por lo tanto, lo volverás a ver.

—Al profeta.

—Y necesitarás otro sello. ¿Tienes el último, el que te di y el que él te devolvió? —No lo sé —respondí. En la vida real lo habría sabido, ya que siempre lo había conservado conmigo. Pero no tenía idea si había traído el sello al sueño. Así que metí la mano en mi bolsillo y lo encontré, estaba ahí. Se lo entregué y ella me dio otro. Excepto que no parecía ser otro.

—Es el mismo sello —le dije—. Me devolviste el mismo sello, el de la ciudad en la colina.

—No —me dijo ella—. Este sello es diferente. Pero tendrás que observarlo más de cerca. Una vez que lo hagas, lo verás.

Fue entonces cuando escuché que los niños la llamaban. No podía entender lo que decían, pero sabía que le estaban pidiendo que se uniera a ellos. Volvió a cubrirse la cabeza con la capucha y se colocó la máscara en la cara.

—No pierdas el sello, Nouriel —me dijo—. Lo necesitarás si lo vas a ver.

Luego salió corriendo y se unió a los niños que la llamaban, corrió tras ellos y desapareció entre las ruinas. Ahí, el sueño terminó.

—Tan pronto como me desperté, me acerqué al cajón donde guardaba el sello, lo saqué y comencé a analizarlo con la esperanza de encontrar una pista o algo más con lo que pudiera continuar.

—¿Y tú? —preguntó Ana.

—Ni una pista, pero *muchos rastros*. Y me llevarían a los misterios finales... los misterios de lo que estaba aún por venir.

Capítulo 28

Los temblores

—Está bien —dijo Ana—, lo que no entiendo es que la niña te dio un sello, pero te lo dio en un sueño. Entonces, en realidad, ella no te dio nada.

—Pero lo hizo —dijo Nouriel—. Ella me dio lo que necesitaba para seguir adelante.

—Pero el sello que estabas buscando para encontrar las pistas era el mismo que ya tenías. Es el que el profeta te había devuelto. Entonces ¿cómo podría llevarte a algo nuevo?

—El sueño me decía que había más en el sello de lo que me había dado cuenta, pistas que no había visto.

—Entonces ¿qué viste?

—Lo que vi fue la ciudad en una colina. Pero cuando examiné todo más de cerca, lo vi. Rodeando la imagen estaba lo que yo había tomado por un anillo decorativo. Pero esparcidas por el anillo, en medio de sus marcas decorativas, había imágenes diminutas. Si no las hubieras buscado, nunca las habrías visto. E incluso si las vieras, no podrías distinguir sin ayuda lo que eran. Pero tuve una ayuda: una gran lupa que guardaba en casa. Con eso, pude discernir qué eran o al menos cómo se veían. Lo que en realidad querían decir era otra historia.

—Un sello con varias imágenes —dijo— ¿todo tiene que ver con un misterio?

—No, con varios misterios.

—¿Por qué todo en un sello?

—No lo sé. Quizás porque sería el eslabón de lo que se me había mostrado.

—¿Y los sueños? ¿Habría varios sueños para varios misterios o un sueño para todos ellos?

—No habría más sueños. El sueño con la niña sería el último. Y las imágenes del sello no se referían tanto a la próxima revelación sino al lugar donde se revelaría la próxima. Así que no era que se suponía que debía tratar de descifrar el misterio, sino más bien el lugar donde se suponía que debía ir a recibirlo.

—¿Por qué crees que fue?

—Quizás porque no hubo tiempo.

—Entonces ¿qué había en el sello?

—Como las imágenes estaban dispuestas en círculo, decidí comenzar a examinarlas con la imagen que estaba justo a la derecha de la parte superior e ir en el sentido de las agujas del reloj.

—Entonces ¿qué era?

—Una imagen simple: un círculo dentro de un cuadrado. El círculo era un reloj. Este marcaba las nueve y media. Luché por descubrir su significado. Pensé que podría estar apuntando a una escritura, un versículo de la Biblia con los números 9:30. Pero nada encajaba.

»Y luego, cuando no estaba intentando nada, descubrí el significado. Tenía la televisión encendida de fondo. Hubo un informe de noticias. Escuché las palabras *Times Square*. Eso fue todo. El reloj representaba la hora o las horas dentro de un cuadrado, *Times Square*.

—¿Qué pasa con las 9:30 en el reloj? —preguntó ella.

—Creo que ese era el momento en que se suponía que debía estar allí.

—¿Pero en qué día?

—Como con todo lo demás, creía que todo se fusionaría en el momento señalado. Decidí ir allí esa noche, la noche del día en que me di cuenta.

—¿Y qué hallaste?

—Encontré un espectáculo discordante de luces de colores, pantallas gigantes e imágenes en movimiento, por lo que se conoce Times Square. Pero lo más llamativo fue la ausencia de personas. Y de los pocos que pasaron por allí esa noche, la mayoría usaba mascarillas.

—Por la crisis —dijo—, por el virus.

—Sí. Debido al virus, toda la ciudad parecía un pueblo fantasma, una ciudad fantasma. Y debido a la escasez de gente, no tardé en verlo. Estaba de pie frente a One Times Square, el edificio desde el que dejan caer la gran manzana todos los años en la víspera de Año Nuevo.

◆ ◆ ◆

—Así que tienes más que mostrarme —le dije.

—Sí —dijo el profeta.

—¿Y esto incluirá la respuesta a mi pregunta: dónde estamos en cuanto al misterio, en el tiempo, ¿en el avance?

—Hemos llegado al lugar donde el tiempo está marcado —dijo— para hablar de los tiempos y en qué punto estamos dentro de ellos.

Hizo una pausa para mirar a su alrededor y observar las cercanías.

—La *encrucijada del mundo* —dijo— y esta noche no hay prácticamente nadie que la cruce.

—Están asustados —afirmé.

Poco a poco, comenzamos a caminar a lo largo de Times Square, deteniéndonos ocasionalmente mientras la exhibición de imágenes en movimiento y las luces de colores se reproducían continuamente sobre nosotros, con nadie en la audiencia.

—El misterio que se te ha mostrado involucra la dinámica de la recurrencia, la repetición de una progresión bíblica del juicio nacional. Fue en la caída de Dios en Estados Unidos. Estaba ahí en el 11 de septiembre. Estaba ahí en los primeros presagios que te mostraron y en los que siguieron. Y está ahí en todo lo que le ha sucedido a Estados Unidos hasta el presente. Por tanto, debe hacerse la pregunta: ¿A qué conduce la repetición de ese modelo? ¿Dónde termina el misterio?

—Y por eso lo he preguntado.

—Después del primer temblor del antiguo Israel, la nación se endureció contra Dios y se alejó más. Después del 11 de septiembre, Estados Unidos de América hizo lo mismo. Por tanto ¿qué pasa? En nuestros últimos encuentros, hemos visto que los presagios y las señales de advertencia y juicio no han cesado, sino que han continuado manifestándose. Por consiguiente ¿qué significa eso?

—La caída de Estados Unidos en cuanto a su relación con Dios también ha continuado.

—No solo ha continuado —dijo él—, sino que se ha profundizado y acelerado.

—¿Sigue eso el modelo antiguo? —pregunté.

—Sí. En los últimos días de Israel como nación, incluso después de haber sido advertido y estremecido, su separación de Dios también se profundizó y se aceleró.

—Así que los eventos han continuado de acuerdo al patrón antiguo, incluso hasta ahora.

—Sí, así es.

—Entonces ¿hay otra opción?

—Si no la hubiera, no habría advertencias, señales ni presagios. Pero que haya habido todas estas cosas evidencia el propósito de evitar que se repita el final. En cada caso, se le da a la nación una ventana de tiempo, años de gracia, en los que debe considerar, retroceder, retractarse, cobrar conciencia. Esa ventana para Estados Unidos comenzó después del 11 de septiembre y se mantiene hasta ahora.

—¿Ha habido algún cambio? ¿Ha habido algún retorno a Dios en los días posteriores al 11 de septiembre?

—Desde aquellos días —respondió— ha habido quienes se han vuelto a Dios, y han surgido movimientos con el propósito de volver a los principios, focos de avivamiento; pero en cuanto a un retorno masivo o un giro nacional, no ha sucedido. Y la cultura predominante de Estados Unidos se ha alejado cada vez más de manera descarada. Y en esto, también, Estados Unidos está siguiendo el siniestro camino del antiguo Israel.

—Entonces ¿qué es lo que pasa? —pregunté.

Realmente creo que deberías leer tus propios libros, Nouriel. Eso está en tu primera obra.

—Estoy seguro de que solo estaba citando lo que me dijiste.

—Y solo estaba citando un comentario sobre Isaías 9 acerca del antiguo Israel y su voto de desafío. Era lo que sigue:

Como la primera etapa de los juicios no ha sido seguida por una verdadera conversión a Jehová, el Juez todopoderoso, *llega una segunda.*[1]

—En otras palabras, si la nación se niega a volverse a Dios después de su primer temblor, de su primera calamidad, habrá más.

—Más temblores...

—Sí. Y cité otro comentario sobre la antigua declaración que aparece en Isaías. Lo incluiste en ese mismo capítulo. Decía así:

Lo que Dios diseña ... es volvernos hacia él y ponernos a buscarlo; *y, si en este punto no se gana con juicios menores, se pueden esperar mayores.*[2]

—Siete años después del 11 de septiembre, se produjo el estremecimiento de la economía, tanto la estadounidense como la global.

—El colapso financiero.

—Pero no debe haber un solo temblor. Vendrán otras, otras calamidades, más grandes que las primeras. Cuando hablamos por primera vez de estas cosas, me preguntaste qué forma tomarían los temblores y las calamidades. Tú grabaste lo que te dije en el capítulo titulado «Lo que vendrá». Fue lo que sigue:

> Pueden tomar la forma de desintegración económica o derrota militar, desorden y división, colapso de la infraestructura, calamidades provocadas por el hombre, fatalidades de la naturaleza, decadencia y derrumbe. Y, en el caso de una nación tan bendecida por el favor de Dios, el retiro de todas esas bendiciones.[3]

—¿Qué pasa con el tiempo en que han de ocurrir estas cosas? —pregunté—. ¿Dónde estamos ahora en cuanto a la marcha? ¿Cuánto tiempo queda en el espacio de tiempo que se nos otorgó?

—Los profetas hicieron sus advertencias en cuanto a los acontecimientos venideros, inmediatamente antes de que ocurrieran. Por otro lado, ellos también expusieron sus advertencias por años, décadas e incluso siglos antes de que sucedieran. No se puede poner a Dios en una caja o enmarcar sus caminos en una fórmula. Ya sean días, años, décadas o siglos, Dios es soberano; cada caso es suyo, y el momento de todos los eventos está en sus manos.

»Pero hace años me pediste que te hablara de un período de tiempo específico dado en el modelo antiguo; me pediste que te dijera cuánto tiempo pasó entre el primer temblor de la nación y la llegada de una mayor calamidad y más temblores. En el caso del norteño reino de Israel, les dije que fueron diez años. Entonces me preguntaste qué pasaba en el caso del reino del sur. Pusiste esa pregunta y la respuesta que te di en tu libro también, en el mismo capítulo sobre lo que vendrá. Fue lo que sigue:

"¿Y qué hay del reino del sur, Judá, siguió el mismo patrón: un ataque inicial, ¿un presagio y luego la destrucción?".

"Sí, el mismo patrón. Primero vino la invasión inicial en el 605 a. C., esta vez por los babilonios. Más tarde, el mismo ejército volvería para destruir la tierra, la ciudad y el templo".

"Cuando", pregunté.

"En el 586 a. C".[4]

—Así que el lapso de tiempo entre el primer temblor y las grandes calamidades es del 605 a. C. al 586 a. C. ¿Cuánto tiempo es eso?

—Unos veinte años.

—¿Cuánto dura exactamente?

—Diecinueve años.

—Diecinueve años —dijo el profeta—. Fueron diecinueve años después de la primera invasión de Babilonia a la tierra, que cayó el juicio. Diecinueve años después de la invasión inicial de la tierra, llegó la destrucción. Diecinueve años... el tiempo del juicio.

Se quedó en silencio, como esperando a que yo respondiera. Dejé de caminar y volteé para mirarlo.

—¡2020!

—2020.

—Diecinueve años desde el 11 de septiembre, desde 2001, el primer temblor, llega hasta 2020, el año del temblor, el año en que la plaga llegó a Estados Unidos de América, el año del coronavirus... el año del desorden, del colapso, el año de los mayores estremecimientos.

—Diecinueve años —dijo el profeta—, el lapso de tiempo del juicio.

—¿Y qué fue lo que se comentaba sobre las cosas más importantes?

—Que si no nos volvemos a Dios con los *juicios menores, podemos esperar con certeza juicios mayores.*[5]

—Todo lo que ha pasado —dije—, es un gran temblor.

—Es un temblor mayor —dijo el profeta—, pero eso no significa que sea el único... ni que no haya más o mayores temblores por venir.

—Un temblor que difunde el miedo a todas las ciudades y pueblos de Estados Unidos de América y del mundo, que hace que millones de personas se escondan dentro de sus hogares, que paraliza gran parte de la economía nacional y global, que hace que se emita una declaración de desastre en cada uno de los cincuenta estados de la Unión Americana, y cierra la mayor parte del planeta por primera vez en la historia mundial... Creo que es suficiente.

—Sí, pero, aun así, no significa que no haya más.

—Recuerdo algo más que escribí en ese mismo capítulo. Cuando me hablaste de los temblores y calamidades venideros, dijiste que en el caso de una nación que había reinado a la cabeza de naciones, los juicios venideros significarían en última instancia la eliminación de su corona.[6] Tú conectaste la convulsión que se avecinaba con la *corona*.

—¿Y qué con eso?

—La palabra *corona*... es la modalidad inglesa de la palabra latina *corona*... corona es el nombre del virus. Por tanto, la sacudida está conectada con el *corona*, la corona.

—Sí —dijo el profeta—, la plaga se llama corona. ¿Y cuál es su nombre oficial?

—COVID-19.

—Diecinueve —dijo—, el número de juicios. Lo llamaron así por una razón completamente diferente, por supuesto. Sin embargo, lleva el número dado en la correlación del juicio, el número de años desde el primer temblor hasta el mayor.

—¿Es por eso que has regresado —dije—, por el temblor?

—Es posible —respondió él.

—¿Acaso hay más en el misterio detrás de lo que está sucediendo ahora... que me vayas a mostrar?

—Eso también es posible... y más.

Capítulo 29

La plaga

—Creo que deberíamos sentarnos a dilucidar esto —me dijo.

Acabábamos de llegar a una plaza en el sector de Times Square, Nueva York, que estaba llena de sillas vacías para que los peatones se sentaran. Pero no había nadie más que nosotros. Así que procedimos a sentarnos.

—Observa todas esas luces, Nouriel, el brillo y la gloria de una ciudad, una nación y una civilización. Sin embargo, detrás de todo eso hay una gran oscuridad.

No supe a qué se refería él exactamente. En ese momento, no logré captar la idea. Pero tenía otra pregunta en mi mente.

—Estados Unidos y el mundo han estado casi paralizados debido a una enfermedad, una pandemia. ¿Por qué sucede eso? ¿Por qué esa plaga? —le planteé a mi interlocutor.

—Detrás de cualquier fenómeno —dijo el profeta—, hay una multitud de causas, razones y propósitos. Y detrás de cada hecho solitario, se pueden encontrar causas tanto naturales como trascendentes, coexistiendo y actuando al unísono, ocupando el espacio y el momento. ¿Por qué hay enfermedades? Porque vivimos en un mundo caído, un mundo lleno de pecado y maldad, decadencia y destrucción, guerras, plagas y desastres. El mal sucede, las calamidades ocurren. Y, sin embargo, el hecho de que tras cualquier evento dado haya causas naturales no niega que también haya causas trascendentes y sobrenaturales, de carácter malvado que puedan incidir en propósitos redentores. Una cosa no anula a la otra.

»¿Recuerdas en nuestros primeros encuentros, cuando leímos las palabras del segundo discurso inaugural de Lincoln, en el que habló de la Guerra Civil como el juicio de Dios sobre la esclavitud, juicio en el que las riquezas ganadas por la opresión se perderían y cada gota de sangre extraída por el látigo se equipararía a la sangre extraída en la guerra?[1]

—Claro que lo recuerdo.

—Estaba hablando de las causas y propósitos trascendentes de la guerra, el juicio de Dios sobre el mal de la esclavitud y el fin de ese mal. Lincoln no estaba proponiendo que esta fuera la única razón o causa de la calamidad ni que no hubiera una multitud de causas naturales detrás de ella. Pero el hecho de que la guerra tuviera causas naturales no anulaba, en ninguna manera, los propósitos trascendentes de juicio y redención que operaban a través del conflicto. Ambas cosas estaban ocurriendo en el mismo lugar y en el mismo tiempo.

»De la misma manera, cuando el juicio cayó sobre el antiguo Israel, vino a través de imperios malvados y brutales. Detrás del surgimiento de esos imperios hubo una multitud de causas políticas, militares, sociales, culturales, económicas y muchas otras que se fusionaron con otra multitud de revoluciones, peculiaridades y giros de los acontecimientos humanos. Y, sin embargo, al mismo tiempo, todos esos factores convergieron para cumplir los juicios predichos por los profetas. ¿Por qué vino la calamidad? Por todas esas razones a la vez.

»Cuando llegó el juicio al antiguo Israel, la destrucción y la calamidad afectaron no solo a los injustos sino también a los justos. Incluso se extendió a las naciones vecinas. Y afectó a los profetas. El juicio perfecto no pertenece a este mundo sino al venidero. Por lo tanto, golpear o perdonar a cualquier individuo en medio de tales calamidades no significaba, en sí mismo, que la víctima fuera, de ninguna manera, más o menos culpable que cualquier otra persona. La calamidad no se centraba en el individuo. Era el juicio de una civilización. Así también, cuando Lincoln habló de la Guerra Civil como un juicio de Dios, no sugirió que se estaba juzgando a cualquier individuo derrotado en esa guerra, sino a una civilización por su pecado en cuanto a la esclavitud.

—Entiendo. Ahora bien ¿cómo se relaciona esto con la plaga?

—Del mismo modo, el hecho de que detrás de una plaga haya multitud de causas no significa que no haya también propósitos trascendentes. Y el hecho de que existan propósitos trascendentes no significa que se esté juzgando a cualquier individuo afectado o herido por tal plaga. La cuestión, más bien, se refiere al juicio de una civilización, de naciones y de una época.

—Entonces, la pandemia ¿puede ser un juicio?

—No es que *deba* serlo —respondió—, pero es probable que lo sea. Y si es así, habrá señales de ello. El principio se revela a lo largo de las páginas de la Biblia, donde los juicios pueden, a veces, manifestarse en forma de pestilencias y *plagas*. Aunque las plagas se consideraban entonces, como ahora, como males y calamidades, Dios las usó con un propósito de redención. ¿Cómo se salvaron los hebreos de Egipto?

—Por medio de una plaga.

—Sí y por más de una. Pero no fue solo entonces. Las Escrituras registran la llegada de plagas como juicios contra el mal y el orgullo del hombre, para estremecer reinos, derribar dioses e ídolos falsos, despertar a los dormidos, llamar a los perdidos y caídos, y hacer que las naciones se vuelvan a Dios.

—¿Es posible, entonces, que una plaga se use con propósito redentores?

—Sí, Nouriel. No se trata solo de que lo natural y lo sobrenatural puedan ocupar el mismo espacio y tiempo, el bien y el mal también, incluso el juicio y la misericordia. Así como Dios puede permitir que un enemigo ataque con el propósito de despertar y hacer retroceder a una nación... para que, al final, se salve de la destrucción, así también puede permitir una plaga con el mismo objetivo.

—Entonces ¿podría ser eso parte de lo que está sucediendo ahora?

—Por supuesto que sí —dijo el profeta—, eso podría ser parte. Lo que ha llegado al mundo ciertamente ha demostrado cuán rápido se pueden sacudir y remover las certezas de la vida y los cimientos sobre los que se asienta una sociedad. Y a veces deben ser... para que podamos encontrar la única certeza y el único fundamento que no se puede estremecer ni eliminar: que podamos encontrar a Dios.

—De modo que ¿la pandemia mundial es un juicio?

—Si lo fue, tendría que haber algo que haya que juzgar. La plaga ha afectado al mundo entero. Por tanto ¿hay algo característico en esta generación, o el mundo moderno, que merezca un juicio?

—¿Lo hay?

—Claro que lo hay. Ninguna generación se ha alejado tanto de Dios ni trastocado tan masivamente sus caminos como esta. Pero ¿hay algún pecado o acto *específico* que pueda provocar tal juicio?

—Por supuesto, puedo pensar en muchos.

—*Hay* muchos —dijo él—, pero hay uno que apela al juicio de manera especial.

—¿Cuál es?

—El derramamiento de sangre —respondió—. Hay una ley antigua que dice que el mal debe ser respondido en la misma medida y que la muerte debe pagarse con la vida.

—Eso es lo que dijo Lincoln, la sangre extraída en la esclavitud equivalía a la sangre extraída en la guerra.

—Por lo tanto ¿puedes pensar en algún pecado del que este mundo y esta generación sean culpables? ¿Un pecado que implique el derramamiento de sangre y la muerte de seres humanos?

—Por supuesto que sí. La mortandad de los niños por nacer, el asesinato de seres humanos indefensos, la matanza de los más inocentes, el aborto.

—Nouriel, ¿dónde estaba, el profeta Jeremías con la vasija de barro profetizando el juicio venidero de su nación?

—En la puerta que da a Tofet y al valle de Hinón.

—Era el terreno en el que los niños de la nación habían sido sacrificados a los dioses. Fue un pronunciamiento y un acto profético, el presagio del juicio. Aquello estaba profetizando el juicio que vendría por lo que habían hecho en ese valle:

Además, han llenado de sangre inocente este lugar. Han construido santuarios paganos en honor de Baal, para quemar a sus hijos en el fuego como holocaustos a Baal, cosa que yo jamás les ordené ni mencioné, ni jamás me pasó por la mente. Por eso vendrán días en que este lugar ya no se llamará Tofet, ni Valle de Ben Hinón, sino Valle de la Matanza —afirma el Señor—. En este lugar anularé los planes de Judá y de Jerusalén, y los haré caer a filo de espada.[2]

—Debido a que habían derramado la sangre de sus hijos en ese valle, ahí mismo —en ese valle—, su propia sangre sería derramada.

—Esa era la ley antigua.

—Es la sangre de los niños, los más inocentes, la que invoca especialmente el juicio de Dios. Jeremías estaba profetizando la destrucción de su nación. La sangre de sus hijos provocaría su destrucción, el derrumbe de todo el reino. ¿Pensarías ahora que el sacrificio de sus hijos fue su único pecado?

—Estoy seguro de que no.

—No. La tierra estaba llena de pecado, por lo que toda ella sería juzgada. Pero la matanza de sus hijos fue el más espantoso de sus pecados, su yerro determinante, el epítome de sus pecados, la manifestación gráfica de las profundidades a las que habían descendido. Y así, en el juicio de ese pecado vendría el correspondiente a todos los demás de los que hacían gala, juicio y destrucción de una civilización completa. Ahora escucha con atención las palabras que Jeremías habló acerca del juicio que vendría sobre la nación a causa de la sangre de sus hijos:

Y pondré a esta ciudad por espanto y silbo; todo aquel que pasare por ella se maravillará, y silbará sobre todas sus *plagas*.[3]

—¡Plagas!

—Sí... plagas, como epidemias, pandemias, enfermedades y virus. La palabra original usada para hablar del juicio venidero fue el hebreo *makkeh*. Como ocurre con otras palabras que se utilizan para *enfermedad*, puede referirse a un derrame cerebral o a una herida, una epidemia, una plaga.

—¿Y a una pandemia?

—Por supuesto —respondió—. Ahora escucha una segunda profecía dada a través de Jeremías acerca del mismo pecado e igual juicio:

También construían altares a Baal en el valle de Ben Hinón, para pasar por el fuego a sus hijos e hijas en sacrificio a Moloc, cosa detestable que yo no les había ordenado, y que ni siquiera se me había ocurrido. De este modo hacían pecar a Judá. Por tanto, así dice el Señor, Dios de Israel, acerca de esta ciudad que, según ustedes, caerá en manos del rey de Babilonia por la espada, el hambre y la *pestilencia*.[4]

—*Pestilencia* —dije—, otra palabra para epidemia, plaga.

—Sí. Una vez más, la sangre de los niños sería retribuida con juicio, y una de las formas en que el juicio se manifestaría sería con la llegada de una plaga, una pestilencia o una epidemia. La segunda profecía habla de la plaga y usa la palabra hebrea *dever*. *Dever* es la misma palabra que se emplea en el Libro del Éxodo acerca de las plagas que cayeron sobre Egipto. ¿Y cuál fue la primera de esas plagas?

EL PRESAGIO II

—No lo sé.

—La transformación del río Nilo en sangre. El Nilo fue el lugar donde los niños, los bebés varones de Israel, fueron asesinados por los egipcios. Era su Tofet, su Valle de Hinón. De manera que, insisto, la sangre de los niños pequeños provoca el juicio de las naciones y, repito, el juicio toma forma de plaga.

—Así que, la plaga que ha caído sobre Estados Unidos y el mundo... ¿tiene algo que ver con sangre?

—Egipto asesinó a miles de niños hebreos en el Nilo. El reino de Judá, al que Jeremías profetizó, sacrificó a miles de sus propios hijos en el valle de Tofet. ¿Cuántos niños crees que ha matado nuestra propia civilización?

—¿Asesinados por aborto?

—Solo en Estados Unidos de América.

—No tengo la mínima idea.

—No miles —dijo el profeta—, no decenas de miles... ni siquiera cientos de miles... sino *millones*. ¡Más de sesenta millones! ¡Más de sesenta millones de niños! ¿Dirías tú que una civilización como la Alemania nazi debería ser juzgada por el Holocausto? Entonces ¿qué decir de una civilización que ha cometido el equivalente a diez Holocaustos? ¿Cuánta sangre clama por eso?

—Me imagino que... ríos de sangre —dije.

—¿Y cuántos niños crees que han sido asesinados por las naciones de esta época?

—No lo sé.

—¡Más de mil millones de niños!

—Mil millones —repetí.

—Cada uno una vida, cada uno un niño... desgarrado, quemado vivo con químicos, asesinado antes de que tuviera la oportunidad de respirar por primera vez o de clamar por el consuelo de sus padres. ¿Cuánta sangre es eso? La espantosa verdad es que esta generación ha matado a más niños, muchos más, que cualquier otra en la historia de la humanidad. Nunca una generación ha tenido las manos cubiertas de tanta sangre inocente. La pérdida de una vida es una calamidad. Y el corazón de Dios llora por cada vida perdida... pero más de mil millones de niños...

—Es difícil de comprender —afirmé—, mucho más de asimilar.

—¿Y quién cometía ese acto en el antiguo Israel, quién ofrecía a esos niños pequeños?

—Me imagino los sacerdotes a los dioses.

—No solo los sacerdotes. Ellos no se llevaban a los niños; los niños eran puestos en sus manos. Entonces ¿quién estaba detrás del sacrificio de aquellos inocentes?

—Tenían que haber sido sus propios padres.

—De modo que el acto era aún más horrible, ya que era el crimen de los padres contra sus propios hijos, a los que deberían haber protegido de cualquier daño. Era un crimen del fuerte contra el débil, del mayor contra el más joven e indefenso. El juicio que vino sobre Israel por los niños ofrecidos en sacrificio fue la manifestación del principio de inversión y reciprocidad. Así como habían quitado la vida a sus hijos, también les quitarían su vida. El juicio se convierte en la retribución del pecado.

»Así que, si viniera un juicio al mundo por un mal tan enorme y colosal, ¿cómo se manifestaría? ¿Cuál sería el juicio, la retribución, por el pecado en el que el mayor le arrebata la vida al menor?

—Sería un juicio —dije vacilante, casi temblando— que derribe... a los mayores... un juicio que concentre su furia en los mayores, que derribe a los mayores de esa generación.

—¿Y?

—Y perdone a los más jóvenes... a los más jóvenes de esa generación.

Me quedé sin palabras por algunos momentos. El profeta también guardó silencio, lo que me permitió un instante para reflexionar sobre lo que había dicho. Y luego habló.

—Y si una de las consecuencias centrales del pecado de derramar la sangre de los niños es el juicio del *dever*, o *'makkeh* —que es la pestilencia o la plaga—, entonces ¿qué podríamos esperar que le sobreviniera al mundo? Una plaga que golpearía especialmente a los mayores de nuestra generación y sobre todo a los jóvenes... Esperaríamos...

—Esperaríamos una pandemia —respondí—. ¡Esperaríamos el COVID-19!

—Una de las propiedades exclusivas de esta plaga en particular es que, aunque los jóvenes pueden contraer y portar el virus, su poder destructivo se enfoca abrumadoramente en los ancianos.

—Como un juicio antiguo —dije—, como una plaga bíblica que pasa por la tierra, su poder está enfocado; derriba abrumadoramente a los más viejos.

—Cuéntame —dijo el profeta—, ¿cuánto tiempo hace que el aborto inducido es legal en Estados Unidos y en gran parte del mundo?

—El aborto se legalizó en todo el país en 1973, pero comenzó en 1970.

—Y para la mayor parte del mundo, alrededor de esa época o después.

Eso significa que la mayoría de los responsables de la matanza de los más de mil millones de niños todavía estarían vivos en el año 2020 y también lo estarían las multitudes que se mantuvieron al margen y nunca actuaron ni dijeron una palabra para evitarlo. Y aquellos que defendieron su legalización medio siglo antes estarían entre los más viejos de los que aún viven. De modo que el año 2020 marcaría el cierre de una era. Fue entonces, en ese año y en esa generación, cuando la plaga, con sus extrañas propiedades, se apoderó del mundo. La generación que le robó el primer aliento a millones de chicos acaba de ser golpeada por una plaga que les demanda su último suspiro.

Hizo una pausa de nuevo, con el fin de darme tiempo para captar lo que estaba escuchando. Esta vez fui yo quien rompió el silencio.

—Así es como era entonces —dije—, los pecados de la civilización bajo juicio son muchos, pero la matanza de sus hijos es el epítome, la definición del mal.

—Sí, es el testimonio más gráfico de lo intenso de su oscuridad.

—Y así, en el juicio del único mal yace el juicio de toda una civilización, el juicio de todos sus pecados y sus males.

—Explícame —dijo— ¿qué nación es la que realiza más abortos que cualquier otra?

—No lo sé.

—China. ¿Y dónde empezó esta plaga?

—En China.

—¿Y qué nación, con su ejemplo e influencia, ha llevado a los gobiernos de otras naciones a autorizar el asesinato de sus hijos?

—No lo sé.

—Estados Unidos de América, la ciudad de la colina, la nación ejemplar. Y cuando la plaga cayó sobre el mundo, ¿qué lugar golpeó con más severidad?

—A Estados Unidos de América.

—Sí, claro.

—Pero otras naciones han hecho lo mismo.

—Sí, la sangre de los niños se puede encontrar en todos los países. Y en la antigüedad, se sacrificaban muchos más niños fuera de las fronteras de Israel que dentro de ellas. Pero Israel fue consagrado desde su nacimiento a los propósitos de Dios. Tenía mayor conocimiento, había sido bendecido más y, por lo tanto, había caído mucho más profundo. Y a quien se le da mucho, mucho se le exige. De modo que Israel era más responsable y, por tanto, su juicio más severo. Estados Unidos de América también fue consagrada desde su fundación a los propósitos de Dios. Y a Estados Unidos, igualmente, se le ha dado más y, por lo tanto, su caída ha sido mayor. Por eso, si no hubiera hecho nada más que lo que hicieron otras naciones, por esa sola razón, habríamos esperado que su juicio fuera más severo.

»Pero Estados Unidos no solo ha llevado a otros a esta práctica con su ejemplo; sino que ha matado a más niños dentro de sus fronteras que la gran mayoría de las naciones. Y más allá de eso, las leyes que aprobó sobre la matanza de niños no nacidos se encuentran entre las más permisivas del mundo, mismas que permiten la matanza aún más espantosa de no natos en las últimas etapas del embarazo.

»Estados Unidos se fundó siguiendo el modelo del antiguo Israel. Por eso, si se aleja de Dios y repite el antiguo acto, reaparecerán los juicios que cayeron sobre el antiguo Israel. Por eso es que, de todas las naciones de la tierra, la plaga centró su ira en Estados Unidos de América.

»Ahora vayamos más profundo. Dentro de Estados Unidos, ¿qué estado, por encima de todos los demás, tiene sangre infantil en sus manos?

—El Estado de Nueva York —respondí.

—Mucho más que cualquier otro. Entonces ¿qué podemos esperar de la plaga?

—Podríamos esperar que centrara su furia en Nueva York.

—¿Y en qué parte de Estados Unidos, de todos sus estados, se centró la furia de la plaga?

—En Nueva York.

—Así que el mismo estado que había llevado a la nación al derramamiento de sangre, el mismo estado que mató a más de sus niños que cualquier otro... ahora se convirtió en el estado en el que la plaga mató a más personas que cualquier otro... mucha más gente... mucho más incluso de los que murieron en la mayoría de las naciones.

—La antigua ley del juicio —dije.

—Profundicemos aún más. ¿En qué parte del Estado de Nueva York murieron más niños que en cualquier otro?

—En la ciudad de Nueva York.

—Entonces ¿qué podemos esperar de la plaga?

—Esperaríamos que concentrara su furia más específicamente en la ciudad de Nueva York.

—¿Y qué ciudad golpeó realmente la plaga de manera más específica y severa?

—Nueva York.

—Más niños por nacer habían sido asesinados dentro de esa ciudad que en cualquier otra de Estados Unidos, muchos más, con cifras dramáticamente desproporcionadas que las cifras de los muertos fuera de la ciudad. De modo que, cuando la plaga cayó sobre Estados Unidos, afectó a más personas dentro de esa ciudad, en particular, que en cualquier otro lugar de la nación; muchas más personas y, de la misma manera, con números dramáticamente desproporcionados a los que afectó fuera de esa ciudad. Recuerda lo que Jeremías profetizó sobre Tofet y el valle de Hinón.

—Que los muertos en el día del juicio corresponderían a los niños muertos en sacrificio allí.

—Y así fue. Tofet, el centro del sacrificio de niños, se convertiría en el eje del juicio, de la matanza. Por tanto, si la ciudad de Nueva York es el Tofet de Estados Unidos de América, entonces esperaríamos que, entre todos los lugares, la plaga concentrara su furia allí. Lo cual fue así. Estados Unidos se convirtió en el epicentro de la pandemia mundial y la ciudad de Nueva York fue el epicentro de la pandemia estadounidense... y de la pandemia mundial. La ley del juicio: la capital del aborto se convierte en la capital de la plaga.

—La ciudad de Nueva York, el lugar central del 11 de septiembre, de los presagios, del colapso financiero global y ahora de la plaga... es la ciudad del juicio.

—Y la puerta —dijo el profeta.

—Porque el juicio comienza en la puerta.

—¿Y sabes quiénes fueron los más infectados por la plaga en Estados Unidos?

—No.

—Los de Nueva York —respondió.

—¿Los más contagiados?

—Sí. De todos los casos del virus en Estados Unidos, más de la mitad se remonta a Nueva York. Curiosamente ¿y qué fue, medio siglo antes, lo que también se extendió desde Nueva York a Estados Unidos?

—El aborto.

—Así que el pecado salió de Nueva York... y también la plaga.

—Tofet.

—¿Hubo algo significativo que sucedió en Nueva York antes de que la plaga llegara al mundo, algo que ocurrió el año anterior?

—¡La ley! —afirmé—. La ley que la legislatura de Nueva York aprobó para legalizar el asesinato de niños hasta el momento del nacimiento.

—La ley que dejó a muchos conmocionados y que muchos otros calificaron de horrible y espantosa. La ley que Nueva York promulgó con gran alegría y celebración. La ley que hizo que algunos se preguntaran si eso no provocaría un juicio.

—Y todo sucedió en el año que condujo a la plaga.

—En realidad —dijo el profeta—, eso ocurrió en el mismo año. La ley fue aprobada a principios de ese año; la plaga comenzó antes de que terminara ese año. Así que ambos se pusieron en marcha el mismo año. De hecho, la plaga recibió su nombre del año en que Nueva York promulgó su ley de muerte.

—El mismo año —dije— que el gobernador de Nueva York ordenó que el presagio, la torre de la Zona Cero, el lugar alto de Tofet, se iluminara en celebración.

—Sí, iluminaron el presagio del juicio.

—Y el juicio llegó.

—Gran parte del mundo fue culpable de tal pecado. Pero Nueva York se puso a la vanguardia. Y en 2019, violó los límites. Entonces vino la plaga. ¿Es posible que la violación de esos límites constituyera el acto que desencadenó lo que vendría? En cualquier caso, llegaría a Nueva York. ¿Y qué fue lo que Jeremías profetizó acerca de Tofet? Profetizó que, así como Tofet había traído la muerte a los niños de la nación, la muerte volvería a por ella. Así que, en el año siguiente a la legalización del aborto en Nueva York y la celebración de la matanza de más niños, la muerte llegaría a esa entidad. Y el gobernador que dirigió esa celebración de la muerte ahora tenía que lidiar con el tema de la muerte en su medio. El que había pedido la eliminación de la vida humana ahora se vio obligado a hablar del valor de la vida humana. Y como la torre se iluminaba de rosado para festejar la ley asesina, un año después, otra torre se iluminaría en rojo, dando testimonio de la plaga mortal que había llegado a la ciudad.

—¿Qué torre?

—El edificio Empire State.

—El Empire State Building —dije—, el mismo edificio que estaba iluminado con la imagen de Kali, la diosa de la muerte. Y ahora la muerte había llegado a la ciudad.

—Había otro lugar —dijo el profeta— de donde vino la plaga a Estados Unidos de América, otra puerta.

—¿Qué lugar fue ese?

—Seattle, Washington. Fue allí donde se registró el primer caso oficial del virus. Es digno de mencionar que, en 1970, Washington fue uno de los dos estados de la Unión Americana que siguieron a Nueva York al legitimar el acto del aborto y difundirlo por Estados Unidos. Ahora, medio siglo después, fue desde Washington que se difundió la noticia de que la plaga había llegado a las costas estadounidenses. Fue el caso del Paciente Cero. Al día siguiente de la confirmación del caso, los periódicos de todo el país publicaron los titulares de que el virus había llegado a Estados Unidos. ¿Sabes qué fecha apareció junto a esos titulares?

—No.

—Fue el 22 de enero. El 22 de enero es el día en que Estados Unidos legalizó el asesinato de niños no nacidos. También fue el primer aniversario del día en que Nueva York violó los límites y aprobó su espantosa ley, exactamente un año después del día en que el presagio, la torre de la Zona Cero, se iluminó para celebrar ese acto.

—Tengo una pregunta: Jeremías profetizó la llegada de una pestilencia y un juicio que respondería al derramamiento de sangre de los niños de la nación. ¿Cuándo llegó exactamente ese juicio?

—En el 586 a. C.

—El 586 a. C. fue diecinueve años después del primer temblor de la nación, la primera invasión del enemigo.

—Eso es correcto.

—Entonces ¿podría ser que el misterio ordene que diecinueve años después del primer estremecimiento de Estados Unidos, el 11 de septiembre, viniera no solo otro temblor sino una plaga que respondiera a la sangre de los niños de la nación... en 2020?

—¿Qué número es el que contiene el nombre de la plaga?

—El número diecinueve... COVID-19.

—Y fueron diecinueve años —dijo el profeta—. ¿Y qué pasa si abres el Libro de Jeremías y pasas al capítulo marcado con ese mismo número, el diecinueve?

—No tengo ni idea.

—Te lleva a la profecía de Jeremías sobre el juicio y las plagas que vendrán sobre la nación por la sangre de sus hijos... al final de los diecinueve años. Te lleva a esa misma profecía.

—El año diecinueve, una plaga llamada *diecinueve*, y el capítulo diecinueve que contiene la profecía de la plaga y el juicio del año diecinueve... Es demasiado para asimilar.

—Y sin embargo —dijo el profeta—, hay más. La palabra de Jeremías acerca de Tofet se relacionaba con un acto profético.

Así dice el Señor: «Ve a un alfarero, y cómprale un cántaro de barro. Pide luego que te acompañen algunos de los ancianos del pueblo y de los ancianos de los sacerdotes, y ve al valle de Ben Hinón, que está a la entrada de la puerta de los Alfareros, y proclama allí las palabras que yo te comunicaré».[5]

—El cántaro de barro.

—Así que mientras expuso el pecado de la nación contra sus hijos y predijo el juicio que vendría a causa de él, estaba sosteniendo el cántaro del alfarero. Luego lo rompió como una señal de la calamidad que se avecinaba y dijo lo que sigue:

... y, a falta de otro lugar, enterrarán a sus muertos en Tofet.[6]

—Así que, si la ciudad de Nueva York se corresponde con Tofet, en el terreno de los niños asesinados, ¿qué significaría esto?

—Que habría tantas muertes en la ciudad de Nueva York que se quedarían sin espacio para las sepulturas.

—¿Y sabes lo que pasó cuando la plaga azotó la ciudad de Nueva York?

—Dime.

—Hubo tantas muertes en la ciudad que las morgues y las funerarias no tenían capacidad para albergar los cadáveres.

—Entonces ¿qué hicieron?

—Se llevaron los cuerpos no reclamados a un lugar llamado Hart Island. La profecía de Jeremías estaba relacionada con el alfarero. Lo emitió mientras sostenía el cántaro de alfarero, luego lo rompió como señal de la destrucción venidera. El lugar donde lo rompió y sobre el cual profetizó, el Valle de Hinón y Tofet, se identifica como cerca de la Puerta del Alfarero, que está vinculada al Campo del Alfarero. Entonces, la profecía que predice la falta de espacio para acomodar a los muertos en Tofet está relacionada con el alfarero, la Puerta del Alfarero y el Campo del Alfarero. Así que, cuando la ciudad de Nueva York, incapaz de acomodar a los muertos, los llevó a un cementerio en Hart Island, ¿sabes cómo se llamaba ese cementerio?

—No.

—Potter's Field.

—¡No!

—Sí, los enterraron en *Potter's Field*, el campo del alfarero. ¿Y sabes cuál es el nombre de ese lugar en Hart Island y cualquier lugar identificado por esas palabras?

—No.

—El mismo campo que se encuentra junto al valle de Hinón y Tofet, mismo sobre el cual Jeremías profetizó y rompió el cántaro del alfarero en Jeremías 19.

—Es demasiado.

—Y sin embargo —dijo—, aún hay más. Solo hay otro lugar en la Biblia que habla de lo que sucedería en Tofet, la calamidad y la sepultura de los muertos. Es otra de las profecías de Jeremías. Se encuentra en los capítulos séptimo y octavo de su libro. En medio de esa profecía, Jeremías llora de luto, buscando una respuesta al juicio de su nación. Ahí es donde dice estas palabras:

¿No hay bálsamo en Galaad? ¿No hay allí médico?
¿Por qué, pues, no hubo medicina para la hija de mi pueblo?[7]

—El profeta está dando voz al dolor de su nación y pidiendo su sanidad, su cura. Las palabras hebreas utilizadas en esa profecía hablan de salud, solidez, recuperación, médicos, restauración de la integridad, enfermeros... curación.

—Todo suena a médico.

—Sí, esa es la imagen que se está invocando.

—Y el bálsamo de Galaad —dije— ¿qué fue eso?

—Galaad era un lugar en Israel de donde provenía una sustancia curativa, una medicina antigua conocida por sus poderes benéficos. Por eso, a raíz de la calamidad, Jeremías buscaba una cura para sanar y restaurar la ruptura de su pueblo y se preguntaba por qué parecía que no se podía encontrar ninguna.

»De igual manera, en medio de la plaga que devastó a Estados Unidos, la nación y sus líderes también buscaron desesperadamente una cura. Se presionó a la industria farmacéutica para que encontrara una respuesta lo antes posible: un medicamento, un fármaco, una vacuna que brindara protección y sanidad de la pandemia. El primer atisbo de esperanza se produjo a finales de abril, cuando una empresa biofarmacéutica estadounidense anunció que había obtenido resultados positivos en las pruebas de un medicamento antiviral contra el virus.[8] Aunque los resultados iniciales sugirieron un efecto mínimo, la noticia llegó a los titulares del mundo, llevó a la Administración de Alimentos y Medicamentos a emitir una autorización de emergencia inmediata para la distribución del medicamento, y provocó que el mercado de valores repuntara quinientos puntos. La nación estaba desesperada por una cura.

—Por un bálsamo de Galaad.

—Sí, por el bálsamo de Galaad, por aquello por lo que el profeta clamó: la esperanza de una nación que se había apartado de Dios y que derramó la sangre de sus hijos, el bálsamo de Galaad... una cura para el juicio.

—Recuerdo haber escuchado las noticias.

—¿Y recuerdas haber oído hablar de la empresa que estaba ofreciendo la cura?

—Escuché algo al respecto.

—¿Entendiste el *nombre* de la empresa que estaba ofreciendo la cura?

—No.

—El nombre de la empresa... era *Gilead*.

—¡No!

—El bálsamo que se ofreció para la enfermedad de Estados Unidos vino de Galaad.

—Eso también...

—Su nombre completo era Gilead Sciences. Y el propósito de su existencia era producir curas, bálsamos. Y por eso Estados Unidos estaba poniendo su esperanza en un literal *bálsamo de Galaad*.

—Y el bálsamo de Galaad —dije— era parte de la profecía que tenía que ver con Tofet y una nación bajo juicio por la muerte de sus hijos.

Fue como si mis propias palabras me sorprendieran o la realidad subyacente a ellas. Me quedé en silencio después de eso, mirando los letreros iluminados y la soledad de Times Square, pero absorto en mis pensamientos.

—Y aún hay más —dijo el profeta.

—No sé si puedo asimilar más.

—Una cosa más.

—Adelante.

—¿Sabes qué es el Jubileo?

—Es una celebración que proviene de la Biblia.

—Era el año en que lo perdido era restituido a su dueño original. El año de la restauración y la restitución.

—Era algo bueno.

—Sí. Pero había otro aspecto. Si tomabas la tierra que le pertenecía a otro, en el año del jubileo, lo que habías tomado te sería quitado. El Jubileo era la retribución de lo que se había hecho desde el último jubileo. ¿Y en cuanto a la vida? —preguntó.

—¿Qué quieres decir?

—¿Qué pasa con una generación o una nación que le quita la vida a alguien, una vida perteneciente a otro, una vida que le pertenece a Dios?

—No lo sé.

—¿No se le quitaría la vida a esa generación o esa nación?

—No entiendo.

—¿Cuándo fue, Nouriel, que Estados Unidos legalizó por primera vez el aborto inducido, cuando comenzó dentro de sus fronteras?

—En 1970.

—El Jubileo se celebra cada cincuenta años.

—En el 2020.

—El 2020 fue el año jubilar del aborto en Estados Unidos.

—Y lo que se tomó... se devuelve.

—En 1970, se inició el aborto inducido sin limitaciones geográficas en Nueva York, la ley que establecería al estado como la capital del aborto de la nación. Cincuenta años después, en el año jubilar de ese acto, la ira de la plaga cayó sobre Nueva York. ¿Y sabes cuándo, en 1970, empezó todo?

—No.

—En dos días —dijo el profeta—, todo comenzó en dos días... en el edificio al que te llevé.

—El edificio del Capitolio del Estado de Nueva York.

—Comenzó allí con una votación en la Asamblea del Estado de Nueva York y, al día siguiente, con una votación en el Senado de Nueva York. Por esas dos votaciones en esos dos días, se aprobó la ley.

—¿Cuándo fue eso?

—En abril de 1970.

—¿Y cuáles fueron los dos días?

—La Asamblea de Nueva York aprobó la ley el 9 de abril y el Senado de Nueva York el 10 de abril.

—9 de abril y 10 de abril.

—Cincuenta años después, la plaga golpeó a Estados Unidos y, más específicamente, al estado de Nueva York. ¿Sabes cuándo alcanzó su furia el punto máximo en Nueva York?

—No.

—En abril de 2020, el mismo mes en que Nueva York legalizó el asesinato de los no nacidos cincuenta años antes.

—Desde abril de 1970 hasta abril de 2020, cincuenta años.

—En cuanto al pico de la furia de la plaga en el estado de Nueva York, el momento de su mayor impacto, varias organizaciones, incluido el *New York Times*, intentaron identificarlo. Trazaron la tasa de infección de la peste en Nueva York, el número de nuevas personas afectadas a través de su promedio de siete días. Señaló un período de tiempo específico. ¿Sabes lo que resultó ser?

—No, dime.

—Dos días... 9 de abril y 10 de abril.[9]

—¡No!

—Las mismas fechas exactas en las que el estado había introducido el antiguo pecado al votar por la matanza de los no nacidos cincuenta años antes.

—¡Cincuenta años para las mismas fechas, exactas!

—Las fechas que marcaron la finalización del Jubileo.

—Es muy... —no pude terminar.

No podía hablar. El profeta me permitió quedarme callado hasta que estuviera listo.

—Lo que me estás mostrando —dije—, son las señales no solo de un mundo bajo juicio, sino de una nación específica, una nación que repite el modelo del juicio con una precisión inquietante y abrumadora. Estoy buscando una respuesta para esa nación.

—Hay uno —dijo el profeta.

—No lo veo venir.

—Pero hay uno... incluso para aquellos que han participado en el pecado antiguo. Porque mayor que cualquier pecado es el amor de Dios... mucho mayor. Y mucho más fuerte que cualquier juicio es su misericordia. Y para todos los que se acercan a él, sus brazos están abiertos. Hay esperanza. Y debe ser que las tinieblas vienen antes que la luz... y que a través de las tinieblas vendría la luz.

—No veo la luz en la oscuridad.

—Pero hay ahí —dijo el profeta—. *Hay un bálsamo en Galaad.*

Ante eso, se puso de pie. Pero yo no pude moverme. Así que me quedé sentado en medio de Times Square mientras las luces y los colores se mostraban incesantemente, sin descanso, sin espectador alguno.

Capítulo 30

El regreso

—Vayamos a algún lado —dijo Ana.

—¿A dónde?

—No lo sé; solo necesito salir. Necesito aire fresco y espacio.

—Es de noche —dijo Nouriel— y estamos en medio de una pandemia. Prácticamente nada está abierto, incluso si no fuera de noche. Y no sé cómo se siente al continuar con esto de las mascarillas.

—Conozco un lugar —dijo ella— donde no habrá problemas. Mi madre solía llevarme allí cuando era pequeña, Brighton Beach. Vayamos allí, Nouriel. Es una buena noche y dudo que encontremos a alguien ahí a esta hora. Puedo encontrar un aventón.

Entonces llamó a un conductor. Los llevó a Battery Park, a través del túnel hasta Brooklyn, y de allí a Brighton Beach, donde los dejó salir por el malecón. Se dirigieron hacia la orilla, sentándose en la arena a unos diez metros del agua. En la oscuridad, podían oír el sonido del océano más de lo que podían verlo. Y, como lo pensó Ana, no había nadie más allí.

—Entonces ¿qué pasó —preguntó—, después de tu tiempo con el profeta en Times Square?

—Me llevó unos días procesar lo que me dijo allí. Finalmente, volví al gavetero, saqué el sello y la lupa y comencé a examinar la siguiente pista. No me tomó mucho tiempo darme cuenta de lo que era.

—¿Qué era?

—Un rectángulo vertical con una especie de corona o picos en la parte superior.

—Te era familiar.

—Sí —dijo Nouriel—. Lo había visto antes. Estaba en uno de los sellos que el profeta me había dado en nuestros primeros encuentros. Así que sabía lo que significaba y exactamente a dónde tenía que ir.

—¿A dónde?

—A un lugar en el que había estado antes, uno de los sitios más importantes del misterio... la Capilla de San Pablo.

—Así que tomé un taxi hasta el Bajo Manhattan. Me bajé frente a la capilla. Estaba parado allí en la acera cuando escuché su voz.

—Me preguntaste si el futuro estaba sellado —dijo—, si había alguna esperanza para Estados Unidos, alguna forma de salir del juicio. Fue el día que te traje por primera vez aquí que hablamos de eso mismo... de la esperanza.

—Sí —respondí— pero eso fue entonces. Había más tiempo en esa época. Y esta es la ventana que se le da a una nación para que reconsidere y vuelva a sus fundamentos. Pero la nación no ha retrocedido, solo se ha alejado más. Y todo lo que me has mostrado habla de una nación que se apresura a juzgar.

Dime, Nouriel, háblame del terreno misterioso.

—Está en el libro —respondí.

—Lo sé, pero dímelo.

—El terreno más sagrado de Israel era el del Monte del Templo. Fue allí donde sus líderes se reunieron con el pueblo para consagrar el Templo a Dios. Y fue allí donde el rey Salomón y la gente oraron para encomendar el futuro de la nación a Dios. Pero Israel se apartaría de Dios y, después de muchas advertencias, sacudidas y calamidades, vendría el juicio. El enemigo traería destrucción al Monte del Templo, el terreno de consagración de la nación, y lo dejaría en ruinas. La destrucción de ese suelo sagrado fue una señal. El terreno de consagración de la nación, donde se había dedicado a Dios en oración, se había convertido ahora en terreno de juicio. El terreno de consagración de la nación se convirtió en el terreno de la destrucción.

—¿Y eso qué tiene que ver con Estados Unidos? —preguntó él.

—El primer día de Estados Unidos como nación plenamente constituida fue el 30 de abril de 1789, el día inaugural de su primer presidente, George Washington. Después que Washington asumió el cargo, dirigió al primer gobierno de Estados Unidos de América a pie al lugar designado para que los nuevos gobiernos realizaran su primer acto oficial: orar y dedicar el futuro de la nación a Dios. Entonces, el 30 de abril de 1789, el primer gobierno de Estados Unidos comprometió y consagró el futuro de la nación a Dios.

El lugar en el que elevaron esas oraciones es el terreno de consagración de la nación.

—Y fue en la capital de la nación —dijo el profeta—. ¿Y cuál fue la primera capital de Estados Unidos?

—La ciudad de Nueva York.

—¿Y en qué lugar de la ciudad de Nueva York se elevaron esas oraciones?

—En el Bajo Manhattan.

—Por tanto, el terreno de consagración de Estados Unidos es...

—La Zona Cero.

—Y así —dijo el profeta— el 11 de septiembre se cumplió el antiguo misterio: la destrucción regresó al terreno de consagración de la nación.

—El terreno sobre el que Estados Unidos se dedicó a Dios se convirtió en el lugar de su devastación; el terreno de consagración de la nación se convirtió en el lugar de su destrucción: la Zona Cero.

—Y sigue en pie —dijo— la pequeña capilla de piedra en la que Washington y el primer gobierno de la nación dedicaron Estados Unidos a Dios: la Capilla de San Pablo, en la parte trasera de la cual se encuentra la Zona Cero. Nouriel, no creo que hayas estado alguna vez en su interior. ¿Por qué no entramos?

—Debe estar cerrado. Todo en la ciudad está cerrado por la crisis.

—Pero podemos entrar.

Me condujo hasta la puerta principal, la cual —para mi sorpresa—, abrió y me hizo entrar.

—¿Cómo te las arreglas para acceder a todo? —le pregunté—. ¿Algún tipo de beneficio laboral que viene con ser profeta?

—Un secreto profesional —respondió.

No había nadie allí, solo nosotros dos. No se veía como esperaba. Era difícil explicar exactamente cómo esperaba que se viera, pero era luminoso y aireado, con columnas blancas y candelabros de cristal, y lleno de luz que entraba por las ventanas.

—Fue aquí en su día inaugural como nación donde Estados Unidos fue consagrado a Dios. Fue aquí donde su primer presidente y el Congreso oraron.

Me condujo hasta un cuadro al óleo que colgaba de una de las paredes.

—¿Cómo se ve?

Era de un pájaro con ramas y flechas entre sus garras y un escudo de barras con unas estrellas sobre su pecho.

—¿Qué te recuerda? —me preguntó.

—Al Gran Sello de los Estados Unidos. Solo que se parece más a un pavo que a un águila.

—Eso te dice cuántos años tiene. Estuvo ahí desde el principio, antes que el águila calva, uno de los primeros símbolos que representaron a los Estados Unidos, y que se ha alojado aquí en la esquina de la Zona Cero.

—Ven —me dijo, ahora conduciéndome al frente de la capilla, donde una pieza esculpida de aspecto extraño descansaba en la ventana central de la capilla. Era casi como si todo el edificio se centrara en ese único objeto.

—Se llama el Retablo de la gloria —dijo—. Fue creado por el mismo hombre que diseñó Washington, DC.

En la parte inferior de la pieza estaban las dos tablas de los Diez Mandamientos. Encima de las tablas había rayos, como si descendieran del cielo, un cielo de nubes, en medio de las cuales estaba lo que parecía un sol o una luz radiante... en medio de las que había cuatro letras hebreas.

—¿Sabes lo que dice eso, Nouriel?

—¿Algo significativo supongo?

—Yo diría que sí. Es el *tetragrámaton*, las cuatro letras que componen el Nombre de Dios. No es solo una descripción de los Diez Mandamientos, sino del día en que se entregaron las tablas y todo lo que rodeó su entrega... la gloria, las nubes, los rayos y el Nombre de Dios. Es aún más sorprendente a la luz de lo que sucedió aquí.

—¿Qué quieres decir?

—¿Sabes cuántas personas perecieron el 11 de septiembre?

—Alrededor de tres mil.

—Mientras se daban los Diez Mandamientos en el Sinaí, el pueblo de Israel se apartó de Dios y adoró un becerro de oro... fue el primer caso en que la nación se apartó de Dios. Está registrado que el número de personas que perecieron a causa de eso fue de aproximadamente tres mil,[1] el mismo que pereció el 11 de septiembre. La muerte de los tres mil está relacionada con este objeto.

—Y estuvo aquí en este edificio en la esquina de la Zona Cero...

—Como su pieza central —dijo—, por siglos. Ven, Nouriel, salgamos —y me condujo a través de la puerta trasera de la capilla.

Una vez afuera, inmediatamente reconocí mi entorno. Estábamos parados dentro del patio de la capilla o el cementerio. Encerrándolo estaba la verja de hierro forjado a través de la cual había mirado en busca del Árbol de la Esperanza.

—La tierra de los presagios —dijo—. Allí es donde fue derribado el sicomoro de la Zona Cero y donde el Árbol de la Esperanza fue plantado en su lugar... y donde se secó y fue destruido. Y allí, un poco más allá de la valla, está la torre de la Zona Cero... el terreno de consagración de Estados Unidos. ¿Sabes qué pasó con el terreno de consagración de Israel?

—¿El Monte del Templo, después de su destrucción? Cuéntame.

—Cuando la gente regresó a Dios, volvió a ese terreno. Allí volvieron a dedicar sus propósitos y fueron restaurados. La calamidad del 11 de septiembre devolvió a la nación al suelo en el que había sido consagrada a Dios en oración. Dios estaba llamando a Estados Unidos a regresar a su terreno de consagración y oración. Estaba instando a la nación a regresar a sus raíces. Y la gente vino aquí de todo el país y publicó mensajes y oraciones por toda la puerta de este terreno. Fueron atraídos aquí sin saber completamente por qué.

—Pero aun cuando los ojos de la nación se volvieron hacia este lugar —dije—, no se volvieron a Dios. Y, sin embargo, fue el mismo día en que Estados Unidos se dedicó a Dios sobre esta base cuando recibió una advertencia profética.

—Sí —dijo el profeta—, en el discurso inaugural de Washington, que las bendiciones de Dios nunca podrían permanecer «en una nación que *ignora las reglas eternas del orden y el derecho, que el cielo mismo ha ordenado*».[2]

—Sí. Y desde el momento en que me encargó por primera vez que diera una advertencia hasta ahora, Estados Unidos no solo ha desatendido las reglas eternas del orden y la justicia de Dios, sino que se burló de ellas, las quebrantó y celebró su ruptura. No solo las ha ignorado; está en guerra contra ellas.

—Sí, todas esas cosas son ciertas. ¿Pero no crees que su misericordia es aún mayor, mayor que todas esas cosas? Nunca olvides, Nouriel, que el fin de las tinieblas y el juicio del mal son lo que se requiere del bien, pero la compasión, el perdón, la misericordia, la salvación, la sanidad y la restauración son el meollo del bien, el corazón de Dios.

—Pero si, en la ventana de tiempo dada a Estados Unidos para regresar, Estados Unidos se ha alejado aún más, entonces...

—Entonces quizás ahora sea aún más urgente. Sabes que cosas como el arrepentimiento y el avivamiento a menudo solo se logran con sacudidas. ¿Y qué le ha ocurrido ahora a Estados Unidos de América... sino un estremecimiento? Su voz todavía está llamando.

—Entonces quizás su voz tenga que hacerse más fuerte.

—¿Recuerdas la *parashá*, la palabra antigua designada para ser leída antes de que comenzaran los acontecimientos del 11 de septiembre?

—Las calamidades que sobrevienen a la nación que se aleja de Dios, el ataque a la tierra, la invasión de la nación por parte de los enemigos, el ataque a sus puertas, el águila en picada...

—Esa fue la escritura designada para marcar el comienzo de la semana del 11 de septiembre. Pero había otra escritura designada para cerrar esa misma semana. ¿Sabes cuál era? Era una palabra para la nación sobre la que había caído la calamidad, un mensaje designado para las consecuencias. Era lo que sigue:

Ahora sucederá, cuando todas estas cosas te sobrevengan, la bendición y la maldición... *y vuélvete al Señor tu Dios* y obedece su voz, conforme a todo lo que te mando hoy, *tú y tus hijos, con todo tu corazón y con toda tu alma*. El Señor tu Dios te hará abundar en todo.

la obra de tu mano y el producto de tu tierra para bien, *si te vuelves al Señor tu Dios con todo tu corazón y con toda tu alma*.[3]

—Así que cuando llegó a su fin la semana en la que Estados Unidos de América quedó conmocionado por la calamidad del 11 de septiembre, la palabra designada para ese momento fue el mensaje de Dios a una nación golpeada por la desgracia. ¿Y cuál fue ese mensaje? Fue Dios llamando a esa nación a regresar a él y la promesa de que, si regresaban, él restauraría a aquellos que se habían apartado de sus caminos, que habían caído, que habían sufrido una catástrofe... y ahora Dios los estaba llamando a regresar. Y si la gente regresaba, él los restauraría.

—Regresar —dije—. En nuestros primeros encuentros, te concentraste en esa palabra.

—Y estaba todo allí —respondió—, en la escritura designada que siguió al 11 de septiembre. Detrás de la palabra *retorno o vuelta* está la palabra hebrea *shuv*, que también significa arrepentirse.

—Arrepentimiento, lo único que faltó después del 11 de septiembre. Estados Unidos nunca regresó porque Estados Unidos nunca se arrepintió.

—Sí, y sin arrepentimiento, no puede haber retorno. Y sin retorno, no puede haber avivamiento ni restauración.

Caminamos lentamente por el sendero del patio, a través de la hierba, las lápidas viejas y bajo los árboles que aún no habían florecido.

—¿Recuerdas la escritura —dijo— que estaba unida al terreno de la consagración, la palabra que Dios le dio a Salomón para responder a las oraciones que había hecho en la dedicación del templo?

—Sí, la palabra señalada para la nación que se apartó de Dios y sufrió calamidad, el llamado a una nación caída y herida:

Si mi pueblo, sobre el cual es llamado mi nombre, se humilla, ora, busca mi rostro y se aparta de sus malos caminos, yo oiré desde los cielos, perdonaré su pecado y sanaré su tierra [4].

—Es la escritura del *regreso* —dijo—. Y ahora es aún más crucial. Si ha de haber avivamiento, sanidad y restauración nacional, entonces debe venir de esta manera, a través de la humillación, a través de la oración, a través de la búsqueda de la presencia de Dios, a través del alejamiento del pecado, de todo lo que se opone a la voluntad de Dios, por el arrepentimiento y el regreso. Y la promesa es que, si se hace eso, Dios escuchará las oraciones de esa nación, perdonará sus pecados y sanará su tierra.

—Aún no ha llegado.

—¿Sabes qué conduce a ese versículo y a esa promesa específica?

—No, no tengo ni idea.

—El versículo anterior. ¿Y sabes lo que dice ese versículo?

—No.

—Dice:

Cuando cierre el cielo y no llueva, o cuando ordene a las langostas que devoren la tierra, o envíe *pestilencia* entre mi pueblo, si mi pueblo, sobre el cual mi nombre es llamado, se humilla... [5]

—Lo último, el último acontecimiento especificado antes de esa promesa es la llegada de una pestilencia a la tierra, una plaga, una pandemia.

—El virus...

—Lo que dirige a la humillación, la oración, la búsqueda, el arrepentimiento y la curación de la tierra... es una plaga.

—¿Por qué eso es así?

—Porque el estremecimiento es a menudo lo único que nos despierta y nos hace volvernos a Dios... no solo con las personas sino también con las naciones y las civilizaciones, especialmente aquellos que han ensordecido sus oídos a la voz de Dios.

—La escritura también habla de langostas. Entiendo lo de la plaga, la pandemia... pero ¿langostas? ¿Cómo se aplicaría eso al mundo actual?

—¿Sabes qué año es, Nouriel?

—¿Aparte del número?

—Es el año de las langostas.

—¿Qué?

—Una plaga de langostas, cientos de miles de millones de langostas descendieron sobre el mundo, tan masiva que las Naciones Unidas la llamaron la plaga «de proporciones bíblicas».[6]

—¿Qué plaga vino primero?

—Primero vinieron las langostas y luego la pestilencia, dos plagas de proporciones bíblicas que azotaron al mundo... las dos plagas mencionadas específicamente en ese texto conducen al versículo que dice: Si mi pueblo...

—¿Y el cierre de los cielos?

—Eso sería una sequía o una hambruna.

—¿Alguna señal de eso?

—En el año de las dos plagas llegaron reportes de otra: una megasequía, la más prolongada en siglos. Al mismo tiempo, las Naciones Unidas dieron la alarma de una inminente hambruna global, nuevamente de «proporciones bíblicas».[7] Y junto con la escasez de alimentos, la sequía o hambruna se caracteriza por el debilitamiento de la economía de una nación. El año de las plagas también vio eso. Y, sin embargo, ese pasaje, 2 Crónicas 7:13, requiere solo uno de esas tres cosas. Por lo tanto, tenemos más que suficiente.

—No tenía ni idea...

—Pero estaba ahí, en tu libro. Primero escribiste sobre el temblor que llegaría a Estados Unidos. Luego escribiste sobre el modelo de los años, diecinueve años y, por lo tanto, hasta el año 2020. Y luego, después de esas cosas, escribiste sobre la promesa en 2 Crónicas 7 («*si mi pueblo*...»), la que sigue a la época de la peste y las langostas. Y todas esas cosas han convergido en el mismo momento.

—Pero fuiste *tú* el que dijo todas esas cosas.

—Pero los escribiste para que otros las vieran.

—Entonces ¿a qué apunta todo eso?

—Los presagios advierten del juicio venidero. Gritan que el momento es ahora... y puede que no haya otro. Si va a haber un retorno, un volver a Dios en oración y humillación, búsqueda y arrepentimiento, ahora es el momento.

—¿Y todavía escucharía desde el cielo y perdonaría su pecado y sanaría su tierra, incluso ahora?

—Aun con todo lo que se ha hecho contra él, incluso ahora... incluso a una nación y a todos los que le han hecho guerra... sus brazos están abiertos y su corazón anhela tener misericordia... a todos los que vendrán.

—¿Y el juicio?

—La necesidad permanece. Y, de nuevo, el momento es crucial... y la hora, tarde.

—Entonces ¿qué es lo que nos espera? ¿Calamidad y juicio o avivamiento y restauración?

—Si Estados Unidos de América no se arrepiente de sus malos caminos y vuelve a Dios, todo acabará. Y la luz de Estados Unidos desaparecerá. Pero si recapacita y vuelve a Dios, entonces podrá evitar la calamidad y llegará el avivamiento. Y, una vez más, recuerda también que es a través de las calamidades, las crisis y los tiempos difíciles que a menudo llegan el arrepentimiento, el regreso y el avivamiento. Y así, si estas cosas deben suceder, es porque deben y él debe, en misericordia, permitirles que también venga la salvación, que aquellos que quieran, puedan regresar.

—¿Cómo? —le pregunté—. ¿Cómo ha de volver a sus principios Estados Unidos de América? ¿Cómo sería eso si pudiera suceder?

—Ya lo ha hecho —respondió.

—¿Qué quieres decir?

—La próxima vez que me veas, Nouriel, se te mostrarán las cosas secretas, sin las cuales Estados Unidos de América, como la conoces, habría dejado de existir.

Capítulo 31

Los vientos de abril

—Tan pronto como llegué a casa, saqué la lupa y comencé a estudiar la siguiente imagen del sello.

—¿Y qué era aquello?

—Parecía un antiguo templo griego y, sin embargo, me resultaba familiar. Conté el número de columnas que se alineaban en la fachada del edificio. Eran doce en total. Saqué un billete de cinco dólares y lo comparé. Era lo que sospechaba. La imagen del Monumento a Lincoln, mejor conocido como el Lincoln Memorial.

—Habías conocido al profeta en ese lugar —dijo Ana— una vez antes en tus primeros encuentros.

—Por supuesto que sí —dijo Nouriel—. Pero en ese entonces era mucho más difícil saber que me encontraría con él allí. Esta vez la pista fue mucho más clara.

—¿Por qué crees que fue?

—Pienso que era porque ahora había menos tiempo. Así que tomé un tren a Washington, DC. Era un día de primavera y había mucha brisa en la ciudad capital. Me instalé en un hotel, bajé mi equipaje y tomé un taxi para que me llevara hasta el Lincoln Memorial. Cuando llegué, ya era media tarde. Subí los escalones, escudriñando mis alrededores en busca de alguna señal del profeta. Llegué a lo alto de las escaleras, atravesé las macizas columnas del pórtico e ingresé al edificio.

»Debido a la pandemia, estaba bastante solo. Pero allí, a mi derecha, con su abrigo largo y oscuro estaba el profeta. Solo pude ver su espalda, ya que estaba algo lejos de mí. Estaba observando las palabras grabadas en la pared norte del monumento.

»No me vio entrar ni acercarme a él. Era la primera vez que eso sucedía. Yo estaba detrás de él y a su izquierda, pensando cuál sería el saludo más apropiado. Pero nunca tuve la oportunidad de dárselo.

—Nouriel —dijo sin volver la mirada hacia mí—. Aquí es donde estuvimos la primera vez que vinimos. Y esto fue lo que leímos, las palabras de su segundo discurso inaugural, en el que habla de la Guerra Civil como el juicio de Dios sobre el pecado de esclavitud de la nación:

... hasta que cada gota de sangre extraída por el látigo, sea pagada por otra, extraída por la espada, como se dijo hace tres mil años aún se debe decir «los juicios del Señor, son verdaderos y todos ellos justos».[1]

—La guerra había convertido las granjas en campos de batalla y las ciudades en devastaciones bañadas en sangre. A medida que se acercaba a su tercer año, las perspectivas de la Unión parecían sombrías. Sus generales más altos fracasaban y eran reemplazados uno tras otro. En el este, la Unión sufría una derrota ante el ejército de Virginia del Norte, dirigido por el general Robert E. Lee. En el oeste, su campaña para tomar el bastión confederado de Vicksburg también sufrió repetidos fracasos. No se vislumbraba un final. Y con muchos en el norte cada vez más cansados de la guerra, el peligro de deserción y la derrota del gobierno de Lincoln, y por lo tanto la aceptación de la secesión de la Confederación, estaba creciendo. Y si eso hubiera sucedido, los Estados Unidos de América como los conocemos habrían dejado de existir.

»Pero luego se produjo un revuelo en la capital de la nación. Basado en el modelo dado en las Escrituras de una nación que sufre las consecuencias de sus pecados y la promesa de sanidad y restauración, el Senado de los Estados Unidos le pidió a Lincoln que estableciera un día nacional de oración y arrepentimiento. Abraham Lincoln emitió una proclamación instando a la gente de Estados Unidos a hacer lo que se establece en 2 Crónicas 7:14, a humillarse, a orar, a buscar el rostro de Dios, a volverse de sus caminos pecaminosos, a arrepentirse. La proclamación terminó con la esperanza de recibir tres bendiciones: que las oraciones de la nación fueran "escuchadas en las alturas", que Dios concedería "el perdón de nuestros pecados nacionales" y que comenzaría la "restauración de nuestro ahora dividido y sufriente país".[2] Eran las tres bendiciones exactas prometidas en esa escritura y citadas en el orden exacto en que fueron dadas: «*entonces oiré desde el cielo, perdonaré su pecado y sanaré su tierra*».[3] Así que, en los días más oscuros de esa guerra, Abraham Lincoln instó a la nación a acudir en oración y arrepentimiento ante Dios.

—Los historiadores están de acuerdo en cuál fue el año que marcó el punto de inflexión de la Guerra Civil. ¿Sabes cuál fue?

—No.

—El año 1863 —respondió—. Más específicamente, julio de 1863, con dos batallas: el compromiso más famoso de esa guerra y el más sangriento jamás librado en el hemisferio occidental, la Batalla de Gettysburg, y la otra —igual de crítica y decisiva—, la Batalla de Vicksburg. Ambas se pelearon al mismo tiempo. La batalla de Gettysburg terminó el 3 de julio. La batalla de Vicksburg terminó al día siguiente. El punto de inflexión de la Guerra Civil llegó en los primeros días de julio de 1863. Determinaría la victoria de la Unión, la derrota de la Confederación y la supervivencia de Estados Unidos.

»¿Sabes cuándo se llevó a cabo el día nacional de oración y arrepentimiento? En 1863, el mismo año. Ocurrió a finales de abril. Y así, el punto decisivo de la guerra llegó poco más de dos meses después. Gettysburg fue el punto culminante de la Confederación. El plan del general Lee era entrar en el territorio del norte y aplastar al ejército de la Unión de manera tan perentoria que el norte renunciara a la guerra. Así, la batalla amenazó con provocar la disolución de los Estados Unidos pero, en vez de eso, se convirtió en el punto decisivo de su preservación. Gettysburg fue el mayor desastre de Lee. A partir de ese momento, nunca montaría una gran ofensiva contra la Unión, sino que libraría una guerra de defensa. Gettysburg comenzaría el declive de la Confederación y conduciría a su destrucción.

»Luego estuvo la batalla de Vicksburg. La ciudad de Vicksburg le dio al sur el control del río Mississippi y fue conocida como el clavo que mantenía unida a la Confederación. Lincoln vio su derrota como la clave para poner fin a la guerra. La Confederación había intentado dividir a los Estados Unidos en dos. Pero con la caída de Vicksburg el 4 de julio de 1862, la Confederación misma se dividió en dos, y su fin ahora era solo cuestión de tiempo.

»El responsable de la caída de Vicksburg fue Ulysses S. Grant. La victoria constituiría el punto culminante no solo de la guerra sino de su carrera y, en última instancia, lo llevaría a ser puesto a cargo de todas las fuerzas de la Unión y a poner fin a la guerra.

»La campaña para tomar Vicksburg había estado en marcha desde el invierno del año anterior. Grant había hecho cinco intentos para tomar la ciudad. Todos habían fallado. Pero en la primavera de 1863, todo cambió cuando Grant condujo a sus hombres a través del río Mississippi y, al día siguiente, obtuvo la primera victoria de toda la campaña. Se llamó la Batalla de Port Gibson, la primera de las cinco victorias que llevarían a la toma de Vicksburg. Fue en Port Gibson donde todo cambió. Por lo tanto, fue el punto de inflexión del momento crucial de la Guerra Civil.

—¿Cuándo sucedió eso?

—Eso ocurrió el 1 de mayo de 1863. El día nacional de oración y arrepentimiento se realizó el 30 de abril de 1863.

—¡Sucedió al día siguiente!

—Sí. El punto de inflexión del punto decisivo de esa guerra, el día que condujo al final de la guerra y a la sanidad de la tierra, tuvo lugar al día siguiente del día de oración nacional y arrepentimiento. En otras palabras, el 30 de abril fue el día de «*Si mi pueblo ... se humilla y ora ...*», y el 1 de mayo, el día que puso en marcha el día de «Entonces yo ... sanaré su tierra»[4]; el día siguiente.

El profeta luego me llevó al balcón, donde nos paramos entre dos columnas.

—Aquí hay treinta y seis columnas juntas —dijo—. ¿Sabes por qué?

—No, ni me lo imagino siquiera.

—Representan los treinta y seis estados que existían en el momento de la presidencia de Abraham Lincoln. Los nombres de esos estados están grabados en las columnas. Esta representa a Pensilvania.

—Pensilvania —dije—, Gettysburg. Me hablaste del punto de inflexión que condujo a la caída de Vicksburg. ¿Hubo un punto definitorio que condujo a la batalla de Gettysburg?

—Sí. Fue la batalla de Chancellorsville. En apariencias, parecía ser una gran victoria para Robert E. Lee. Pero el panorama más profundo fue muy diferente. En última instancia, resultaría catastrófico para la Confederación y algunos lo consideran el tercer punto decisivo de la guerra. Eso hizo que sucedieran cuatro cosas que conducirían al desastre. Primero, dejó al general Lee deprimido por su resultado, ya que creía que no lograba nada. Lo frustró, tanto que se volvió aún más decidido a asestar un golpe aplastante contra la Unión en su propio territorio. En segundo lugar, reforzó su confianza en que podía ejecutar plenamente ese golpe. En tercer lugar, le dio a la Confederación la confianza para aprobar el plan de Lee. La batalla de Chancellorsville llevaría directamente a la de Gettysburg, el mayor desastre de la Confederación y el punto de inflexión de la guerra.

—Dijiste que eran cuatro. Solo me dijiste tres.

—Cuando Lee entró en Gettysburg, faltaba alguien, su mayor general y el hombre al que se refería como su mano derecha: Stonewall Jackson. Su ausencia en Gettysburg resultaría crucial.

—¿Por qué no estaba él allí?

—A causa de la batalla de Chancellorsville. Era de noche. Las tropas de Jackson vieron el acercamiento de soldados a caballo. Tomándolos por jinetes de la caballería de la Unión, abrieron fuego. Pero los soldados que se acercaban eran los suyos. Uno de ellos fue el mismo Stonewall Jackson. Fue abatido por su propio fuego. La herida fue mortal. Se dice que Lee comentó que, por el bien del sur, preferiría haber sido el único disparo hacia Jackson. La muerte de Stonewall Jackson aplastó la moral del ejército confederado y del propio sur en tanto que reforzó la del norte. Y eliminó a uno de los comandantes más brillantes de la historia estadounidense de la campaña confederada.

»Los historiadores han citado la ausencia de Jackson en Gettysburg como decisiva para provocar la derrota del ejército de Lee y, por lo tanto, al final, de la Confederación.

—¿Y cuándo le dispararon?

—El 2 de mayo de 1863... dos días después del día nacional de oración.

—La batalla de Chancellorsville puso todas esas cosas en movimiento. De manera que ¿cuándo comenzó Chancellorsville?

—La batalla comenzó el 1 de mayo de 1863, el mismo día después del día nacional de oración. Otro de los generales de Lee, el general James Longstreet, marcaría Chancellorsville como el punto decisivo de la guerra, cuando «las nubes oscuras del futuro ... comenzaron a descender por encima de los confederados».[5]

—Así que ese fue el punto culminante del punto de inflexión, al igual que la primera victoria de Grant en la campaña de Vicksburg.

—Sí. Los dos puntos de inflexión, la batalla de Chancellorsville y la batalla de Port Gibson, comenzaron el mismo día, el posterior al día de oración.

—Si mi pueblo se humillare y orare ...

—Y así lo hicieron. Y al día siguiente, todo empezó a cambiar. Y poco más de dos meses después, se manifestaría al mundo. Todo se puso en marcha ese día, se selló el final y Estados Unidos sobreviviría.

Luego, el profeta me llevó de regreso a la edificación y a la estatua. Nos quedamos allí mirando la enorme figura sentada en la silla de piedra, abrumada y perdida en una sombría contemplación.

—Se le conoce por muchas cosas —dijo el profeta—, pero fue lo que hizo en la primavera de 1863 —su llamado a Estados Unidos de América a la oración y al arrepentimiento—, lo que finalmente cambió el curso de la historia mundial. Piénsalo. ¿Qué habría sucedido si él no hubiera hecho ese llamado y ellos no se hubieran humillado y orado, y se hubieran apartado de sus caminos pecaminosos y hubieran buscado el rostro de Dios? ¿Y si Grant no hubiera cruzado el Mississippi ese día y ganado su primera batalla, y tomado Vicksburg y dividido la Confederación en dos? ¿Y si Chancellorsville nunca hubiera sucedido y, por lo tanto, Gettysburg nunca hubiera tenido lugar? ¿Y si Stonewall Jackson hubiera vivido para luchar en Gettysburg y el sur continuara con sus guerras ofensivas contra el norte?

»Todas esas cosas habrían llevado a la disolución de la nación. Los Estados Unidos de América, como los conocemos, habrían dejado de existir. El sur se habría convertido en una nación esclava. El norte habría continuado como un remanente de lo que alguna vez fue Estados Unidos, con solo una parte de sus recursos y poderes anteriores.

»¿Y qué habría pasado entonces, cuando la maldad del nazismo empezó a surgir y a extenderse por el continente europeo, si Estados Unidos —como lo conocemos— no existiera o no fuera lo suficientemente fuerte para vencerlo? ¿Y qué hubiera pasado, cuando la oscuridad del comunismo comenzó a envolver al mundo, si los Estados Unidos no existieran para oponerse y contenerlo? Todas esas cosas giraron en un solo día de abril de 1863 con las oraciones del pueblo de Dios. Toda esa oscuridad, todos esos males, al final, fueron deshechos debido a las oraciones elevadas en ese último día de abril de 1863. Ese día comenzó la derrota del nazismo, la caída del comunismo y otros innumerables giros y repercusiones de la historia mundial con el misterio del retorno y una antigua promesa bíblica dada para una nación quebrantada.

—Y todo se remonta a la Zona Cero.

—Un momento ¿qué quieres decir con esto último?

—El pasaje del Segundo Libro de Crónicas 7:14 fue dado como respuesta a las oraciones que hizo el rey Salomón en el terreno de consagración de Israel. Estados Unidos de América fue consagrado a Dios en la Zona Cero. Y el 11 de septiembre devolvió a la nación a ese terreno. «Si mi pueblo que es llamado por Mi nombre», clamaba desde las ruinas de la Zona Cero.

—¿Notaste la fecha, Nouriel?

—¿Del día de oración y arrepentimiento?

—Sí, por supuesto.

—Finales de abril.

—El 30 de abril —dijo el profeta—. ¿Sabes cuál fue esa fecha? Fue la fecha en que Estados Unidos de América se dedicó a Dios en oración… en su día inaugural… en la Zona Cero. Y fue el día en que Washington le dio a Estados Unidos esa advertencia profética. Todo está conectado… El día del arrepentimiento de Lincoln, la consagración de Estados Unidos a Dios, la advertencia profética de Washington, 2 Crónicas 7:14, Zona Cero, el 11 de septiembre. Todo está unido. Y la Zona Cero es el comienzo de los presagios, las advertencias, las señales, la progresión. Todo es parte del mismo misterio. Y todavía estamos en eso.

—¿Qué dijo él?

—¿A quién te refieres?

—A Abraham Lincoln. ¿Qué dijo en esa proclamación?

—¿Quieres que te lo recite?

—Sí, eso espero.

—¿Aquí?

—¿Podrías hacerlo?

Aparte de los guardias asignados para proteger el monumento, no había nadie más que nosotros dos. El profeta se dio la vuelta y ahora estaba de espaldas a la estatua de Abraham Lincoln en dirección al mirador que está en la entrada del monumento. Su mirada se volvió intensa y distante, como si estuviera viendo a través de las columnas hacia el paisaje y más allá. Y no era como si estuviera recitando las palabras de un documento histórico, era como si él mismo estuviera haciendo el llamado, aquí y ahora, a una nación quebrantada que se había alejado de Dios. Retrocedí hacia la entrada para poder recibirlo como lo haría una audiencia. Entonces empezó a hablar:

Considerando que es deber de las naciones, así como de los hombres, reconocer su dependencia del poder dominante de Dios, confesar sus pecados y transgresiones con humilde dolor, pero con la esperanza segura de que el arrepentimiento genuino conducirá a la misericordia y al perdón, y a reconocer la sublime verdad, anunciada en las Sagradas Escrituras y probada por toda la historia, que solo son benditas aquellas naciones cuyo Dios es el Señor;

Y, en la medida en que sabemos que, por su ley divina, las naciones, como los individuos, están sujetos a castigos y condenas en este mundo, ¿no deberíamos temer con justicia que la terrible calamidad de la Guerra Civil que ahora asola la tierra no sea más que un castigo infligido a nosotros por nuestros pecados presuntuosos, para el fin necesario de nuestra reforma nacional como todo un pueblo?

Hemos sido los destinatarios de las más selectas recompensas del cielo; hemos sido preservados estos muchos años en paz y prosperidad; hemos crecido en número, riqueza y poder como ninguna otra nación lo ha hecho. Pero nos hemos olvidado de Dios. Nos hemos olvidado de la mano bondadosa que nos conservó en paz y nos multiplicó, enriqueció y fortaleció, y hemos imaginado en vano, en el engaño de nuestro corazón, que todas estas bendiciones fueron producidas por alguna sabiduría superior y virtud propia. Embriagados por el éxito inquebrantable, nos hemos vuelto demasiado autosuficientes para sentir la necesidad de la gracia redentora y preservadora, demasiado orgullosos para orar al Dios que nos creó.

Nos corresponde, entonces, humillarnos ante la Potencia ofendida, confesar nuestros pecados nacionales y orar por clemencia y perdón.

Ahora, por lo tanto, en cumplimiento de la solicitud y plenamente de acuerdo con los puntos de vista del Senado, hago por esta mi proclamación designar y apartar el jueves 30 de abril de 1863 como día de humillación nacional, ayuno y oración. Y por la presente pido a todas las personas que se abstengan ese día de sus actividades seculares ordinarias, y que se unan en sus diversos lugares de culto público y sus respectivos hogares para guardar el día santo para el Señor y dedicado al humilde desempeño de los deberes religiosos propios de esa solemne ocasión.

Hecho todo esto con sinceridad y verdad, descansemos humildemente en la esperanza autorizada por las enseñanzas divinas de que el clamor unido de la nación será escuchado en lo alto y respondido con bendiciones no menos que el perdón de nuestros pecados nacionales y la restauración de nuestro ahora dividido y sufriente país a su anterior feliz condición de unidad y paz.[6]

Y luego reinó el silencio. La mirada intensa y distante del profeta se había ido. Comenzó a alejarse de la estatua hacia las columnas para salir del monumento. Me uní a él. Comenzamos a descender los escalones.

—Es asombroso —dije—, cuánto de lo que acabas de expresar se le podría decir a Estados Unidos ahora. ¿Podría volver a pasar? —pregunté—. ¿Podría haber un retorno como lo hubo entonces?

—Cuando estuvimos en la Capilla de San Pablo, me preguntaste cómo podía Estados Unidos de América volver a Dios. Podría suceder de esta manera.

—Pero eso pasó hace mucho tiempo —respondí—. Ahora es un Estados Unidos muy diferente. ¿Cómo sucedería hoy, en los tiempos modernos?

—Las Escrituras son eternas. La promesa le fue dada a Salomón y, sin embargo, tres mil años después cambió la historia de Estados Unidos de América y del mundo. La Palabra de Dios no está limitada por el tiempo.

Continuamos bajando los escalones.

—Y *ha* sucedido —dijo.

—¿Qué quieres decir?

—Que *ha* sucedido en los tiempos modernos.

—¿Qué tan modernos?

—En tu propia vida, Nouriel. El misterio del regreso se manifestó y, nuevamente, cambió la historia.

—Si sucedió en mi vida, ¿cómo podría no saberlo?

—Eso pertenece a las cosas secretas de Dios, al reino oculto que se encuentra tras la historia. Por eso no lo sabías. Sin embargo, pronto lo sabrás.

Capítulo 32

El Balcón Oeste

Al llegar al final de los escalones, cruzamos la plaza, bajamos aún más escalones y recorrimos lo que se conoce como la Piscina reflectante.

—¿Recuerdas la primera vez que caminamos desde aquí a través del National Mall?

—Por supuesto.

—Lo haremos de nuevo. ¿Has estudiado el sello para ver qué sigue?

—No en detalle, pero lo suficiente como para saber que la siguiente imagen es el edificio del Capitolio. ¿Así que ahí es a dónde vamos?

—Por supuesto.

El National Mall, como el Monumento a Lincoln, estaba mayormente desprovisto de gente.

—Así que terminó la Guerra Civil y Estados Unidos sobrevivió. Fue en el siguiente siglo cuando alcanzaría alturas de poder y prosperidad que ninguna nación ni reino en la historia mundial había conocido. Surgiría de la Segunda Guerra Mundial como cabeza de las naciones. Pero luego, en su alejamiento de Dios, experimentaría años de disturbios civiles, agitación social, asesinato de sus líderes, escándalos políticos, derrotas militares y una multitud de otros fenómenos e indicadores que marcan a una civilización en declive y decadencia.

»A fines de la década de 1970, muchos hablaban del fin de la era estadounidense. La nación estaba en medio de una recesión económica. Y al mismo tiempo, la inflación se había disparado a dos dígitos. Y debido a la crisis del petróleo, los estadounidenses tuvieron que hacer largas filas con el objeto de encontrar gasolina para sus autos. Y a fines de 1979, el archienemigo de Estados Unidos, la Unión Soviética, invadió Afganistán.

»Al mismo tiempo, la embajada de Estados Unidos en Irán fue tomada por musulmanes radicales, con lo que cincuenta y dos ciudadanos y diplomáticos estadounidenses fueron secuestrados como rehenes. Cada noche, los estadounidenses encendían sus televisores para ver a las multitudes aglomerarse en las calles de Teherán gritando: "¡Muerte a Estados Unidos!". La crisis se prolongó por días, semanas y meses. El mundo fue testigo de un nuevo fenómeno, un Estados Unidos de América que parecía impotente. En la primavera de 1980, el presidente había decidido liberar a los rehenes mediante el poder militar. Pero una falla mecánica, una tormenta de polvo y un choque de unos helicópteros estadounidenses resultarían en un desastre y la muerte de ocho militares de esta nación. Los iraníes se llevaron sus cuerpos y los exhibieron en la plaza que rodea la embajada estadounidense. Cuando las noticias de la debacle y las imágenes de los estadounidenses muertos llenaron los televisores estadounidenses, una profunda tristeza se apoderó de la nación.

»Cuatro días después de ese desastre, sucedió algo en Washington, DC. Los creyentes acudieron de toda la nación a la ciudad capital para realizar una asamblea sagrada. El evento se basó en un solo pasaje de las Escrituras, 2 Crónicas 7:14: "Si mi pueblo...", así que vinieron a humillarse y a orar, a buscar el rostro de Dios y a volverse de sus caminos pecaminosos.

—De nuevo, esa escritura —dije—. ¿Vinieron debido a lo que había pasado?

—No, la asamblea sagrada se planeó mucho antes de la catástrofe, incluso antes de que los estadounidenses fueran tomados como rehenes. Pero todo convergió en ese día primaveral de 1980.

—¿En qué lugar de Washington?

—Aquí mismo, Nouriel. Llevaron a cabo la asamblea en el National Mall, aquí mismo donde estamos. Y proclamaron ese pasaje de las Escrituras: «Si mi pueblo...», durante todo ese día, una y otra vez. Incluso leyeron el llamado de Lincoln a la oración y al arrepentimiento.

—¿Y por qué oraban?

—Por el perdón de sus pecados y los de la nación, por la misericordia de Dios con la nación y por la sanidad de la tierra. Pero hubo dos oraciones elevadas durante esa reunión que se destacaron entre las demás. A mitad del día, unieron sus manos y oraron para que, aun cuando el ejército estadounidense no había podido rescatar a los rehenes, Dios mismo, por su propia mano, los liberara. Esa fue la única oración. Lo otro lo hicieron casi al final del día y de la reunión. Fue entonces cuando levantaron las manos... así.

En ese momento, el profeta alzó su mano derecha y la estiró en dirección al edificio del Capitolio, al final del National Mall.

—Adelante, Nouriel, únete a mí. Extiende tu mano.

Así lo hice.

—¿Qué ves?

—El edificio del Capitolio.

—El *ala occidental* del edificio del Capitolio. Ese es el Balcón Oeste. Eso es lo que vieron ese día. Y mientras extendían sus manos hacia él, oraron para que Dios trajera a la capital de la nación y al gobierno a los que seguían su voluntad.

—¿Y qué pasó?

—Menos de un mes después de esa reunión, la nominación republicana fue ganada, a todos los efectos, por el ex gobernador de California, Ronald Reagan. El siguiente noviembre llegó la elección presidencial. En vísperas de esa elección, Reagan pronunció un discurso en el que describió su visión para Estados Unidos. Reagan dijo lo que sigue:

...por primera vez en nuestra memoria, muchos estadounidenses se preguntan: ¿tiene la historia, todavía, un lugar para Estados Unidos, para su gente, para sus grandes ideales? Hay quienes responden que no; que nuestra energía se acabó, que nuestros días de grandeza han llegado a su fin...[1]

—Luego habló de lo que vio como la verdadera fuerza de Estados Unidos:

No se trata de bombas y cohetes, sino de fe y resolución, es la humildad ante Dios lo que, en última instancia, es la fuente de la fuerza de Estados Unidos como nación. Nuestro pueblo siempre se ha aferrado a esta creencia, a esta visión, desde nuestros primeros días como nación. Sé que he hablado antes del momento en 1630 cuando el pequeño barco Arabella que llevaba colonos al Nuevo Mundo se posó frente a la costa de Massachusetts. Al pequeño grupo de colonos reunidos en la cubierta, John Winthrop le dijo: *seremos una ciudad sobre una colina.*[2]

—¡Habló de Winthrop y de la ciudad sobre la colina!

—Sí.

—Un candidato a presidente hablando de la visión espiritual dada siglos antes...

—Como para recordarle a la nación un llamamiento sagrado olvidado hace mucho tiempo. La noche antes de esa elección, repitió la amonestación que también había dado Winthrop, la advertencia en contra de apartarse de Dios:

> Los ojos de todas las personas están sobre nosotros, de modo que si tratamos falsamente con nuestro Dios en esta obra que hemos emprendido y le hacemos retirar la ayuda que nos da en el presente, seremos hechos un refrán y la comidilla de todo el mundo.[3]

—Advirtió el juicio... es asombroso que haya dicho eso.

—Y luego concluyó ese discurso con esto:

> Así que determinemos qué dirán de nuestro día y nuestra generación, que mantuvimos la fe en nuestro Dios, que actuamos dignos de nosotros mismos; que sí protegemos y transmitimos con amor esa resplandeciente *ciudad sobre una colina*.[4]

—Estaba llamando a Estados Unidos a volverse a Dios, a la visión de su fundación. Las últimas palabras fueron «*ciudad sobre una colina*».

Continuamos caminando hacia Capitol Hill.

—El día después de que pronunció ese discurso, hubo una revolución en las urnas de votación, un triunfo electoral aplastante que llevó a Reagan a la presidencia, junto con otros que clamaban por volver a los valores bíblicos.

—La oración que hicieron ese día en la reunión.

—Y luego se produjo otro cambio. Desde la época de Andrew Jackson, las inauguraciones presidenciales siempre se habían realizado en el lado este del Capitolio, frente a la Corte Suprema de Justicia. Pero en 1981 se cambió la inauguración al lado occidental, al Balcón Oeste, que mira de frente al National Mall. De modo que el nuevo presidente ahora estaría frente al terreno en el cual se había realizado la sagrada asamblea y donde se habían elevado esas oraciones. Y estaría de pie en el lugar al que ellos extendieron sus manos mientras oraban para que Dios pusiera en autoridad a los escogidos por él.

—¿Fue eso debido a que Reagan sabía lo que había sucedido en el National Mall?

—No —dijo el profeta—. Reagan no tuvo nada que ver con eso. Sucedió que el comité conjunto de la inauguración se vio obligado a romper la tradición de 150 años y celebrar el acto de instalación ese año en un lugar en el que nunca se había celebrado. Por eso, en enero de 1981, Reagan pronunció su discurso inaugural frente al mismo terreno en el que los creyentes habían estado mientras proclamaban esa oración... y en el Balcón Oeste, hacia donde habían extendido sus manos. Fue como si Dios estuviera poniendo sus huellas digitales en ese momento, moviendo la inauguración a ese sitio y dejando que los que habían orado en el National Mall supieran que había escuchado su oración.

—Si mi pueblo... —dije— entonces oiré desde el cielo.

Nos detuvimos. Ante nosotros estaba el Balcón Oeste.

—¿Y qué pasó con la otra oración —dije— en cuanto a que Dios liberara a los rehenes?

—La primera oración fue contestada el 20 de enero de 1981, el día de la inauguración en el National Mall. En cuanto a la otra, los rehenes habían estado en cautiverio durante 444 días. Todo terminó el 20 de enero de 1981, el mismo día. Las dos oraciones fueron respondidas exactamente el mismo día, con una hora de diferencia entre sí... y se unieron al mismo terreno en el que fueron elevadas a Dios.

—Las cosas secretas que se esconden detrás de la historia... asombrosas.

—Lo que sucedió en ese día inaugural no se trataba de una ceremonia, una agenda política, una gestión presidencial o un hombre, todos los cuales son imperfectos. Se trataba de una antigua promesa. Cuando los creyentes se reunieron en el National Mall y oraron por Estados Unidos de América, estaban firmes en la promesa que Dios le había dado al rey Salomón. Promesa que concluye con las palabras «Yo ... sanaré su tierra».[5]

»La inauguración —dijo—, fue el comienzo de un cambio masivo y una restauración. Las elevadas tasas de inflación que habían paralizado la economía estadounidense pronto desaparecerían y una economía en deterioro pronto repercutiría y se expandiría en billones de dólares en una era que se conocería como "los siete años de las vacas gordas". El día de la inauguración de 1981 marcaría el comienzo de una era de expansión económica y prosperidad que estaría entre las más grandes y largas de la historia de Estados Unidos, y cuyos efectos continuarían mucho después de que la presidencia de Reagan llegara a su fin. Y la transformación iría mucho más allá de las fronteras de la nación. El poderío militar estadounidense también experimentaría un resurgimiento, al igual que la influencia de la nación en todo el mundo.

»Y entonces, pasaría lo que pocas personas hubieran imaginado que iba a ocurrir. Después de casi setenta años de existencia, el baluarte del comunismo en Europa del Este comenzó a colapsar y, luego, hasta la propia Unión Soviética. Estados Unidos quedó en la posición sin precedentes de ser la única superpotencia del mundo. Si Reagan no hubiera tomado posesión de su cargo ese día, si las cosas hubieran continuado como estaban, con un Estados Unidos en declive, es cuestionable que todas esas cosas hubieran sucedido.

»Así que no solo cambió la historia estadounidense, sino la historia global. Todo cambió en ese día inaugural y, específicamente, en el momento en que Reagan levantó la mano derecha e hizo el juramento de la presidencia. En ese momento, todo empezó a cambiar. Cuando hizo ese juramento, el mundo vio su mano derecha, que estaba levantada, pero no la izquierda.

—¿Por qué es eso importante?

—Porque el Señor obra por la mano izquierda de la historia tanto como por la derecha. Y es el reino invisible de los sucesos humanos lo que a menudo es incluso más crucial que lo visible.

—Todavía no lo entiendo.

—Su mano izquierda descansó sobre la Biblia, en una página específica y en un versículo específico de la Escritura que había elegido de antemano. Era esa Escritura lo que cambiaría la historia de Estados Unidos de América.

—¿Y cuál era esa Escritura?

—La Escritura era esta:

Si mi pueblo, que lleva mi nombre, se humilla, ora, busca mi rostro y se aparta de sus malos caminos, yo lo escucharé desde el cielo, perdonaré su pecado y sanaré su tierra.[6]

—¡No!... Ese es...

—Sí —dijo el profeta—, ese fue el versículo que lo cambió todo... la antigua promesa de sanidad nacional que Dios le dio a Israel a través del rey Salomón. Tres mil años después, ese mismo versículo cambió el curso de la historia estadounidense y la del mundo.

—¿Por qué eligió ese versículo entre todos los demás?

—Se trata de una de las peculiaridades de la historia. La Biblia sobre la que hizo el juramento Ronald Regan pertenecía a su madre. Y en el margen, junto a ese versículo, ella había escrito la frase: «Un versículo maravilloso para la sanidad de las naciones».[7]

—Así que todo convergió en ese momento —dije— para coincidir con el versículo orado en el National Mall meses antes, la huella digital de Dios, la señal de que él había escuchado sus oraciones y sanaría su tierra.

—Y así, todo lo que vendría a partir de ese momento comenzó con esa única escritura y esa antigua promesa: «*Yo ... sanaré su tierra*». Todo lo que sucedió fue el cumplimiento de ese versículo: la curación de Estados Unidos de América, la caída de la Unión Soviética, el colapso del comunismo, la liberación de naciones. El curso de la historia mundial giró en torno a esa antigua promesa bajo la mano del presidente.

—La historia del mundo... cambiada por la palabra y las oraciones de su pueblo... la historia secreta de la historia.

—La última historia —dijo el profeta—. El poder de la palabra y las oraciones de su pueblo son más fuertes que los de los reyes y sus imperios. Y por tales cosas está determinada la historia del mundo. Así fue en los días de la Guerra Civil y así fue nuevamente en nuestros días. Y no solo la historia del mundo, sino la de nuestras vidas.

—Así que todo cambió —dije—. Pero ¿qué pasa ahora?

—Apoyar la mano del presidente en esa escritura, fue como si a la nación se le hubiera dado otra oportunidad. Al final de su presidencia, en su discurso de despedida, volvería a hablar de la ciudad sobre una colina, recordándole a la nación su primer llamamiento.[8] Pero la nación, en su resurgimiento, continuó su alejamiento de Dios. Y entonces vino el 11 de septiembre, y luego la ventana de tiempo, durante la cual su alejamiento de Dios se profundizó.

»Me preguntaste si todavía había esperanza para Estados Unidos, si podía regresar y ser restaurado, y si así fuere cómo sucedería eso. Ahora has visto muchas cosas: la oscuridad y la luz, el alejamiento de Dios por parte de la nación y los presagios de su juicio por un lado, además de la promesa de misericordia y esperanza de redención por el otro. La promesa es tan real ahora como lo fue en tiempos antiguos. Pero también lo es la advertencia. Y el tiempo ahora es más tarde, y el peligro, mayor, y la necesidad de regresar ahora es tanto más crítica.

El profeta se dio la vuelta y comenzó a alejarse del Capitolio.

Yo hice lo mismo.

—Es hora de traer todo eso a casa... y mostrarte un misterio más. Para hacerlo, debemos realizar un viaje más.

—¿A dónde? —le pregunté.

—A la ciudad sobre la colina.

Capítulo 33

La isla

—¿La ciudad sobre la colina? —dijo Ana—. Pero esa ciudad es Estados Unidos de América. ¿Cómo podrías ir allí si ya estás aquí?

—Eso es lo que no entendía.

—Pero tenías el sello. Entonces ¿cuál fue la siguiente imagen?

—El contorno de una figura irregular. Parecía algo así como un cuerno o como un ramo de flores. Dentro de la figura había un par de anteojos.

—¿Qué pensaste que significaba?

—No tenía idea hasta que tomé nota de las marcas que rodean el contorno. Estaban formadas por líneas curvas. Las tomé como una representación del agua. Así que me hizo pensar que el contorno representaba una isla.

—¿Y los vasos?

—Busqué en la web lo siguiente: isla y *vasos*, *isla de cristal*, *isla espejo*, pero no pude encontrar nada que tuviera sentido. Luego probé con la palabra *espectáculo*, y luego *isla de espectáculos*. Y ahí fue cuando lo encontré.

—¿Hay una isla de espectáculos?

—No —dijo Nouriel—. Pero hay un lugar llamado Spectacle Island.

—¿Spectacle Island?

—Tenía exactamente la misma forma que la imagen del sello.

—¿Y dónde estaba ubicada?

—En la bahía de Massachusetts, en las aguas de los puritanos. Todo encaja. Así que partí una vez más hacia Nueva Inglaterra. Pasé la noche en un hotel en las afueras de Boston y, a la mañana siguiente, me puse a buscar la manera de llegar a esa isla. Estaba a unos seis kilómetros de la costa. Encontré a alguien que me llevara allí y le pagué por el viaje. Era un anciano corpulento, con una barba blanca muy corta y la cara enrojecida, curtida por la intemperie. Llegamos al puerto deportivo de la isla, donde atracó y accedió a esperarme hasta que estuviera listo para regresar. Bajé a tierra con la esperanza de encontrar al profeta o que él me encontrara. La isla estaba en gran parte desierta. A lo largo de su perímetro había un sendero para caminar, el que decidí tomar. Al final de la isla había una especie de colina o montículo. Lo ascendí. Y allí, de pie en la cima, como esperándome —por supuesto— estaba el profeta.

—Hemos vuelto, Nouriel —dijo el profeta—. Hemos vuelto.

—Hemos regresado al lugar donde nos reunimos, la bahía de Massachusetts.

—No, hemos vuelto al principio, a la fundación. Mira hacia allá —dijo, apuntando a la derecha—. Si viajaras en esa dirección, llegarías a la orilla donde el Mayflower llegó hace cuatrocientos años.

—Y John Winthrop, ¿también llegó ahí?

—No —dijo, señalando a su izquierda—. Winthrop aterrizó allá, al norte.

—Después de haber dado a conocer su visión acerca de la nueva civilización.

—La ciudad sobre la colina.

—Y ahí es donde dijiste que iríamos.

—Y es por eso que estamos aquí… en busca de la ciudad de la colina.

—Pero esa ciudad sobre la colina es Estados Unidos de América.

—La ciudad de la colina se *convirtió* en Estados Unidos de América —dijo—. Pero no viniste aquí para encontrar a Estados Unidos de América. Entonces ¿qué es la ciudad sobre la colina? ¿Qué fue al principio?

—¿Esto? —dije—. ¿Todo esto? ¿Nueva Inglaterra?

—Era la bahía de Massachusetts, la colonia de la bahía de Massachusetts, la civilización que fue plantada en el nuevo mundo y gobernada por el propio Winthrop. Pero va más allá de eso. Aunque la ciudad sobre la colina es una metáfora de un pueblo y una sociedad elevados hacia los que miraría el mundo, en realidad había una ciudad. Winthrop y los que se unieron a él en el viaje a través del Atlántico y en su visión de la ciudad sobre la colina se propusieron sentar las bases de una ciudad verdadera.

—¿De una ciudad *verdadera*?

—De una ciudad verdadera destinada a convertirse en la encarnación de la visión que tuvieron. Y así lo hicieron; fundaron una ciudad.

—¿Y qué le pasó a esa ciudad? —pregunté—. ¿Existe todavía?

—Yo diría que sí. Y pensaría que has oído de ella. Ven.

En eso, me condujo hacia el lado izquierdo del montículo.

—Mira, Nouriel.

Obedecí y miré.

—Ahí —dijo el profeta—, ahí está... la ciudad sobre la colina.

Al otro lado del agua se encontraba una ciudad moderna, edificios de oficinas, rascacielos, un horizonte de acero y vidrio descansando a la otra orilla.

—Creo que conoces la ciudad. Se llama Boston.

—¿Boston? ¿La ciudad de la colina?

—Sí. Boston fue la primera encarnación de la visión de Winthrop, el centro de la nueva mancomunidad, la ciudad en la colina que se convertiría en Estados Unidos de América.

—¿Boston?

—La ciudad de la colina es uno de sus nombres. Boston se convertiría en la capital de la colonia de la bahía de Massachusetts y el hogar de John Winthrop. Viviría allí, gobernaría allí y sería enterrado allí. Boston fue fundada por John Winthrop.

Después de eso no dijo una palabra más.

—¿Por qué estas tan tranquilo? —le pregunté.

—Todavía no lo ves, ¿verdad? —dijo el profeta.

—¿Ver qué? Veo la ciudad.

—Estados Unidos de América fue fundado para los propósitos y la gloria de Dios, con el objeto de que fuera una luz para el mundo, la ciudad de la colina. Todo empezó aquí. Todo vino de estas costas. Y esta fue la primera encarnación de ese llamado y esa visión. Pero Estados Unidos se apartó de su llamado, se alejó de los propósitos de Dios y luego se volvió contra ellos. Y entonces todo comenzó, el estremecimiento, el comienzo de las señales, los presagios. ¿Y dónde empezó todo? ¿Dónde se originó el 11 de septiembre?

Y ahí fue cuando al fin me di cuenta.

—Todo empezó aquí...

—Sí —dijo el profeta—, el 11 de septiembre se originó en la ciudad de la colina. Los primeros aviones despegaron...

—De Boston. Así que el estremecimiento de Estados Unidos de América vino de la ciudad sobre la colina.

—Recuerda el principio: en los días del juicio, la nación vuelve a sus cimientos. Así que el 11 de septiembre, Estados Unidos de América fue llevado de vuelta a los cimientos de sus poderes, al Bajo Manhattan el día de su descubrimiento, al Pentágono el día de su inauguración y a la Zona Cero, donde se dedicó a Dios en su primer día. Pero el misterio se remonta e incluso va más allá de eso, más allá de la Zona Cero y más allá de ese primer día, hasta el principio, hasta la fundación de las bases, hasta aquí, hasta la ciudad de la colina. Estados Unidos se había alejado de sus cimientos y, en un solo día, fue llevado de vuelta a ellos.

—Todo tenía que ver con volver a sus principios —dije—, con el llamado inicial.

—¿Y qué fue lo que profetizó la visión de Winthrop?

—Que si Estados Unidos seguía los caminos de Dios, las bendiciones de Israel vendrían sobre él: paz, seguridad, prosperidad, poder y preeminencia. Pero si se volvían a oponerse a los caminos de Dios, entonces los juicios de Israel vendrían sobre la nación.

—¿Y qué fue del 11 de septiembre y los presagios procedentes de ello? ¿Qué estaba repitiendo todo eso?

—Los juicios de Israel… de modo que el 11 de septiembre se une a la ciudad de la colina.

—Y el misterio —dijo el profeta— es que realmente lo fue. El misterio es que el 11 de septiembre comenzó en la ciudad de la colina. Los aviones que trajeron la destrucción despegaron de la ciudad de la colina. Fue desde esta ciudad de la colina que la calamidad sobrevino a Estados Unidos de América.

—Así que la desgracia que vino a Estados Unidos de América comenzó en la ciudad del hombre que le había dado a Estados Unidos la advertencia de lo que sucedería.

—Y la advertencia que le había dado a Estados Unidos provenía de la que Moisés le había dado a Israel comenzando en Deuteronomio 28.

—¿Y cuál fue la escritura designada para que se pronunciara en los días previos al 11 de septiembre?

—Deuteronomio 28.

—¿Y cuál fue la advertencia?

—Era aquello que decía que el enemigo que venía de una tierra lejana como un águila en picada para traer destrucción.

—Así fue uno de los juicios de Israel de los que advirtió Winthrop. Y todo comenzaría el día en que el enemigo despegara como un águila volando desde Boston, la ciudad de la colina.

—Todo encaja a la perfección.

—Y aún hay más en el misterio.

—No sé si puedo asimilar más.

—Winthrop tenía un lugar especial al que llamaba suyo. Era una isla.

—¿No es esta isla?

—No, pero tan pequeña como esta. Y fue en esa isla donde Winthrop plantó un jardín, un viñedo y un huerto. Se dijo que los primeros manzanos y perales de Nueva Inglaterra fueron plantados en esa isla por John Winthrop. La isla estaba cerca del continente. De modo que Winthrop podía contemplar su ciudad de la colina con el fin de meditar en su llamado y orar por el futuro de ella. Se llamaría Governor's Island.

—¿Por qué?

—Lleva el nombre de Winthrop. Él era el gobernador. Era otra forma de decir que era la *isla de Winthrop*.

Fue entonces cuando un avión particularmente ruidoso y en vuelo bajo pasó sobre las aguas frente a nosotros. Había notado que muchos aviones despegaban y aterrizaban en el aeropuerto cercano durante todo el día, pero este —en particular— era imposible de ignorar.

—¿Sabes a dónde van y vienen todos esos aviones? —me preguntó.

—A ese aeropuerto.

—¿Y sabes cuál es ese aeropuerto?

—No pensé en eso.

—Ese, Nouriel, es el lugar donde empezó todo. No fue solo que el 11 de septiembre comenzó en Boston. Fue ahí, en ese lugar, donde empezó todo.

—Ese es el aeropuerto que...

—Ese es el aeropuerto Logan. Fue desde ese terreno que los terroristas despegaron para dar inicio a su misión. Ahí es donde comenzó el 11 de septiembre.

—Antes de que pasara el avión, me hablabas de la isla de Winthrop. ¿Por qué?

—¿Sabes qué pasó con la isla de Winthrop, Nouriel?

—No, no tengo ni idea de ello.

Él se detuvo por un momento.

—Se convirtió en un aeropuerto.

—¡No me digas!

—Sí. La isla de John Winthrop se convirtió en el aeropuerto Logan... el lugar desde donde comenzó el 11 de septiembre.

—¡El Aeropuerto Logan!

—El estremecimiento, las señales, los presagios... todo comenzó en la isla de John Winthrop.

—No...

—El hombre que sentó las bases y advirtió lo que sucedería si Estados Unidos alguna vez se alejaba de Dios. Y la calamidad vino... y llegó específicamente desde su tierra, de su isla, donde moraba y desde donde oraba.

—Eso va más allá del...

—Es el misterio detrás del misterio —dijo el profeta—. El 11 de septiembre, la calamidad golpeó la Zona Cero, donde Estados Unidos fue consagrado a Dios en su primer día, pero todo comenzó aquí, donde Estados Unidos fue consagrado a Dios antes de su primer día... el terreno más secreto en lo profundo del misterio.

—Y hablando de terrenos, mira hacia allá —dijo, señalando a la derecha del aeropuerto—. Era una península tan cerca del aeropuerto Logan que casi parecía estar tocándola. Es una ciudad. ¿Sabes cómo se llama?

—No.

—*Winthrop...* es la ciudad de Winthrop.

—Todas las piezas del misterio... juntas.

—Sí —dijo el profeta—, todas encajan. Esa mañana de septiembre, tres días después de que se abrieran los pergaminos en la palabra que profetizaba que el enemigo vendría a la tierra como un águila, los terroristas huyeron de los predios de John Winthrop en la ciudad de la colina. Esa misma mañana, en la ciudad de Nueva York y en todo el país, las antiguas oraciones del *selijot* se elevaron y hablaron del enemigo atacando la tierra y dejando destrucción a su paso. Y esa misma mañana, un barco llamado *Half Moon* se preparó para navegar por el río Hudson en una recreación del viaje que representó el comienzo de esa ciudad cientos de años antes, el 11 de septiembre.

»Y esa misma mañana de septiembre, en los dormitorios, en los estudios y en las mesas de la cocina en toda la ciudad de Nueva York, la costa este y la nación, los creyentes abrieron sus Biblias en la palabra señalada para ese día —Isaías 9:10—, la profecía que hablaba de un ataque enemigo a la tierra, el colapso de sus edificios y la caída del árbol sicomoro, todo lo cual se identificó como el comienzo del juicio de una nación, y todo lo cual se pondría en movimiento la mañana en que lo leyeran. Y esa misma mañana, en la costa este de Estados Unidos y en toda la ciudad de Nueva York, empezó a sonar el sonido del atalaya, la antigua alarma designada para advertir a la ciudad de una calamidad inminente. Fue en esa mañana que lo que John Winthrop había profetizado, llegó a Estados Unidos de América desde la tierra de John Winthrop.

—Y ahora hemos regresado —dije— al principio del principio...

—Tenía que empezar desde el principio —respondió él— porque todo vuelve al inicio.

—Fue el llamado a volver a las raíces. Fue un llamado de atención.

—Un llamado severo —dijo el profeta—, tan severo como una alarma ante un pueblo sordo. Pero el propósito de la alarma no era traer juicio, sino despertar a los dormidos y salvarlos del juicio.

—Así que todos esos movimientos, todos esos fundamentos, esos principios y esas raíces... todo tenía que ver con el regreso a Dios; con el llamado de una nación a volver a los cimientos de los que se había apartado.

—Sí, pero la base no es un punto o un conjunto de principios o preceptos morales. El fundamento es él. El fundamento es Dios mismo.

—¿Mostró Winthrop alguna indicación de cuál sería el final para Estados Unidos, cuál la bendición o el juicio?

—Él terminó su visión de la ciudad en la colina aludiendo una vez más a las palabras de Moisés. Por lo que dijo lo siguiente:

«Amados, ahora tenemos ante nosotros la vida y la muerte, el bien y el mal, puesto que hoy se nos ordena amar al Señor nuestro Dios, amarnos unos a otros y andar en sus caminos, *elijamos la vida*».[1]

—Entonces ¿cuál será —dije— la vida o la muerte?

—La respuesta a eso —dijo— yace en nosotros. Porque tenemos ante nosotros el juicio y la redención, la vida y la muerte. Su voluntad es que encontremos la vida. Y la recibimos si la buscamos y nos decidimos por ella. Si el fin ha de ser bendición y redención, entonces habrá sido la voluntad de Dios. Pero si el fin ha de ser juicio, entonces habrá sido nuestra elección. Así que la voz de Dios está llamando: «Vuélvete a mí, y yo me volveré a ti».[2] En otras palabras...

—En otras palabras...

—*Escoge la vida.*

Nos quedamos allí un rato en silencio, viendo hacia la ciudad sobre la colina mientras un viento cálido nos cubría. Y, entonces, rompí el silencio.

—Así que —dije— hemos completado el círculo. Cuando te vi por primera vez en la isla de las dos torres, me hablaste de la ciudad sobre la colina. Empezamos con eso. Y ahora hemos vuelto a lo mismo. Entonces ¿es este nuestro último encuentro?

—Creo —dijo el profeta— que hay una cosa más que debo mostrarte.

—Pensé que este era el último misterio.

—Lo que tengo que mostrarte lo llamaría de otra manera.

—¿Qué? —pregunté. ¿Cómo lo llamarías tú?

—Lo llamaría secreto.

Capítulo 34

El Cordero

—¿Un secreto? —dijo Ana.

—Algo conocido solo por unos pocos, algo que tuvo lugar lejos de los ojos del mundo.

—Y conocido por el profeta.

—Sí, por supuesto —dijo Nouriel— uno de los pocos.

—Entonces ¿qué pasó?

—Saqué el sello y comencé a examinarlo. Y ahí estaba la imagen, en el sentido de las agujas del reloj, de la imagen que me había llevado a la isla.

—¿No sabías que estaba ahí antes de eso?

—Lo había notado antes, ya que tenía las otras imágenes diminutas en el anillo que rodeaba la ciudad de la colina. Pero no pensé que estuvieran todos allí por mi bien. Y estaba tan convencido de que mi encuentro con el profeta en esa isla iba a ser el último que no vi la necesidad de descifrar cada detalle del sello. Pero eso cambió cuando me dijo que tenía algo más que revelarme.

—Entonces ¿cuál era la imagen? —preguntó Ana.

—Una puerta, una puerta antigua.

—Así es como empezó todo —dijo—. El primer misterio fue el de la puerta.

—Sí y todo comenzó con un sueño en el que vi una puerta cubierta de grabados, el sol, la antorcha, la masa de agua y la tierra de las colinas. Era la misma imagen que veía ahora en el sello, solo que en una versión en miniatura.

—Entonces ¿qué pensaste que significaba eso?

—Lo mismo que significaba en el sueño. Era una representación de la puerta de la nación, la ciudad de Nueva York y, más específicamente, el paso hacia el río Hudson, con la isla de Manhattan a un lado y la Estatua de la Libertad al otro.

—¿Y a dónde te llevó eso?

—Decidí acercarme lo más que pudiera a esa puerta, donde se unen la bahía de Nueva York y el río Hudson. Fui al extremo sur de Manhattan, a Battery Park.

—¿Y confiabas en que estabas siendo guiado a ir allí cuando lo hiciste y que el profeta haría lo mismo?

—Algo como eso.

—Entonces ¿qué pasó?

—Cuando llegué a Battery Park, estaba desierto, excepto por una persona, una que era imposible ignorar. En tiempos más normales, no es raro encontrar personas en el parque vestidas como la Estatua de la Libertad, posando con turistas y ganándose la vida. Y eso es lo que vi: una mujer vestida como la Estatua de la Libertad. Llevaba una túnica de color turquesa, con el rostro cubierto con pintura del mismo color y sostenía en su mano derecha —y extendida— una antorcha del mismo color turquesa. Y sobre su rostro color turquesa había una máscara quirúrgica blanca: la Estatua de la Libertad con una máscara en la cara. Aquello era un espectáculo desconcertante. Me pregunté qué estaría haciendo ahí cuando prácticamente no había nadie más en el parque ese día. La estatua se quedó ahí paralizada, excepto que parecía seguirme con la mirada mientras yo deambulaba por el parque con la esperanza de encontrar al profeta.

»Pero entonces, cuando estaba a punto de abandonar mi búsqueda, bajó su linterna hasta que apuntó hacia el paseo marítimo. No traté de averiguar qué estaba pasando, quién era ella ni por qué estaba haciendo eso. Pero como, una vez más, no tenía nada más en lo cual continuar, decidí tomar eso como una pista y seguir adelante. Así que bajé al puerto. Fue entonces cuando lo vi, al profeta en un bote de remos anclado en el muelle, esperando a que me reuniera con él.

—¡Ven, Nouriel! —me dijo—. Tenemos un viaje que hacer. No querrás perderte el barco. No habrá otro más durante algún tiempo.

Así que bajé al muelle y me uní a él en el bote. Era la segunda vez que me encontraba en un bote de remos con el profeta. El primero fue en el lago de Central Park durante nuestros primeros encuentros. Pero esta vez sería él quien remara.

—La señora que me señaló hacia aquí —le dije— ¿es empleada tuya?

—No —respondió.

—¿A dónde vamos?

—Tendrás que ver.

—Me prometiste un secreto.

—Y te será revelado... y un misterio de dos días santos.

Salimos de Battery Park, al sur, hacia la bahía de Nueva York. Al principio no dijo nada. Estaba concentrado en alejar el barco del puerto. Solo después de lograr eso, habló.

—Días sin precedentes —me dijo—. Por primera vez en la historia, el mundo se paraliza con miles de millones de personas escondidas en el interior de sus hogares, esperando hasta que una plaga pase por la tierra. Sin precedentes... excepto una vez.

—¿Cuándo?

—En la antigüedad, cuando se le decía a la gente que entrara a sus casas y se quedara allí porque una plaga estaba pasando por la tierra. La orden se las daban sus líderes. Aquellos que no se quedaban dentro de sus casas durante el tiempo señalado corrían el riesgo de ser atacados por la plaga.

—Nunca había oído que sucediera algo así.

—Creo que sí —respondió—. Era lo que llamaban la Pascua.

—¡La Pascua!

—La tierra era Egipto. La nación era Israel. Y una plaga estaba pasando por aquella tierra. Los israelitas debían entrar en sus casas. Moisés les había ordenado que lo hicieran. Ninguno de ellos debía *salir de su vivienda hasta la mañana*. Todos debían quedarse adentro hasta que la plaga hubiera pasado por la tierra.

—Así que ese fue el primer cierre nacional —dije.

—Y nunca había habido otro igual, hasta ahora. En el año 2020, por primera vez en más de tres mil años, se le dijo al pueblo de Israel que entrara en sus casas y que no saliera. Como en la antigüedad, fue un mandato que les dieron sus líderes. Y como en Egipto, fue porque una plaga estaba pasando por la tierra. Y no era solo el hecho de que los elementos antiguos volvían a unirse, era *cuándo* estaban convergiendo.

—¿Cuándo?

—En la Pascua. Todo vino junto en la Pascua. Era la primavera de 2020. El primer ministro israelí emitió la orden de que a partir de la víspera de la

Pascua a las seis de la tarde, habría un bloqueo nacional total. Todos debían permanecer dentro de sus casas con su familia inmediata. El bloqueo duraría hasta las siete de la mañana del día siguiente. Y nadie debía «*salir de su casa hasta la mañana*».

—Así que el pueblo de Israel se quedó dentro de sus casas porque una plaga estaba pasando por la tierra, la misma noche que conmemoraba la misma noche en que el pueblo de Israel se quedó dentro de sus hogares porque una plaga estaba pasando por la tierra. El antiguo misterio se repitió en la misma noche de su conmemoración.

—Pero no solo sucedió en Israel.

—Sí —dijo el profeta—, ese es el punto. El misterio se estaba manifestando en todo el mundo. Los líderes les decían a las personas de toda la tierra que se quedaran dentro de sus casas, sus apartamentos, sus mansiones, sus palacios y sus chozas... los ricos y los pobres, los débiles y los poderosos... porque una plaga estaba pasando por su tierra, una plaga pasaba por la tierra. El mundo entero fue introducido en el misterio de la Pascua; el mundo comunista, el mundo cristiano, el mundo musulmán, el mundo hindú, el mundo secular, todo el planeta se sumergió en el misterio de la Pascua a principios de la primavera, la temporada de la Pascua.

—Una pascua de juicio —dije.

—Podrías decir eso.

—¿Y qué significa todo esto?

—¿Cuál fue el centro de la Pascua? —preguntó—. El cordero, el cordero pascual. En la primera Pascua, se le dijo al pueblo de Israel que sacrificara un cordero y marcara los postes de las puertas con su sangre. Cuando la plaga o el juicio cayeran sobre la casa, si estaba marcada con la sangre del cordero, la plaga pasaba sobre ellos y se salvaban. El cordero, en cierto sentido, estaba absorbiendo la plaga, muriendo en su lugar para que los que se refugiaran en ella se salvaran del juicio. Todo se centraba en el cordero.

Se quedó callado por unos momentos, continuó remando como dándome tiempo para que asimilara sus palabras.

—¿Cómo es que la Biblia llama a Jesús? —preguntó el profeta.

—El cordero.

—Y así, Isaías profetizó que el Mesías sería «llevado como un cordero al matadero».[1] Y entonces Juan el Bautista lo anunció con las palabras

siguientes: «¡He aquí! ¡El *Cordero* de Dios que quita el pecado del mundo!».[2]
Entonces ¿por qué se le llama el Cordero?

—Porque su vida se convertiría en un sacrificio.

—Sí y por más que eso. No vino solo como Cordero, sino específicamente como el *Cordero Pascual*. ¿En qué día fue que entregó su vida? En la Pascua. ¿Y qué era la cruz? Era una viga de madera, como el poste de una puerta, marcada con la sangre del Cordero, la señal de la Pascua. ¿Y qué es el evangelio? El mensaje que dice que «El Cordero murió en tu lugar y tomó tu juicio para que pudieras ser libre, para que pudieras ser salvo». Ese es el mensaje de la Pascua. Es, de principio a fin, una fe pascual.

»¿Y qué hemos presenciado ahora, Nouriel? Una nación, una civilización, una cultura mundial que se aleja no solo de Dios sino del Cordero, de la fe que se centra en el Cordero pascual. Y ahora, sobre ese mundo viene una plaga, y se le dice a la gente de ese mundo que deben permanecer dentro de sus casas hasta que la plaga pase sobre ellos. Y todo llega al mundo en el tiempo de la Pascua.

»De modo que el mundo que se había apartado del Cordero de la Pascua ahora vuelve a su misterio. ¿Y qué revela la Pascua como única respuesta?

—Al Cordero.

—La única respuesta al juicio... pero no simplemente el juicio de Egipto, sino el juicio que debe caer sobre todo pecado y maldad.

—Así que el mundo estaba siendo llamado a volverse a Dios.

—¿Y cuál fue el epicentro mundial de la plaga?

—Nueva York.

—Y el presagio que creció en Nueva York en la Zona Cero, el árbol erez, el Árbol de la Esperanza... ¿en qué día fue derribado?

—En la Pascua.

—¿Y recuerdas los dos días en los que la plaga alcanzó su punto máximo en Nueva York?

—El 9 de abril y el 10 de abril

—¿Y sabes qué fue el 9 de abril?

—No, no tengo ni la más mínima idea.

—Era Pascua... ¡el primer día de la Pascua!

—¡Así que el momento cumbre de la plaga que atravesó la tierra cayó en el santo día hebreo que conmemora la plaga que asoló la tierra!

—Sí —respondió—¿Y qué es Nueva York? Es el centro de la población judía en Estados Unidos de América. Entonces, el día en que la plaga asolaba Nueva York, el pueblo judío estaba observando la Pascua, el día santo que conmemora la derrota de la plaga por la sangre del cordero. Y fue justo después de ese día que la plaga en Nueva York comenzaría a disminuir, a pasar.

—Eso fue el 9 de abril —dije—, pero el pico tuvo lugar durante dos días. ¿Y el otro día, 10 de abril? ¿Fue eso significativo?

—Yo diría que sí —dijo el profeta—. El 10 de abril fue Viernes Santo. El Viernes Santo es, en realidad, otro cómputo del mismo día, la Pascua, el día que se conmemora el sacrificio de Jesús en la cruz —en la Pascua— como el Cordero pascual... para que la plaga pase sobre nuestras vidas.

El amanecer apenas comenzaba a despuntar sobre Brighton Beach. Ana miraba hacia el océano, pero a ningún punto en particular.

—¿Qué estás pensando? —preguntó Nouriel.

—No lo sé.

—Lo sabes. ¿Qué estás pensando?

—Todo vuelve a él —dijo.

—Todo volvió a él la primera vez, cuando viniste a mí.

—¿Jesús?

—Sí.

—Eso es lo que suele suceder. Eso es lo que todo tiende a hacer: volver a él, a Jesús. Todos los tiempos están cronometrados para el cómputo de su nacimiento, cada evento humano, cada momento de nuestras vidas. Incluso Estados Unidos de América, fue fundado por él y dedicado a sus propósitos. Incluso la ciudad de la colina, la visión fundacional de Estados Unidos, no fue Winthrop quien la ideó; fue Jesús. Esa es la imagen que expuso ante sus discípulos en cuanto a lo que fueron llamados a ser. Así como la Pascua se centra en el cordero, el mundo se centra en Jesús; la historia misma está dividida por su existencia... y no solo la historia. Al final, no se trata de historia ni de naciones.

—¿Y de qué se trata entonces?

—Al final, se trata de nosotros, Ana, de cada uno de nosotros. El juicio de las naciones pertenece a *este* mundo. Pero este mundo es solo una pequeña parte, la parte más ínfima de la eternidad. Delante de nosotros está la eternidad, una eternidad con Dios o una eternidad sin él. Recuerda lo que dijo el profeta: es necesario que Dios lleve al mal a juicio. La luz debe vencer a las tinieblas y el bien debe poner fin al mal. Por tanto, todo pecado debe ser juzgado; un solo mal es suficiente para separarnos de los buenos y un solo pecado suficiente para separarnos de Dios, infinitamente y para siempre.

—Juicio eterno.

—Todos somos escogidos para estar a la luz en el día del juicio.

—Pero nadie está libre de pecado —dijo ella—. De modo que nadie puede ser salvo.

—Y ese es el misterio de la Pascua. El juicio viene. Está llegando y es para todos. Pero para los que se refugian en el Cordero, el juicio les pasa por encima. Todo el que acude al Cordero es salvo.

—El Cordero es Jesús.

—El Cordero es Jesús, que murió en nuestro lugar, que fue juzgado por nosotros para que pudiéramos ser salvos... como está escrito: «Porque tanto amó Dios al mundo que dio a su Hijo unigénito, para que todo aquel que crea en él no perezca, sino que tenga vida eterna».³

—Pero quizás algunos de nosotros estemos demasiado lejos de Dios.

—No estás más lejos que yo. Y no importa qué tan lejos estés. En la noche de la Pascua, no importaba quién eras, cuál era tu pasado, cuán bueno o malo, cuán santo o pecaminoso. Nada de eso importaba. Nadie se salvó ni se perdió por su pasado, ni por lo que hizo o no hizo. El que entraba por la puerta y se refugiaba en el cordero era salvo del juicio, y el que no lo hacía, no.

»Ahora no es diferente. No importa quién seas, cuál haya sido tu pasado, tu religión, cómo naciste o qué tan lejos de Dios te encuentres. Mírame, Ana; yo era la persona menos probable, la más alejada de él. Pero no se trata de lo que somos. Se trata de lo que es él. Al final, se trata de su amor. La puerta está abierta para todos... la puerta que lleva las marcas de la sangre del Cordero... ahora en forma de cruz. Y el que entra por esa puerta se salva. Y el que no lo hace, no se salva.

»La justicia de Dios yace en el juicio, pero el corazón de Dios está en la cruz, en el Cordero. Dios es amor y el amor más grande es el que se entrega a sí mismo, el que se pone en nuestro lugar, el que soporta nuestros dolores y nuestras tristezas, el que toma nuestro infierno y nuestro juicio, para que seamos salvos. Ese es el corazón de Dios. Entonces, cuando hablamos de juicio, recuerda, Dios es aquel que carga sobre sí mismo todo el juicio que nosotros nunca podríamos soportar. Dios es amor... y el amor es el Cordero.

—Te has convertido en todo un evangelista, Nouriel.

—No —respondió—. Solo estoy compartiendo lo más importante que podría dar a alguien que me importa. Él no está lejos de ti, Ana. Y no es difícil. Todo lo que tienes que hacer es venir a él que es amor... que murió por tus pecados, que tomó tu juicio y venció la muerte para que pudieras tener vida eterna... recíbelo, recibe su amor, su perdón, su limpieza, su presencia, su resurrección, su poder, su espíritu, su paz y sus bendiciones... en tu corazón... y deja que toque cada parte de tu vida. Luego sigue sus pasos. Es como era en *la* Pascua ... entra por esa puerta, deja todo lo viejo atrás, y cuando salgas, todo se ha de volver nuevo.

—Como nacer de nuevo —dijo.

—Como nacer de nuevo.

—Sé que debería, pero...

—No esperes, Ana. No lo pospongas para mañana. Mañana nunca llega. Todas estas cosas son recordatorios de lo corta, frágil y fugaz que es esta vida. Vivimos nuestras vidas a solo un latido de la muerte. Cada momento que tenemos está separado de la eternidad por un solo latido. Cada aliento es prestado, un regalo de aquel que nos dio la vida y el único que puede darnos la vida de nuevo. Y nadie sabe cuándo será el último latido del corazón ni el último aliento. Y luego viene una de dos eternidades. Pero entonces es demasiado tarde para elegir. El único momento que tenemos para elegir es ahora. Mientras tengamos ese latido, podemos elegir. Así que nos llama a todos y nos dice: «Elige la vida...[4] y a cada uno de nosotros... a ti, Ana, y te dice: "Ven a mí"».[5]

Ella guardó silencio por un tiempo. Y luego habló.

—Debían quedarse en sus casas hasta la mañana. Y por la mañana...

—Eran libres. Todo era nuevo.

—¿Un nuevo nacimiento?

—Sí, un nuevo nacimiento, un nuevo comienzo ... la resurrección de la nación. La Pascua termina con la resurrección. De la muerte nace la vida y de la noche el día. Así que la noche terminó; había llegado la mañana. Y ahora comenzaron su viaje de regreso a la Tierra Prometida.

—¿Y sabes qué, Nouriel?

—¿Qué?

—Es de mañana.

—Así es.

Los dos se sentaron allí por un tiempo sin pronunciar una palabra, observando el amanecer sobre el océano.

Al fin, Ana rompió el silencio.

—Así que estás en el bote con el profeta. ¿A dónde fuiste? ¿Y cuál fue el secreto?

Capítulo 35

El día del atalaya

Él dirigió el bote en dirección suroeste hasta que estuvimos en el medio del agua, a mitad de camino entre Nueva York y Nueva Jersey.

—Todas estas cosas —dijo— el misterio, las señales, los presagios, las advertencias, todo comenzó el día del primer estremecimiento.

—El 11 de septiembre.

—Pero está escrito que antes del día de la calamidad, Dios da una advertencia. ¿Es posible entonces que antes de ese día, antes de que comenzaran todas estas cosas, se diera una advertencia? Y si es así, ¿es posible que dentro de esa advertencia haya una revelación y un mensaje para esta hora presente?

—¿Así es?

—En la antigüedad, Dios revelaba la venida de las calamidades mediante actos proféticos.

—¿Actos proféticos... es decir...?

—Actos que predicen simbólicamente lo que está por venir. El profeta Jeremías rompiendo la vasija de barro, anunciando la destrucción de Jerusalén; el profeta Ahías rasgó su vestidura en pedazos, anunciando la división del reino; el profeta Ezequiel llevando su equipaje a la vista del pueblo, prediciendo su próxima partida al exilio.[1] Un acto profético podría incluso ser realizado por aquellos que no se daban cuenta de que lo estaban haciendo, como el alfarero en el Libro de Jeremías que rompe su vaso y luego le da nueva forma, una señal para representar la soberanía de Dios con la nación de Israel.[2]

»Los actos proféticos ocurren en toda la Biblia, a menudo precediendo y presagiando un día de calamidad. Entonces ¿es posible que un acto profético haya ocurrido antes de que todo comenzara, antes del 11 de septiembre? Y si es así, ¿es posible que lo presagiara?

—No lo sabría.

—Eso pertenece al reino de las cosas secretas. Nunca te pedí el último sello. ¿Lo trajiste contigo?

—Por supuesto.

Así que se lo entregué. No esperaba que me diera otro, ya que sabía que estábamos al final o más allá del final, pero lo hizo. En el sello había la imagen de un hombre con túnica y barba que tocaba un cuerno de carnero.

—¡El atalaya! —dije—. Este es el primer sello que me dieron. Fue para decirme que había más por revelar. Fue el sello que lo inició todo. Así que todo ha vuelto al punto de partida. Pero fue la niña la que me lo dio. Y se lo devolví. ¿Cómo lo conseguiste?

—¿Importa eso algo?

El viento comenzó a levantarse y el cielo se nublaba cada vez más, como si se acercara una tormenta.

—¿Y qué hacía el atalaya? —preguntó el profeta.

—Vigilaba las murallas de la ciudad para detectar la primera señal de ataque del enemigo y, en caso de que lo viera, hacía sonar la alarma.

—¿Y en qué parte, específicamente, de los muros? En la puerta. El atalaya de la puerta. ¿Dónde estamos, Nouriel?

—En la bahía de Nueva York —respondí.

—Miré a tu derecha. Es esa Ellis Island, a través de la cual millones de inmigrantes llegaron a Estados Unidos. Ese es el pasadizo. Esa es la puerta de Estados Unidos de América. Y detrás de mí está Liberty Island, en la que se encuentra la Estatua de la Libertad, lo primero que veían los inmigrantes al acercarse a su destino. Esta es la puerta. Incluso el poema que está en su pedestal proclamaba que la estatua se pararía en «nuestras puertas del atardecer bañadas por el mar».[3] ¿Quién era, Nouriel, el primero en ver el ataque del enemigo?

—El atalaya.

—Sí, porque se paraba a orillas de la ciudad, en sus muros, en su puerta y miraba a lo lejos. Y aquí estamos en el borde de Estados Unidos de América, en la puerta de la nación... en el lugar del atalaya.

Ahora nos acercábamos a Liberty Island y a la estatua que ahora se elevaba sobre nosotros.

—Me vas a llevar a la Estatua de la Libertad.

—Sí.

—¿Por qué?

—Para mostrarte dónde sucedió —dijo— el evento profético que ocurrió antes de la desgracia.

—¿Cuándo sucedió eso?

—Ocurrió dos años antes de la calamidad... el día que vino un atalaya a la puerta.

—¿Qué quieres decir con un atalaya?

—Uno llamado a ver lo que venía y a hacer sonar la alarma.

—Así que alguien vino aquí dos años antes del 11 de septiembre.

—No vino solo. Unos vinieron con él y otros se le unieron aquí. Todos habían venido con el mismo propósito.

Fue entonces cuando el bote llegó al muelle. El profeta usó una cuerda para asegurarlo a uno de los postes de madera que sobresalían del agua.

—¿Podemos hacer eso? —pregunté.

—Acabamos de hacerlo.

—Quiero decir, ¿tenemos la autoridad?

—Sí —respondió—, en cierta forma.

Salimos del bote, caminamos por el muelle y llegamos a la isla. Como la mayoría de los otros lugares públicos de nuestros recientes encuentros, estaba prácticamente desierto. Nos detuvimos en la pasarela junto a la orilla del agua.

—Entonces ¿quién vino aquí con el mismo propósito?

—El pueblo de Dios, los creyentes —respondió—, los guerreros del espíritu.

—¿De dónde vinieron?

—De la ciudad, de las regiones circundantes y de todo el país.

—¿Y por qué vinieron?

—Para la mayoría de ellos, fue porque sabían que una calamidad se avecinaba sobre la nación.

—¿Cómo pudieron saber eso?

—Lo sabían por el Espíritu. Sabían que se avecinaba una calamidad a la nación y específicamente a la ciudad de Nueva York.

—¿Qué vieron como la razón de la calamidad?

—El alejamiento de Dios por parte de Estados Unidos puso a la nación en peligro. Vieron levantarse la cobertura de protección del país.

—¿Sabían cómo vendría la fatalidad?

—Sabían que vendría en forma de un ataque terrorista y que se centraría en la ciudad de Nueva York. Entonces, en vista de ese conocimiento, vinieron aquí a orar por la ciudad y por la nación.

—¿Y qué hicieron en esta isla?

—Ven —dijo el profeta—, te lo mostraré.

En eso, comenzó a llevarme a la estatua. Cuando nos acercábamos al pedestal, vi a dos agentes de seguridad. Esperaba que me detuvieran. La isla no estaba abierta a los turistas. Pero el profeta se acercó a los dos oficiales como si los conociera. Respondieron como si también lo conocieran. No sé cuál fue la historia o qué fue lo que les dijo; nunca le pregunté. Todo lo que sé es que después de revisarme, supongo que para asegurarse de que no representaba un peligro, nos dejaron pasar. Entramos en el pedestal y comenzamos a subir las escaleras. No lo pensaría, pero el pedestal tiene la altura de un edificio de diez pisos. Antes de llegar a la cima, el profeta me llevó afuera a una especie de balcón y luego a una de sus cuatro esquinas.

—Y aquí es donde el atalaya los llevó ese día, a la esquina noreste del pedestal.

—Es como una muralla —dije—. Puedo imaginarme a un atalaya parado aquí.

—¿Qué ves desde aquí, Nouriel?

La esquina daba a la ciudad, al fondo de Manhattan y, en particular, al fondo del lado oeste de la ciudad.

—Veo el presagio —dije—, la torre, el World Trade Center.

—Sí, pero *ellos* no. Ellos vieron las Torres Gemelas del World Trade Center. Habían venido a la ciudad porque sabían que se avecinaba un ataque. Pero entonces el atalaya los llevó a esta esquina.

—Para que pudieran ver el sitio donde se llevaría a cabo el ataque.

—Nouriel, ¿qué es lo que hace el atalaya en la puerta cuando ve venir el peligro, el primer atisbo del ataque que se avecina?

—Hace sonar la alarma; toca la trompeta.

—Sí. Y entonces el atalaya vino aquí ese día y trajo consigo la alarma, la trompeta, el shofar. Él dirigió a los que estaban en esa esquina en la proclamación y la oración por Estados Unidos de América y por los propósitos de Dios. Luego levantó la trompeta, apuntó a la ciudad, hacia las dos torres del World Trade Center y la sopló. Y el sonido del atalaya, que desde la antigüedad advertía de un ataque inminente, ahora salió de la puerta de la nación a la ciudad de Nueva York hacia las torres, el punto focal del próximo ataque. Y así fue escrito:

El sonido de trompeta... proclama destrucción.[4]

... cuando ve la espada que viene sobre la tierra y toca la trompeta ...[5]

Puse centinelas sobre ti, diciendo: ¡Escucha el sonido de la trompeta![6]

Si se toca la trompeta en una ciudad, ¿no tendrá miedo el pueblo?[7]

—¿Fue eso un acto profético? —pregunté.

—Si predijo lo que estaba por venir, entonces sucedió. El Señor le dijo al profeta Ezequiel que realizara un acto profético que involucrara una imagen. Debía crear una representación de Jerusalén en una tabla de arcilla, un grabado. Luego debía «sitiarla».[8] Era una simulación profética del ataque que vendría contra la ciudad, una imagen profética que presagiaba la calamidad que vendría sobre Jerusalén.

—No me digas que tenían una tabla de arcilla en la Estatua de la Libertad.

—No. Pero tenían algo más sobre lo que se crean las imágenes: una cámara. Mientras el atalaya tocaba la trompeta, le tomaron una fotografía. Y de eso salió una imagen profética.

—¿Que fue cuál?

—Una imagen en la que sonaba la trompeta en dirección al World Trade Center. Pero era más específico que eso. En la imagen, el shofar hacía contacto con el World Trade Center, o más bien, con una de las Torres Gemelas.

—¿Con cuál?

—Con la torre que marcaría el comienzo del 11 de septiembre, la Torre Norte, la primera en ser golpeada y la primera señal de la calamidad.

—¿Dónde? —pregunté—. ¿En qué parte de la Torre Norte?

—El shofar tocó la parte superior de la torre. Marcó el lugar exacto donde comenzaría la calamidad del 11 de septiembre. La trompeta y la torre. Y así fue escrito en la antigüedad:

Un día de trompeta y alarma ... contra las altas torres.

—En la imagen, la trompeta estaba literalmente colocada contra las altas torres.

—Entonces, como en los días de Ezequiel, fue una representación simbólica —dije— del ataque que sufriría la ciudad... en este caso el 11 de septiembre.

—¿Y desde dónde, en la antigüedad, se vieron por primera vez tales ataques?

—Desde el puesto del atalaya, desde el muro, desde la puerta.

—Y así fue que, desde la puerta de Estados Unidos de América, se reveló el ataque por primera vez... no solo el lugar y el punto focal del ataque, sino el ataque en sí.

—¿Qué quieres decir?

—Después que el atalaya tocó la trompeta, levantó las manos para cantar una oración antigua en hebreo. Mientras hacía eso, uno de los que estaban detrás de él decidió grabarlo. Cuando más tarde miraron lo que se había filmado, vieron algo que no notaron en medio de su canto. La imagen revelaría cómo se manifestaría el ataque. Vendría del cielo.

—¿Cómo demostraría eso?

—Mientras el atalaya oraba, apareció un objeto en el cielo, venía del lado izquierdo de la vista y volaba hacia la derecha.

—¿Hacia la derecha, es decir...?

—Lo que significa que el objeto se dirigía al World Trade Center. Y marcaría el mismo camino que tomaría el primer avión el 11 de septiembre. Se dirigiría a la Torre Norte y se cruzaría con ella en el mismo punto en el que el vuelo 11 de United Airlines golpearía esa torre el día de la calamidad. La imagen era un presagio de lo que la nación entera y el mundo serían testigos dos años después en ese mismo sitio. Como se escribió sobre el ataque del enemigo:

¡Pon la trompeta en tu boca! Vendrá como un águila.[9]

—Así que el primer vistazo de lo que iba a suceder les fue dado a los que estaban en la puerta.

—Como en la antigüedad.

—¿Y qué pasó después de eso?

—Después de eso, el atalaya les habló. Les dijo que iba a suceder algo importante y que iban a recordar lo que pasó allí en ese pedestal; que nunca olvidarían ese día.

—¿Cómo sabes esas cosas —dije—, si no se dieron a conocer? ¿Conoces al atalaya?

—Podrías decir eso.

—¿Quién era?

—Lo que importa no es quién era el atalaya, sino qué sucedió. Y dos años después, todo sucedió. El enemigo vendría a la nación y a su puerta, como un águila que vuela en el camino predicho en el día del atalaya, y golpearía la torre en el lugar señalado por la trompeta del atalaya. Pero no fue solo que sucedió dos años después.

—¿Qué quieres decir?

—Les dijeron que recordarían ese día. El día en sí fue una señal.

—No entiendo.

—No fue solo lo que pasó ese día, sino cuándo.

—¿Cuándo?

—El día del atalaya, el día que estuvieron a la puerta, cayó en una fecha específica.

—¿Qué fecha?

—Cayó el 11 de septiembre.

—¡No!

—Sí —dijo el profeta—. Todo ocurrió el 11 de septiembre. Todo lo que sucedió, pasó el 11 de septiembre: las oraciones que se enfocaban en un ataque de terror que se avecinaba, la reunión en la puerta, el sonido de la alarma, las imágenes de lo que iba a suceder, todo lo que sucedió, ocurrió el 11 de septiembre. Mucho antes de que alguien relacionara esa fecha con una catástrofe, o con un ataque a Nueva York, o con la destrucción de las torres, todo estaba conectado y revelado.

Hubo una pausa cuando el viento azotó al balcón.

—Pero te prometí algo —dijo—. Te dije que compartiría el misterio de dos días santos. Solo he hablado de uno, de la Pascua. La Pascua llega en primavera. El juicio llega en otoño.

—¿Otoño?

—O en las cercanías, a finales de verano.

—¿Qué quieres decir?

—Que el final del verano y el comienzo del otoño es el momento en el antiguo calendario bíblico designado para el juicio. Es entonces cuando todos los ojos se vuelven hacia Dios. Y es cuando uno debe considerar y reflexionar en su vida porque llega el momento en que uno debe comparecer ante Dios, cuando todos los pecados son juzgados.

—¿Qué significa todo eso?

—Que al final del verano llega Elul, el mes de las primeras trompetas, el mes de la preparación.

—¿La preparación para qué?

—Los días de temor, los días de arrepentimiento, los días de volver a las raíces, el tiempo dado a la luz del juicio para arrepentirse y volverse a Dios.

—¿Cuándo exactamente?

—Todo comienza con la Fiesta de las Trompetas, el día sagrado conocido como Rosh Ha Shannah, un día completo marcado por el sonido del shofar, la alarma, el sonido del atalaya.

—¿En qué mes es eso?

—Normalmente cae en septiembre.

—Un día para tocar las trompetas... ¿qué significa eso?

—El sonido de las trompetas es un sonido de alarma... un sonido que hace temblar. La Fiesta de las Trompetas es un día de alarma, de temblor, de estremecimiento... un día de advertencia... del juicio venidero. La Fiesta de las Trompetas inaugura los diez días de sobrerecogimiento que anteceden a Yom Kipur, el Día de la Expiación. El Día de la Expiación es una sombra del día en que todo pecado es juzgado y todo juicio es sellado, una sombra del mismo día del juicio. Yom Kipur representa la conclusión del juicio, pero la Fiesta de las Trompetas representa su comienzo. De hecho, el día en que suenan las trompetas también se conoce con el nombre de *Yom Ha Din*.

—¿Y qué significa eso...?

—El Día del Juicio —respondió—. De modo que los diez días desde la Fiesta de las Trompetas hasta el Día de la Expiación están vinculados al juicio y constituyen la ventana de tiempo en el que, a la luz del juicio venidero, uno todavía puede arrepentirse y ser salvo.

—Entonces el mensaje de la Fiesta de las Trompetas es...

—Que se acerca el juicio. Así que prepárate para presentarte delante de Dios. Hazlo bien. Arrepiente. Haz todo lo que tengas que hacer para estar bien con Dios y con el hombre. Ahora es el momento de volver a los principios y ser salvo. Porque llegará el día en que el tiempo dado habrá terminado. Así que vuélvete a Dios.

—¿Y por qué me hablas de la Fiesta de las Trompetas?

—Porque hay más en el misterio. El día del atalaya, el día en que se dio la advertencia de la calamidad venidera en la puerta de la nación, fue el 11 de septiembre, pero también fue algo más.

—¿Qué era?

—Era la Fiesta de las Trompetas.

—El día que dice: «Se acerca el juicio. Prepárense. Arrepiéntanse». Esto hablaba de que se prepararan para la catástrofe que se avecinaba. Fue una advertencia... se acercaba el 11 de septiembre.

—Sí —dijo el profeta—, y más que eso. En ese día de advertencia, dos años antes de la calamidad, el 11 de septiembre *fue* la Fiesta de las Trompetas y la Fiesta de las Trompetas *fue* el 11 de septiembre. Pero la Fiesta de las Trompetas no es el fin del asunto, sino el comienzo de los días del juicio. De modo que, el 11 de septiembre en sí no fue el final del asunto sino el comienzo del juicio de una nación. Fue la advertencia de lo que aún no había acontecido. El primer estremecimiento siempre es el presagio de temblores mayores.

—Entonces, el tiempo que sigue al 11 de septiembre correspondería a los días de temor, al tiempo dado para arrepentirse y regresar a Dios, a los días que están contados y que deben cumplirse, cuando aún no hemos decidido volver a Dios.

—No.

—¿Hubo alguna señal de esperanza ese día?

—El atalaya no solo tocó la trompeta; oró por Estados Unidos, oró para que hubiera un avivamiento y una cosecha de salvación. Oró para que la lámpara de Estados Unidos volviera a arder con el fuego de Dios y volviera a arder con la luz del cielo para iluminar al mundo. Lo hizo sabiendo que podría ser que a veces la lámpara deba apagarse para que la antorcha brille y que las tinieblas a veces deben irse para que llegue la luz.

—El tiempo se está acabando —dije—, ¿no es así?

—Así es —dijo el profeta—, pero no solo por estas cosas, sino por lo que está más allá de ellas. Verás, nuestros días aquí están contados. Deben y finalmente llegarán a su fin. Y luego viene la eternidad. Pero ahora son los días en los que determinamos la eternidad, cuál será esa eternidad. Estos son los únicos días que tenemos para convertirnos, para volver a Dios, para arrepentirnos, corregirnos, ser redimidos y llegar a la salvación. La eternidad es para siempre. Pero estos días no. Vienen solo una vez en la eternidad y, sin embargo, por ellos, es la eternidad sellada. ¡Qué maravillosos son estos días! Estos —dijo el profeta— son los días del asombro.

»Verás, vivimos nuestra existencia entre las trompetas y el Día del Juicio, cuando cada uno de nosotros estaremos ante Dios en la eternidad. Por eso las trompetas suenan, incluso ahora, y nos llaman para decirnos: "No estarás aquí para siempre. Porque tus días en la tierra están contados y terminarán. Por tanto, hagas lo que hagas, debes hacerlo ahora. Si alguna vez quieres volver a Dios, debes hacerlo ahora; si alguna vez te arrepientes y regresas, debes hacerlo ahora; si quieres pedir perdón, debes pedirlo ahora; si alguna vez quieres ser limpiado y hecho nuevo, debes hacerlo ahora; si alguna vez quieres arreglar tu vida, debes hacerlo ahora mismo; si alguna vez quieres ser salvo, debes ser salvo ahora; y si alguna vez quieres vivir la vida para lo cual fuiste creado y llamado a disfrutar, debes vivirla ahora. Porque nunca volveremos a pasar por este camino. Y el tiempo que tenemos en la tierra... son los días de asombro".

El viento ahora se había vuelto aún más fuerte y nos golpeaba implacablemente.

—Entonces ¿qué hago ahora?

Ante eso, metió la mano en su abrigo y sacó un cuerno de carnero.

—El shofar —dije—. Tenías otro que estaba lleno de aceite y con el que me ungiste el último día de nuestros primeros encuentros.

—Y este es ahora el último día de nuestro segundo encuentro —respondió—. Y este es más grande.

Entonces lo puso en mis manos.

—Es la trompeta del atalaya. Y ahora, Nouriel... te pertenece. Ahora hay menos tiempo que cuando nos separamos la última vez. Y ahora es tanto más urgente que cumplas el llamado del atalaya. Muchos se opondrán a ti. Muchos te odiarán por eso. Muchos te darán la espalda. Pero otros escucharán. Otros escucharán el sonido de la trompeta, el sonido de tu advertencia, y se volverán, volverán y serán salvos.

»Y para estos, para todos ellos, debes tocar la trompeta. Mientras tengas aliento, mientras sus corazones sigan latiendo, Dios los llama, los insta a volver. Tócala para que ellos la oigan. Porque estos son los únicos días que tienen. Estos son los días de asombro.

Luego puso su mano sobre mi hombro y me miró a los ojos.

—La responsabilidad es tuya —dijo—. Ahora termina. Cumple tu vocación. Y el Señor... estará contigo.

Fue en ese momento que noté la más leve sonrisa, el menor asentimiento y luego el menor cierre de sus ojos. Luego se apartó de mí y volvió a entrar en el pedestal.

—Nunca lo volví a ver. Cuando me disponía a salir de la isla, encontré el bote esperándome en el muelle, sin señales de él.

—¿Cómo saliste de la isla?

—No tengo idea, pero creo que todo estaba planeado para que sucediera de esa manera... él me dejaría parado allí en esa cornisa donde se había sonado la advertencia por primera vez.

—Así que te dio el encargo... un segundo encargo.

—Sí. Así que me quedé en esa plataforma con el shofar que había puesto en mis manos. Lo levanté para analizarlo. Esto era lo que el atalaya debía sonar ante el peligro para que el pueblo pudiera salvarse. Tenía que hacerlo independientemente de cómo reaccionara la gente, si se despertaban o seguían durmiendo, si lo encontraban perturbador o no, y si escuchaban y prestaban atención a la advertencia. Sabía lo que tenía que hacer. Tenía que dar una advertencia; tenía que hacer sonar la alarma.

—Sí, Nouriel —dijo—, tenías que dar una advertencia y hacer sonar la alarma a través de un libro, una secuela del primero, un libro que continuaría donde habías dejado el otro, para revelar lo que el profeta te había mostrado ahora.

El sol comenzaba a ponerse y el viento soplaba con más fuerza que antes. Y allí estaba yo, de pie en aquella cornisa, en el puesto del atalaya, en la puerta de Estados Unidos de América.

Me volteé hacia la ciudad, puse la trompeta en mi boca... y la soplé.

Y ya ha sonado la trompeta. El que tenga oídos para oír,
oiga...
y vuelva...
y se salve.

Acerca del autor

JONATHAN CAHN causó revuelo mundial con el lanzamiento de su *best seller El presagio* —además de sus posteriores libros superventas— ranqueado en la lista del *New York Times*. Cahn se ha dirigido a los miembros del Congreso estadounidense y ha hablado en las Naciones Unidas. Fue nombrado, junto con Billy Graham y Keith Green, uno de los cuarenta líderes espirituales más importantes de los últimos cuarenta años «que cambiaron radicalmente nuestro mundo». Se le conoce como una voz profética de nuestros tiempos y pionero moderno en cuanto a la revelación de los profundos misterios de Dios. Jonathan Cahn dirige Hope of the World, un ministerio que lleva la Palabra al mundo y patrocina proyectos de compasión hacia los más necesitados del orbe; y *Beth Israel / The Jerusalem Center*, su base de ministerio y centro de adoración en Wayne, Nueva Jersey, en los alrededores de la ciudad de Nueva York. Es un orador muy solicitado con presencia en todo Estados Unidos y el mundo.

Para ponerse en comunicación con él, recibir actualizaciones proféticas, adquirir obsequios de su ministerio (mensajes especiales y mucho más), conocer sus más de dos mil mensajes y misterios, y obtener más información o para participar en la Gran Comisión, utilice los siguientes contactos.

HopeoftheWorld.org

Escriba directamente a:

Hope of the World
Box 1111
Lodi, Nueva Jersey 07644 EE. UU.

Para mantenerse actualizado y ver qué está sucediendo:

Facebook: Jonathan Cahn (sitio oficial)

YouTube: Jonathan Cahn

X: @Jonathan_Cahn

Instagram: jonathan.cahn

Correo electrónico: contact@hopeoftheworld.org

Para saber cómo puede ir a Tierra Santa con Jonathan Cahn en uno de sus próximos súper tours por Israel, escriba a: contact@hopeoftheworld.org o consulte en línea acerca de los próximos súper tours.

Notas

Capítulo 4: La puerta
1. Deuteronomio 28:52, énfasis añadido.
2. Deuteronomio 28:55, énfasis añadido.
3. Ezequiel 21:15, énfasis añadido.
4. Lamentaciones 1:4; 2:9, énfasis añadido.
5. Emma Lazarus, «The New Colossus,» National Park Service, November 2, 1883, www.nps.gov.
6. Deuteronomio 28:52.
7. Deuteronomio 28:55.
8. Isaías 3:26.

Capítulo 5: Las torres
1. Génesis 11:4.
2. Isaías 2:12, énfasis añadido.
3. Isaías 2:17, énfasis añadido.
4. Ezequiel 16:39.
5. Isaías 2:15, énfasis añadido.
6. Ezequiel 26:4, énfasis añadido.
7. Sofonías 1:16, énfasis añadido.
8. Isaías 30:25, énfasis añadido.

Capítulo 6: El muro
1. Deuteronomio 28:52.
2. Deuteronomio 28:52, énfasis añadido.
3. Deuteronomio 28:52, énfasis añadido.
4. Isaías 2:15, énfasis añadido.

Capítulo 7: Selijot
1. Rabbi Abraham Rosenfeld, trad., Selichot: Authorized Hebrew and English Edition for the Whole Year (Judaica Press, 1978), día 3, 41-58.
2. Ibid., día 3, 287
3. Ibid., día 3.
4. Ibid., día 4, 59-76.
5. Ibid., día 4.
6. Ibid., día 4.
7. Ibid., día 4.

Capítulo 8: Los cimientos
1. Ezequiel 13:14.
2. Jeremías 45:4.

Capítulo 9: El discurso nocturno
1. Henry R. Luce, «The American Century,» Life, February 17, 1941, www.books.google.com.
2. Franklin D. Roosevelt, «Fireside Chat 18: On the Greer Incident,» September 11, 1941, www.millercenter.org.
3. «We Are in It; We Had Better Win It,» Bergen Evening Record, September 12, 1941, 28, www.newspapers.com.
4. «At the Ready,» Canandaigua Daily Messenger, September 17, 1941, 5, www.newspaperarchive.com.

Capítulo 12: La parashá
1. Deuteronomio 28:1-2, 4.
2. Deuteronomio 28:3.
3. Deuteronomio 28:5.
4. Deuteronomio 28:7 RVR1960.
5. Deuteronomio 28:8.
6. Deuteronomio 28:10 RVR1960.
7. Deuteronomio 28:12.
8. Deuteronomio 28:1, 13.
9. Deuteronomio 28:44.
10. Deuteronomio 28:49, énfasis añadido.
11. Deuteronomio 28:52, énfasis añadido.
12. Deuteronomio 28:16, énfasis añadido.
13. Deuteronomio 28:17.
14. Deuteronomio 28:23.
15. Deuteronomio 28:24.
16. Deuteronomio 28:29.
17. Deuteronomio 28:25 RVR1960.
18. Deuteronomio 28:49-50.
19. Deuteronomio 28:52, énfasis añadido.

Capítulo 13: Las aves de rapiña

1. Oseas 8:1, 3 RVR1960.
2. Ezequiel 17:3.
3. Jeremías 49:22 RVR1960.
4. Lucas 21:20, 24 RVR1960.
5. Jeremías 49:22 RVR1960, énfasis añadido.
6. Jeremías 49:22 RVR1960, énfasis añadido.
7. Deuteronomio 28:49-50 RVR1960.
8. Deuteronomio 28:49 RVR1960, énfasis añadido.
9. Deuteronomio 28:49 RVR1960, énfasis añadido.

Capítulo 14: Los atalayas

1. Jeremías 4:19-20, 5-7.
2. Amós 3:6, énfasis añadido.
3. Sofonías 1:16, énfasis añadido.
4. Oseas 8:1, énfasis añadido.

Capítulo 16: El hombre de la colina

1. John Winthrop, «A Model of Christian Charity,» The Winthrop Society, 1630, www.winthropsociety.com.
2. Mateo 5:14.
3. Winthrop, op. cit.
4. Ibid.
5. Ibid.
6. Ibid.
7. Ibid.
8. Ibid.
9. Ibid.
10. Ibid.
11. Ibid.
12. Ibid.
13. Ibid.

Capítulo 17: Las señales

1. Isaías 9:9.
2. George E. Pataki, «Remarks: Laying of the Cornerstone for Freedom Tower» (discurso, New York, 4 de julio de 2004), www.renewnyc.com.
3. John Edwards, «Remarks to the Congressional Black Caucus Prayer Breakfast» (speech, Washington, DC, 11 de septiembre de 2004), www.presidency.ucsb.edu.
4. «Senate Majority Leader Daschle Expresses Sorrow, Resolve,» Washington File, 13 de septiembre de 2001, www.wfile.ait.org.tw.
5. Ibid.

Capítulo 18: La palabra babilónica

1. «Questions That Are Asked Frequently About the 9/11 Recovery...» Ground Zero Museum, accessed May 19, 2020, www.groundzeromuseumworkshop. org.
2. Ibid.
3. Génesis 11:4.
4. Génesis 11:3.
5. Génesis 11:4.
6. Génesis 11:1.
7. Génesis 11:4.
8. Isaías 9:10, traducción de la Septuaginta por Brenton, énfasis añadido.
9. Ibid.

Capítulo 19: El marchitamiento

1. Salmos 37:2, énfasis añadido.
2. Isaías 1:30, énfasis añadido.
3. Jeremías 8:12-13.
4. Ezequiel 17:8-10.

Capítulo 20: El noveno de Tamuz

1. Jeremías 39:1-2.
2. Jeremías 39:4.
3. Jeremías 39:8-9.
4. Jeremías 39:2.
5. Isaías 5:20.

Capítulo 21: Lo oculto

1. Isaías 9:10.
2. Isaías 9:10.
3. Josh Earnest, «Beam Signed by President Obama Installed at World Trade Center,» White House, August 2, 2012, www.obamawhitehouse.archives. gov.
4. Ibid.
5. Ibid.

6. Charles F. Pfeiffer and Everett F. Harrison, eds., The Wycliffe Bible Commentary (Moody Bible Institute, 1990), Isaías, vol. 2, sermon III, www.books.google.com.

7. Richard Blanco, «One Today,» in Mary Bruce, «"One Today": Full Text of Richard Blanco Inaugural Poem,» ABC News, January 21, 2013, www.abcnews.go.com.

8. Blanco, «One Today», énfasis añadido.

9. Génesis 11:4.

Capítulo 22: La imagen

1. Winthrop, op. cit.

2. 2 Reyes 17:15-16.

3. Ezequiel 8:3, 5.

4. Ezequiel 8:10.

5. Ezequiel 9:1.

6. Deuteronomio 4:15-17, traducción propia del autor de las lenguas originales.

7. Deuteronomio 5:7-9, traducción propia del autor de las lenguas originales.

8. Isaías 5:20, énfasis añadido.

Capítulo 23: La escritura en la pared

1. Daniel 5.

2. Ezequiel 1:26-28; Apocalipsis 4:3.

Capítulo 24: El árbol del juicio

1. Isaías 18:5.

2. Ezequiel 31:12.

3. Jeremías 11:16.

4. Isaías 27:11.

5. Salmos 46:9.

6. Barack Obama, «Remarks by the President at the September 11th 10th Anniversary Commemoration,» White House, September 11, 2011, www.obamawhitehouse.archives.govn.

7. Ezequiel 31:3, 12, author's translation from the original language.

8. Jeremías 22:7, author's translation from the original language.

9. Zacarías 11:1-2, author's translation from the original language.

10. Joseph S. Exell and Henry Donald Maurice Spence-Jones, The Complete Pulpit Commentary, vol. 5 (Delmarva, 2013), www.books.google.com.

11. Zacarías 11:2, author's translation from the original language.

12. Jonathan Cahn, El presagio (Casa Creación, 2011), 96, énfasis añadido.

13. Esto fue confirmado por dos testigos independientes.

14. Ezequiel 32:7; Joel 2:31.

15. Joel 2:31.

16. Ezequiel 31:12.

Capítulo 25: Tofet

1. Jeremías 7:30-31.

2. Jeremías 19.

3. Ryan Lizza, «The Abortion Capital of America,» New York, December 2, 2005, www.nymag.com.

4. Jeremías 7:31.

Capítulo 26: La convergencia

1. Isaías 9:8-10, énfasis añadido.

Capítulo 28: Los temblores

1. Franz Delitzsch, Biblical Commentary on the Prophecies of Isaiah, vol. 1, trans. James Martin (T&T Clark, 1873), 258, www.books.google.com.

2. Matthew Henry, Commentary on the Whole Bible, vol. 4, Christian Classics Ethereal Library, accessed May 24, 2020, www.ccel.org.

3. Cahn, El presagio, (Casa Creación) 217.

4. Ibid., 220.

5. Henry, op. cit.

6. Cahn, op. cit., 217.

Capítulo 29: La plaga

1. Cahn, op. cit., 103. Ver también Abraham Lincoln, «Second Inaugural Address of Abraham Lincoln» (discurso, Washington, DC, 4 de marzo de 1865), www.avalon.law.yale.edu.

2. Jeremías 19:4-7.

3. Jeremías 19:8 JBS, énfasis añadido.

4. Jeremías 32:35-36, énfasis añadido.
5. Jeremías 19:1-2.
6. Jeremías 19:11.
7. Jeremías 8:22.
8. Gilead Sciences, «Gilead Announces Results From Phase 3 Trial of Investigational Antiviral Remdesivir in Patients With Severe COVID-19,» press release, April 29, 2020, www. gilead.com.
9. «New York Coronavirus Map and Case Count,» New York Times, updated June 7, 2020, www.nytimes.com.

Capítulo 30: El regreso

1. Éxodo 32:28.
2. George Washington, «Washington's Inaugural Address of 1789» (discurso, New York, 30 de abril de 1789), www. archives.gov.
3. Deuteronomio 30:1-2, 9-10, énfasis añadido.
4. 2 Crónicas 7:14.
5. 2 Crónicas 7:13-14, énfasis añadido.
6. Qu Dongyu, Mark Lowcock, and David Beasley, «Locusts in East Africa: A Race Against Time,» World Food Programme, February 25, 2020, www.wfp.org.
7. United Nations Security Council, «Senior Officials Sound Alarm Over Food Insecurity, Warning of Potentially "Biblical" Famine, in Briefings to Security Council,» April 21, 2020, www.un.org.

Capítulo 31: Los vientos de abril

1. Lincoln, «Second Inaugural Address of Abraham Lincoln.»
2. Abraham Lincoln, «Proclamation 97—Appointing a Day of National Humiliation, Fasting, and Prayer,» American Presidency Project, March 30, 1863, www.presidency.ucsb.edu.
3. 2 Crónicas 7:14, énfasis añadido.
4. 2 Crónicas 7:14, énfasis añadido.
5. Jennings Cropper Wise, The Long Arm of Lee, vol. 2 (University of Nebraska Press, 1991), 557, www.books.google. com.
6. Lincoln, «Proclamation 97».

Capítulo 32: El Balcón Oeste

1. Ronald Reagan, «Election Eve Address a Vision for America,» Ronald Reagan Presidential Library & Museum, November 3, 1980, www.reaganlibrary. gov.
2. Ibid.
3. Ibid.
4. Ibid.
5. 2 Crónicas 7:14.
6. 2 Crónicas 7:14.
7. Michael Reagan and Jim Denney, The Common Sense of an Uncommon Man (Thomas Nelson, 1998), www.books. google.com.
8. Ronald Reagan, «Farewell Address to the Nation,» Reagan Foundation, January 11, 1989, www. reaganfoundation.org.

Capítulo 33: La isla

1. Winthrop, op. cit.
2. Malaquías 3:7.

Capítulo 34: El Cordero

1. Isaías 53:7, énfasis añadido.
2. Juan 1:29, énfasis añadido.
3. Juan 3:16.
4. Deuteronomio 30:19.
5. Mateo 11:28.

Capítulo 35: El día del atalaya

1. Jeremías 19; 1 Reyes 11:29-39; Ezequiel 12:1-16.
2. Jeremías 18:4.
3. Lázaro, op. cit.
4. Jeremías 4:19-20.
5. Ezequiel 33:3, traducción del lenguaje original hecha por el autor.
6. Jeremías 6:17.
7. Amós 3:6.
8. Ezequiel 4:2.
9. Oseas 8:1.

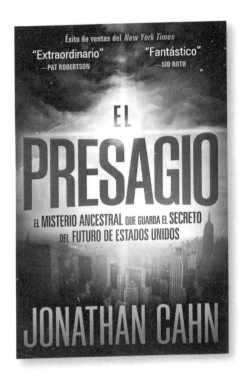

EL
PRESAGIO

EL MISTERIO ANCESTRAL QUE GUARDA EL SECRETO DEL FUTURO DE ESTADOS UNIDOS

JONATHAN CAHN

¿ES POSIBLE...

...que haya existido un antiguo misterio que guarda el secreto del futuro del mundo?

...que este misterio está detrás de todo desde los acontecimientos del 11 de septiembre hasta el colapso de la economía global?

...que Dios está enviando mensajes proféticos de los cuales depende nuestro futuro?

Escrito con un fascinante estilo narrativo, El presagio comienza con la aparición de un hombre agobiado por una serie de mensajes que recibe en forma de nueve sellos. Cada sello revela un misterio profético relacionado con el futuro, el cual lo llevará en un asombroso viaje que le cambiará para siempre la manera de ver el mundo.

CASA CREACIÓN   *Para vivir la Palabra*   www.casacreacion.com

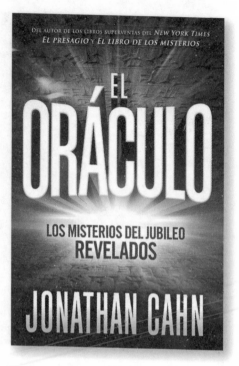

DEL AUTOR DE LOS LIBROS SUPERVENTAS DEL *NEW YORK TIMES*
EL PRESAGIO Y *EL LIBRO DE LOS MISTERIOS*

EL ORÁCULO

LOS MISTERIOS DEL JUBILEO
REVELADOS

JONATHAN CAHN

¿QUÉ REVELARÁ EL ORÁCULO?

Emprende un recorrido excepcional para encontrarte con el hombre conocido como el Oráculo y abre las siete puertas de revelaciones. Cada puerta abrirá una corriente de misterios donde descubrirás los secretos del pasado, el presente y el futuro. Verás...

- Un misterio que nació en un desierto del Medio Oriente, hace más de tres mil años, que ahora está determinando los eventos de nuestro día

- El secreto que conecta a algunas de las personas más conocidas de nuestra época moderna con lo que sucedió en tiempos antiguos, incluyendo a un presidente moderno de los Estados Unidos

- Una revelación antigua que ubica con exactitud los acontecimientos de los tiempos modernos en años, meses y hasta fechas

- Lo que está sucediendo en el mundo, lo que ha de venir y hacia dónde nos lleva todo esto

Todas las revelaciones que hallarás son ¡ABSOLUTAMENTE VERDADERAS!

Prepárate para ser deslumbrado...

CASA CREACIÓN · *Para vivir la Palabra* · www.casacreacion.com

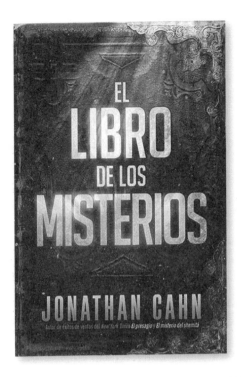

ENTRE EN UN VIAJE TRANSFORMADOR

para descubrir los MISTERIOS DE DIOS, los SECRETOS de los TIEMPOS, y las LLAVES OCULTAS para abrir las puertas a una vida de gozo, bendición, y el cumplimiento de SU DESTINO.

El libro de los misterios comienza con un viajero y su encuentro con un hombre conocido solamente como "el maestro", quien lo lleva a una odisea por montañas del desierto, ruinas antiguas y la Cámara de los Rollos.

Cada día es un nuevo misterio, incluidos el misterio del octavo día, el viaje del Novio, el portal, cómo alterar su pasado, el rostro en las aguas, la huella macabea, el chiasma, los siete misterios de los tiempos, y muchos más.

Participe en el viaje y en los sorprendentes misterios revelados. Con 365 misterios, uno para cada día del año, este libro es también un devocional diario como ningún otro, con las llaves más importantes de la verdad espiritual, los misterios de los últimos tiempos y los secretos de la vida.

CASA CREACIÓN *Para vivir la Palabra* www.casacreacion.com

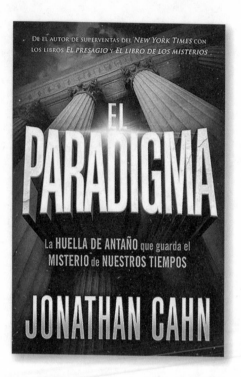

De el autor de superventas del *NEW YORK TIMES* con
los libros *EL PRESAGIO* y *EL LIBRO DE LOS MISTERIOS*

EL PARADIGMA

La HUELLA DE ANTAÑO que guarda el
MISTERIO de NUESTROS TIEMPOS

JONATHAN CAHN

¡PUEDE QUE ESTO SEA LO MÁS EXPLOSIVO Y SORPRENDENTE QUE USTED HAYA LEÍDO JAMÁS!

¿Es posible que eventos que tuvieron lugar casi tres mil años atrás estén determinando ahora el rumbo de nuestro mundo y también el rumbo de nuestras vidas?

¿Ha tocado este misterio incluso los eventos de su propia vida?

¿Revela el paradigma lo que tendrá lugar en el futuro?

¿Y contiene una advertencia fundamental para cada persona en esta generación?

Prepárese para ser sorprendido, anonadado, iluminado y asombrado.

El paradigma revelará secretos y misterios que tienen lugar alrededor de usted, y le mostrará lo que nunca podría haber imaginado. Jonathan Cahn, que causó una conmoción internacional con su libro de éxito de ventas del New York TImes, El presagio, le llevará desde el antiguo Oriente Medio hasta las noticias del mundo moderno en un viaje que usted no olvidará nunca. Cuando abra El paradigma, su libro más explosivo hasta ahora, puede que nunca más vuelva a ver el mundo del mismo modo.

CASA
CREACIÓN
www.casacreacion.com

Para vivir la Palabra

Autor del éxito de *NEW YORK TIMES,*
EL PRESAGIO...

EL MISTERIO DEL SHEMITÁ

3000 AÑOS
de antigüedad que guardan el secreto
del futuro del mundo...¡y de su propio futuro!

JONATHAN CAHN

EL LIBRO QUE NO PUEDE PERMITIRSE NO LEER.

Ya está afectando su vida... ¡Y AFECTARÁ a su futuro!

¿Es posible que exista un misterio de 3000 años de antigüedad que...

- ha estado determinando el curso de su vida sin que usted lo sepa?
- predice eventos actuales antes de que sucedan?
- reveló las fechas y las horas de los mayores desplomes en la historia de Wall Street antes de que se produjeran?
- determinó el momento del 11 de septiembre?
- subyace en el ascenso de Estados Unidos como superpotencia mundial... y en su caída?
- subyace en las guerras mundiales y el colapso de naciones, potencias e imperios mundiales?
- tiene la llave de lo que espera al mundo y a su propia vida?

El misterio del Shemitá le asombrará, sorprenderá, advertirá y preparará para lo que está por delante...y puede cambiar su vida.

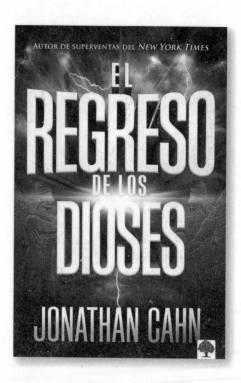

¡EL LIBRO MÁS EXPLOSIVO DE JONATHAN CAHN!

¿Será posible que tras lo que está sucediendo en Estados Unidos de América y el mundo se esconda un misterio oculto en las antiguas inscripciones de Medio Oriente?

¿Acaso están regresando a nuestro mundo las antiguas entidades conocidas como "dioses"?

¿Qué son esos seres misteriosos llamados shedim? ¿Qué es la trinidad oscura?

¿Qué es la casa de los espíritus? Y ¿qué tiene que ver todo eso contigo?

En El regreso de los dioses, Jonathan Cahn te llevará a lo más recóndito del mundo antiguo —Filistea, Sumeria, Asiria, Babilonia, etc.— para encontrar las piezas del rompecabezas que explican lo que está aconteciendo hoy ante la vista de todos. Más aun, Cahn revela el asombroso misterio que se extiende a lo largo de las edades —desde la antigua Akkad hasta la ciudad de Nueva York en nuestros días—, y que está cambiando al mundo.

Prepárate para un viaje fascinante, inolvidable y alucinante en el que la realidad es más extraña que la ficción y en el que verás al mundo como nunca antes lo viste.

PRESENTAN:

Para vivir la Palabra

Te invitamos a que visites nuestra página
web donde podrás apreciar la pasión por
la publicación de libros y Biblias:

www.casacreacion.com

f @CASACREACION

✗ @CASACREACION

◉ @CASACREACION

Para vivir la Palabra

Te invitamos a que visites nuestra página
web donde podrás apreciar la pasión por
la publicación de libros y Biblias:

www.casacreacion.com

Para vivir la Palabra